来不及说我爱你

匪我思存 著

九州出版社 JIUZHOUPRESS

"沛林，你以前背过谁没有？"
"没有，你是第一个"
"那我要你背我一辈子……"

不及说我爱你

来不及说我爱你

他这样不顾一切地来，
她却不能够不顾一切地跟他走。
前程是漫漫的未知，跨过这一步，
就是粉身碎骨。

来不及说我爱你

她愕然回过头来，他的眼睛在晕黄的车顶灯下，显得深不可测，黑得如同车窗外的夜色，看不出任何端倪。

电光石火的一刹那，她已经明白原来这一路的阵仗都是冲着他来的，他究竟是什么人？

她不应该招惹任何麻烦，可是他距她这样近，身上有极淡极淡薄荷烟草的味道，就像是许建彰身上的那种味道，亲切熟悉。

目　录

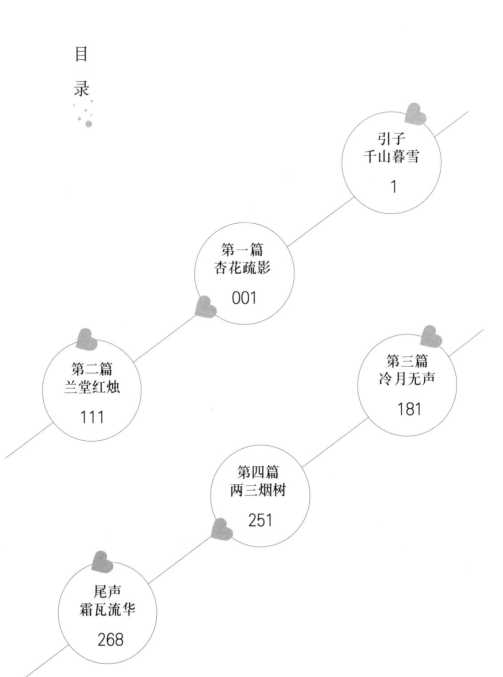

引子 千山暮雪

　　火车发出一声悠长的汽笛，在隆隆的轰鸣声中徐徐驶入永新车站，淡白的蒸汽在寒风中弥漫开来，车厢里的人起了一阵轻微的骚乱，因为车门没有像寻常一样及时打开。永新历来是军事重镇，承军的南大营便驻防在此地，此时站台上星罗棋布的岗哨，因着局势紧张，亦算是司空见惯，只是那样整肃的荷枪实弹，无端端又叫人生了惶恐。

　　车门终于打开了，却不许人走动，荷枪实弹的卫兵把持住了各个车厢口，车厢里的人不由得惊恐地瞧着这些人，他们与站台上的岗哨不同，一色藏青呢制戎装，靴上的马刺锃亮，手中枪尖上的刺刀闪着雪亮的光芒。他们沉默而冷淡地守望着车厢，拾翠心里一阵发紧，知道这是承军的卫戍近侍，按常理不应该在这永新城里，不晓得出了什么事情。

　　领头的是位便衣男子，从车厢那头缓缓踱过，目光却从所有年轻女子的脸上扫过，空气仿佛也凝固了。拾翠与他目光相接，不由得打了个寒噤，他径直走过来，口气虽然很客气，话里却透着不容置疑的独断："这位小姐，麻烦跟我们走一趟。"

1

拾翠不知是何事，脸"唰"一下白了，何家祉叫起来："你们要做什么？"

那人依旧是冷淡的口气，对他置若罔闻，只看着拾翠："麻烦你跟我们回去。"

拾翠虽然见惯了承军，心里也七上八下的。家祉上前一步，提高了声音质问："你们还有没有王法？哪有这样光天化日下公然抢人的？"

那人受过严诫不得动粗，心里怒极，却只是皮笑肉不笑地说："王法自然是有的，这是军事机密，你既然不识趣，我就让你见识一下什么叫王法。"他将头一偏，后面的卫戍侍从便将枪栓一拉，瞄准了两人，车厢里的人都吓得噤若寒蝉。

拾翠忙道："我跟你们去。"家祉还要说话，她在他手上按了一按，示意他不要再争，家祉明知拾翠与承军中人颇有渊源，倒是不怕。好在那些人还算客气，并不推搡，也不斥骂，只是黑洞洞的枪口下，任谁也不敢反抗。

站台上早就有几部车子等着，拾翠这才发觉，和自己一同被逼着下车来的，还有六七个年轻女子，都是差不多的年纪，她们不知道等待自己的是什么命运，瞪着一双惊恐的眼睛，看着那些荷枪实弹的岗哨。

拾翠和另三个年轻女子被命令上了后一部车子，汽车一路驶出车站，她的心怦怦乱跳，永新城里街市倒还很繁华，但因为承颖两军连年交战，街市间也布有岗哨，只是此时比平日更显戒备森严，她们坐的车子在街上呼啸而过，一路畅通无阻。

拾翠一抬头，看见对面坐的女子眼睛茫然地望着窗外，双手紧握着，那白皙纤柔的手上，细小的血管都清晰可见。她自己虽也有几分忐忑，但见女子这样惊恐绝望，忍不住轻声安慰她："放心，应该不会有事的。"其实更像是安慰自己。

那女子嘴角微微一抖，恍惚像是一丝微笑，可那笑意里也只是无边的恐惧。车子走了不久即转入一个院落，院门口照例有岗哨，一见了车子，立正上枪行礼。拾翠见车子驶入大门，路两侧都是极高大的树木，冬日晴好湛蓝的天空下，那些树木的脉络，清晰如同冰片上的裂纹，阳光射下来，却没有一丝暖意。

车子停下来，她们一起被送进宅子里。那宅子是旧式西洋小楼，从侧门进去，屋子是简洁而时髦的西式布置，墨绿色的沙发，茶几上甚至还放着一瓶折枝菊花，暖气管子烘着，散发出幽幽一缕暗香。送她们进来的那人虽是一身的戎装，说话倒也还客气："请诸位小姐在这里稍候。"他既然用了请字，她们忐忑不安的心稍稍缓和，那人言毕就退了出去，只剩下她们七八个人待在屋子里，面面相觑。

房门再次被推开，这次却是个女佣模样的人，端着茶盘给众人沏上了茶，她们却没有人敢喝，只端着杯子站在那里，仍旧是惊恐地互视着，就像一群待宰的羔羊。屋子里的暖气管子烧得极暖，只一小会儿，整个人麻木的血脉就像是活过来一样。拾翠捧着那只玻璃杯子，手足终于暖和过来了，一转过脸，却瞧见适才在车上坐在对面的女子，虚弱而无力地半倚在墙角，身子在微微发抖。她心生怜悯，走近去才瞧见她脸上全是虚汗，不由得问："你怎么了？"

那女子只是摇了摇头，并不说话。拾翠见她已然摇摇欲坠，连忙扶她在沙发上坐下来，其余的人也留意到了她们，只瞪着一双惊恐的眼睛瞧着。拾翠见她手心里全是腻腻的冷汗，不由得问："你是不是病了？"

那女子依旧是摇头，拾翠见她脸色苍白，嘴唇发乌，只是无力地攥着手中的手袋，那手也一直在微微发抖。她本是看护，见她如此虚弱，不由得将自己的外衣脱下来，替她披上，那女子这才轻声说："谢谢。"终究手上无力，手袋也滑落下去。

拾翠忙替她拾起来，问她："你叫什么名字？"

她嘴唇微微哆嗦了一下，说："我姓尹。"

拾翠道："我叫严拾翠。"

那女子又哆嗦了一下，就在此时，忽听走廊传来皮鞋踏地的声音，显然是有人往这边来了，屋子里的人都惊恐万分地瞧着那两扇门。

拾翠的心也提到了嗓子眼，门终于被人打开，一个文雅儒秀的男子走进来，虽只是便衣，那目光却极是锐利，拾翠冷冷地又打了个寒战。只见他目光从众人脸上一一掠过，最后却落在那尹小姐身上，眼底微微泛起一点笑意，话里也透着温和的客气："尹小姐，总算是接到您了——请您随我来。"

那尹小姐似乎想站起来，微微一动，竟似再也没有气力一样。拾翠也不敢上前扶她，她苍白渺弱如一枝残菊，呼吸急促而无力，只紧紧攥着沙发扶手上罩着的抽纱蕾丝，仿佛那里积蓄着全部的力量，身子微微颤抖着。就在此时，走廊上又传来杂沓的脚步声，数人簇拥着一人进来，为首的那人一身戎装，只是没有戴军帽，乌黑浓密的发线，衬出清俊英气的一张面孔，年纪约在二十七八岁上下，眉宇间透着一种凛然之气。

先前那人一见他进来，叫了声："六少！"

拾翠脑中嗡的一响，万万没想到竟然能见着慕容沣，因在这北地九省，无人不知晓这位赫赫有名的慕容六少。自从慕容宸死后，便是他任着承州督军的职务，成了实质上的承军统帅，怪不得永新城中这样警戒，原来是他从承州的督军行辕来到了南大营。

慕容沣却紧紧盯着缩在沙发角落里的那位尹小姐，过了片刻，方一字一字地沉声吐出："尹静琬。"

缩在沙发深处的尹静琬低垂着头，恍若未闻。他的嘴角微微一沉，忽然上前几步就将她拽起来，她本就虚弱，轻飘飘像个纸人一样，软弱无力地瞧着他，视线模糊里只有他衣上锃亮的肩章闪着冰冷的金属光泽，他的声音如夏日闷雷，隆隆滚过，咬牙切齿："你告诉我……"他全身都散发着森冷之意，屋子里的人都惊恐万分地盯着他，他那样子就像是困境中的野兽，眼里仿佛要喷出火来，"你将孩子怎么样了？"

她虚弱而急促地呼吸着，因为让他的手掐得透不过气来，旁边那人担心地叫："六少！"

慕容沣蓦地回过头来："都他妈给我闭嘴！"那人原是慕容沣的心腹幕僚何叙安，他深知这位主子的脾气，当下便缄默不语，慕容沣却只恶狠狠盯着尹静琬，"快说！"

那尹静琬羸弱得就像一缕轻烟，只呵口气就能化去似的，她竟然笑了，静静的笑淌了一脸，在那样苍白羸弱的面孔上，仿佛绽开奇异的花朵。她吐字极轻，字字却如雷霆万钧："你永远也别妄想了。"

他勃然大怒，额头上青筋暴起，眼里除了怒不可抑，还渐渐渗出一缕惊痛似的绝望，掐住她颈子的手，不由自主地收拢。她透不过气来，脸上的笑意却一分一分在加深，一直"咯咯"笑出声来。

拾翠只觉得这情形又诡异又恐怖，慕容沣的身躯竟然在微微发抖，眼里只有濒死一样的绝望，忽然就松开了手。尹静琬本就虚弱到了极点，踉跄着扶着沙发犹未站稳，他忽然一掌就掴上去，"啪"的一声，又狠又重，她像只无力的纸偶，软软倒在地毯上，一动不动地伏在了那里。慕容沣绝望地暴怒着，回手拔出腰间的佩枪，"咔嚓"一声子弹上膛，对准了她的头。

旁边那人见势不对，忙劝阻道："六少，等尹小姐醒来问清楚再处置不迟，请六少三思。"慕容沣扣在扳机上的中指只是微微发抖。

尹静琬的长发凌乱地散陈于地毯上，像是疾风吹乱的涡云，她伏在那里，便如死了一样，毫无生气。慕容沣想起适才她的眼睛，也如同死了一样，再也没有了灵动的流光，有的只是无底深渊一样的绝望，森冷而漠然的绝望。看着他时，就如同虚无缥缈，不曾存在一样。这虚无的漠然令人抓狂，她如此狠毒——她知道致命的一击，方才有这样的效力。他胸腔里像是有柄最尖利的尖刀在那里缓缓剜着，汩汩流出滚烫的血，她硬生生逼得他在这样无望的深渊。

慕容沣漠然望着地毯上连呼吸都已经微不可闻的女子，她伏在那里，弱到不堪一击，可她适才轻飘飘的一句话，就生生将他推入无间地狱，他死也要她陪葬！既然她如此狠毒，他也要她下炼狱里陪着他，受这永生永世无止境的煎熬。他慢慢松开扳机，缓缓垂下了枪口。

他缓声道："将这些人送走，叫医生来。"

何叙安答应了一声，向左右使个眼色，便有人带了那几名女子出去。拾翠走在最后，大着胆子回头一瞥，却见慕容沣躬身打横抱起尹静琬。那尹静琬已经晕迷不省人事，如瀑的长发从他臂弯间滑落，惨白的脸上却隐约有着泪痕，拾翠不敢再看，快步走出屋子。

第一篇

杏花疏影

【一】

两年前，承颖铁路。

临夜凉风，从开着的车窗里吹进来，茜色长裙簇起精致的蕾丝，便如风中的花蕊般招摇不定，长发也被吹得乱了，却不舍得关上窗子。车窗外是黄昏时分晦暗的风景，一切都像是隔着毛玻璃，朦胧里的原野、房舍、远山一掠而过，隆隆的车轮声因已听得习惯，反倒不觉得吵闹了。

喧哗声渐起，尹静琬不由得回过头去看包厢的门，跟着出门的长随福叔说道："大小姐，我出去看看。"

福叔办事最持重，这一去却去了很久没回来，给她做伴的明香急了，说："这个福叔，做事总是拖拖拉拉的，这半晌都不回来。这是在火车上，他难道去看大戏了不成？"

尹静琬"哧"地一笑："看大戏也不能撇下咱们啊。"过了一会儿，仍不见福叔回来，尹静琬这才有些着急，她头一次出远门，明香又只是个小女孩子，事事都是福叔在料理。又等了片刻仍不见福叔回来，尹静琬心里害怕出事，对明香道："咱们去找找福叔吧。"

她们包着头等车厢里两个包厢，掌车自是殷勤奉承，一见她们出来，马上从过道那头迎上来："小姐，颖军的人正在查车呢，您还是先回包厢里去吧。"

明香噘着嘴说："自从火车出了暨原城，他们就查来查去，梳子一样梳了七八遍，就算是只虱子也早叫他们给捏出来了，还查什么查啊？"

尹静琬怕生事端，说："明香，少在这里多嘴。"

那掌车的笑道："总不过是查什么要犯吧，听说三等车厢里都查了十来遍了，一个一个拉出来看，也没将人找出来。"

明香"哎呀"了一声，说："敢情是找人啊，我还以为找什么金子宝贝呢。"

那掌车的说漏了嘴，也就赔笑说下去："也只是猜他们在找人罢了——这样的事谁知道呢。"

尹静琬对明香说："那咱们还是回去吧。"又对掌车的说，"若见了我们那伙计福叔，叫他快回来。"一边说，一边使个眼色。

明香便掏了一块钱给那掌车的，掌车的接在手里，自然喜不自胜，连声答应："小姐放心。"

她们回到包厢里，又过了一会儿，福叔才回来，关上包厢的门，这才略显出忧色，对尹静琬压低了声音，说："大小姐，瞧这情形不对。"尹静琬向明香使个眼色，明香便去守在包厢门口。福叔道："颖军的人不知在找什么要紧人物，一节一节车厢搜了这么多遍，如今只差这头等车厢没搜了。我看他们的样子，不搜到绝不罢休似的，只怕咱们迟早躲不过。"

尹静琬道："现在还没出颖军的地界，我们有特别派司，应该不会有纰漏，只愿别节外生枝才好。"

她年纪虽不大，福叔见她冷静自持，也不禁暗暗佩服，听见掌车

003

在过道间摇着铜铃，正是用餐的讯号，便问："大小姐是去餐车吃饭，还是叫人送进来吃？"

尹静琬道："去餐车吃，在这包厢里闷着，总归要闷出毛病来。"到底年轻，还有点小孩子心性，只坐了一天的火车就觉得闷乏，于是福叔留下看着行李，她和明香先去餐车。

餐车里其实一样的闷，所有的窗子都只开了一线，因为火车走动，风势甚急，吹得餐桌上的桌布微微扬起，像只无形的手拍着，又重新落下。火车上的菜自然没什么吃头，她从国外留学回来，吃腻了西菜，只就着那甜菜汤，吃了两片饼干，等明香也吃过，另叫了一份去给福叔。明香性子活泼，三步并作两步跑到前头去了，她一出餐车，忽然见到车厢那头涌进几个人来，当先二人先把住了车厢门，另一人将掌车的叫到一边去说话，剩下的人便目光如箭，向着车厢里四处打量。

这头等车厢里自然皆是非富即贵，那些人与掌车的还在交涉，尹静琬事不关己，望了一眼便向自己包厢走去，明香去福叔的包厢里送吃的了，她坐下来替自己倒了一杯茶，正拿起书来，忽然听见包厢门被人推开，抬头一瞧，是极英挺的年轻男子，不过二十余岁，见着她歉意地一笑，说："对不起，我走错包厢了。"

她见他眉宇明朗，明明是位翩然公子，一个念头还未转完，那人忽然回过头来，问她："你刚从俄国回来？"

她悚然一惊，目光下垂，见那书的封面上自己写着一行俄文，这才微松了一口气，说道："先生，你搭讪的方法并不高明。"

他并没有丝毫窘态，反倒很从容地笑道："小姐，我也才从俄国回来，所以才想跟你搭讪。"

她不觉微笑，正要说话，忽听车厢那头大声喧哗起来，她不由得起身走至门畔，原来是颖军的那些人与掌车的交涉不拢，两个人将掌车的逼在一旁，其余的人开始一间间搜查起包厢来。她瞧着那些人将孤身的男客皆请出了包厢，一一搜身，不由得心中暗暗吃惊。忽然，听到身畔人细微如耳语，却是用俄文说："Помогите мне（帮助我）。"

她愕然回过头来，他的眼睛在晕黄的车顶灯下，显得深不可测，黑得如同车窗外的夜色，看不出任何端倪。电光石火的一刹那，她已经明白原来这一路的阵仗都是冲着他来的，他究竟是什么人？她不应该招惹任何麻烦，可是他距她这样近，身上有极淡极淡薄荷烟草的味道，就像是许建彰身上的那种味道，亲切熟悉。查车的人已经近在约三公尺开外，与他们只隔着一个包厢了，她稍一迟疑，他已经轻轻一推，将她携入包厢内。她的心怦怦乱跳，压低声音问："你是什么人？"

他竖起了食指，做出嘘声的手势，已经有人在大力拍打包厢的门了，他急中生智，往床上一躺，顺势拉她坐在床边，并随手拿起她那本书，她来不及做出任何反应，包厢的门已经被打开了。她霍地站起来，他也像是被吓了一跳，放下书喝问："干什么的？"

那些人目不转睛注视着他们二人，她心中便如揣了一面急鼓，他却是十分镇定，任由那帮人打量。那些人凝望了片刻，为首那人道："你出来。"他知道再也躲不过去，若是眼下一搜身，或是到了下一站被带下车去，只要自己身份暴露，都是在劫难逃，虽然忧心如焚，眼里却没有露出半分来，不动声色地望了尹静琬一眼，缓缓站起来。

尹静琬心念一转，含笑道："诸位长官且慢，我们是正经的商人，不知道外子犯了什么事，几位长官要带他去哪里？"一面说，一面将特别通行证取出来。

为首那人听说他们是夫妻，脸色稍霁，又将那派司接过去一看，不由得露出一丝笑容："误会，误会，打扰两位了。"缓缓向外退去，目光却依旧狐疑地注视着两人，顺手替他们关上包厢的门，门却虚掩着，留了一线缝隙。

她背心里早已经是一片冷汗，见势不妙，不知该如何是好，他忽然走过来将她揽入怀中，不等她反应过来，他已经猝然吻上来。她大惊失色，似乎所有的血轰然涌进脑中。这样陌生而灼热的接触，全然未有过的感觉，唇上陌生的热力与气息，她本能地挣扎，却叫他的力道箍得丝毫不能动弹。她从未与男子有过这样亲密的接触，他的气息充斥着一切，如同天罗地网般无可逃避。她觉得自己被卷入飓风中，什么都听不见，什么都看不到，唯一的感觉只是唇上的灼热，与他近乎蛮横的掠夺。他的手臂突然一松，她立刻不假思索一掌掴过去，他手一错已经扣住她的手腕，轻声道："对不起。"

她回过头去，见包厢门已经落锁，这才明白过来，只是气愤不过，反手又是一掌，他却毫不躲闪，只听清脆一声，已经狠狠掴在他脸上。她见他初次出手，已经知道自己无论如何打不着他，但没想到他竟没有拦阻自己这第二掌，微微错愕，只见他脸上缓缓浮起指痕，他却只是微笑，说："谢谢你。"

她哼了一声，说道："算你运气好，我正巧有门路，拿着派司在手，才可以打发走那帮人，不然还不被你连累死。"真是鬼迷心窍，才会鬼使神差地帮了他，见他脸上指痕宛然，稍觉过意不去，"喂"了一声，问，"你叫什么名字？"

他想了一想，说："我姓陆，陆子建。"

她粲然一笑："这么巧，我姓伍，伍子胥。"

他知道她明知自己报的是假名，故而这样调侃，当下只是微微一笑，说："能与小姐同车，也算是宿缘不浅。虽大恩不言谢，但还是请教小姐府上，改日再去登门拜谢。"

　　她见他眉宇间隐有忧色，说："算啦，你虽冒犯了我，也是不得已，我也狠狠打了你一掌，咱们也算扯平了。"她年纪虽小，心性倒是豁达爽朗，他微一迟疑，便不再追问。她看了看车窗外明灭的灯光，说："挨过这半夜，等出了颖军的地界，我猜你就没事了。"他见她如此聪明灵透，嘴角微动，欲语又止，她却又猜到他的心思："我反正已经吃了天大的亏，不如吃亏到底，送佛送到西，好教你一辈子记着我这天大的人情。外面那些人肯定还没走，总得到余家口才肯下车。"她一边说话，一边凝视他的脸色，提到余家口，他的双眉果然微微一蹙，那是承颖二军的交界线，承颖二军这些年来打打停停，这一年半载虽说是停战，但双方皆在余家口驻有重兵，承军的南大营便驻在离余家口不远的永新城内。

　　她叫明香进来陪着自己，明香年纪虽然比她小，却出了好几回远门了，见有陌生人，机灵地并不探问。她们两个挤在一张床上，他就斜倚在对面那张床上闭目养神，车子半夜时分到了余家口，他却并没有下车，她心里暗暗奇怪。她本来大半夜没睡，极是困倦，到了凌晨三四点钟，再也熬不住沉沉睡意，方打了一盹，恍惚间突然觉得有人走动，勉强睁开眼睛，火车已经停了，只不知道是走到哪个站了，外面却是灯火通明，站台上全是岗哨。她蓦然睁大了眼睛，他已经推开了包厢的门，在门口忽然又回过头来，在黑暗里静静地凝望了片刻。她不知道他在看什么，一个念头未转完，他已经掉头离去了。

　　整列火车的人都睡着了，仿佛只有她独自醒着，四下里一片死寂，只听站台上隐隐约约的说话声、杂沓的脚步声、汽车的引擎声……夹着一种单调的嘀嗒声，过了许久，她才发觉那单调的声音原来是从自己枕畔发出的，怪不得觉得这样近。伸出手去，借着站台透进窗中明灭的灯光一看，原来是一只精巧的金怀表，细密的表链蜿蜒在枕畔，她握在手中，听那表嘀嗒嘀嗒地走着，沉甸甸的像颗不安分的心，火车已经缓缓启动了。

晌午时分火车到了季安站，停下加水后却久久不启动，福叔去打听了回来，说："车站的人说有专列过来，所以要先等着。"好在并没有等多久，专列就过去了。下午终于到了承州，偏偏又不能进站，只能在承州城外的渠江小站停车，尹静琬隐约觉得情势不对，但事已至此，只得随遇而安。乘客从渠江下了车，这里并没有汽车，好在离城不远，有的步行，有的叫了三轮车进城去。

进了城更觉得事情有异，承州为承军的根本之地，督军行辕便设在此处，城中警备森严，所有的商肆正在上着铺板，汽车来去，人马调动，明明是出了大事。福叔找了街边商家一问，气吁吁地跑回来告诉尹静琬："大小姐，出事了，慕容大帅病重，六少赶回来下的令，全城戒严，只怕又要打仗了。"

尹静琬心中一紧，说："咱们先找地方住下来再说。"心中隐约觉得不好，承州督军慕容宸的独子慕容沣，承军卫戍与嫡系的部将都称他为"六少"，因他前头有五个姐姐，慕容宸四十岁上才得了这么一个儿子，自然珍爱得跟眼珠子一样，他既然赶了回来，又下令全城戒严，那么慕容宸的病势，定是十分危急了。

果不其然，第二日一早，承军就通电全国，公布了慕容宸的死讯。原来慕容宸因中风猝死已经四日，因慕容沣南下采办军需，慕容家几位心腹部将忧于时局震动，力主秘不发丧，待慕容沣赶回承州，方才公开治丧。

尹静琬叫福叔去买了报纸来看过，不由得微有忧色，福叔说："瞧这样子，还得乱上一阵子，只怕走货不方便。"

尹静琬沉吟片刻，说：“再住上两天，既来之，则安之。或者时局能稳下来，也未为可知。”见福叔略有几分不以为然的样子，她便说，“我听说这六少，自幼就在军中长大。那年余家口之变，他正在南大营练兵，竟然亲临险境，最后以少胜多，一个十七岁便做出此等大事来的人，如今必然能够临危不乱。”

【二】

承州全城戒严加上举城治丧，倒真有几分人心惶惶的样子。他们住在旅馆里，除了吃饭，并不下楼，尹静琬闷不过，便和明香在屋子里玩牌。那慕容沨果然行事决断毅然，数日内便调齐重兵压境，逼得颍军不敢轻举妄动，双方僵持数日，局势倒真的慢慢平静下来。

虽然如此，尹静琬还是听从福叔的意思，只采办一半的货先行运走，他们便动身回乾平去。那乾平旧城，本是前朝旧都，眼下虽然不再为首善之区，但旧都物华天宝，市面繁荣，自是与旁的地方不同。

尹家本是乾平郡望，世代簪缨的大族，后来渐渐颓败。他们这一房自曾祖时便弃文从商，倒还繁盛起来，至尹静琬的父亲尹楚樊，生意已经做得极大，只是人丁单薄，父母独她一个掌上明珠，当作男孩子来养，这回她自己要去北地，父母拗不过她，只得应承了。接到她的电报，早早就派了司机去火车站接站。

尹家是旧式的深宅大院，新浇了水门汀的路一直通到宅内去，用人张妈在月洞门后收拾兰花，一见着汽车进来，便一路嚷嚷：“大小姐回来啦。”上房里的吴妈、李妈都迎出来，喜滋滋地替她拿行李，又拥了她进去。尹家本是老宅子，前面上房却是新翻修的，向南一色明透亮朗的大玻璃窗子，她一进去，见母亲正从内间走出来。那太阳光正照着，映出母亲那一身宝蓝色的织锦闪银小寿字旗袍，她虽看不清脸上的神情，可是心里无限欢喜，先叫了一声："妈。"

尹太太说："你可回来了。"爱怜地牵着她的手，细细地端详了好一阵子，又说，"你爸爸一径地埋怨，说宠你太过了，兵荒马乱的，一个女孩子家，只怕你出事。"

尹静婉瞧见父亲也已经踱出来，笑逐颜开地说："能出什么事，我这不是好端端回来了吗？"

尹楚樊本来吸着烟斗，此时方露出一丝笑意来，说："回来了就好，回来了就好。"

这一回出门，倒是有惊无险，家里人本来担着老大的心，见着她安然无恙地回来，才松了一口气。她本是留洋回来的，自己觉得天下无不可为，这点惊险，只当是传奇有趣，在父母面前缄口不谈，只拣路上的趣闻来讲。

尹太太倒罢了，尹楚樊听着，倒颇有几分称许的样子。尹太太便嗔道："瞧你将她惯得，昨天还在埋怨，今天又纵着她。"

正说着话，旁边吴妈上前来问，说："大小姐带来的那些箱子，该怎么收拾？"

尹静婉这才想起来，说："我带了好些东西回来呢。北边的皮货真是便宜，妈，我替你买了张上好的水獭，够做一件大衣的了。"叫人将最大的两只箱子搬进来，一一打开给父母看，尹楚樊因见里头一只锦盒，随手打开来，原是极好的一支老山参，不由得道："下回别带这样的东西了，落人口实。"

尹静婉笑盈盈地说："我不过带了一支参过来，难道能问我一个私运药材不成？"又取出一只压花纸匣来，"我也替建彰带了东西呢。"

尹太太慈爱地嗔道："真没礼数，连声大哥也不叫，建彰长建彰短，人家听了像什么话。"又说，"你许大哥听说你今天回来，说下午就过来看你呢。"

尹静琬听了，将身子一扭，说："我好端端的，要他看什么。"

尹太太含笑不语，尹静琬叫她笑得转过脸去，又轻嗔一声："妈。"

尹太太说："快去洗澡换衣裳，回头过来吃饭。"

进去一重院落，方是尹静琬的卧室，吴妈已经为她放好了洗澡水，明香替她在收拾带回来的一些零碎行李。洗了澡出来，明香已经替她将一些首饰都放回梳妆台上去了，她坐下梳着头，忽见那只金怀表放在妆台上，表盖上细碎的钻石在灯下流光溢彩。她知道这只 Patek Philippe 的怀表价值不菲，他或者是想以此为谢？火车上仓促间没有细看便收起来了，此时方觉这只表精巧至极，借着灯光，只见里盖上有一行金色的铭文，就着灯一看，原来是"沛林"二字。这名字有几分眼熟，倒像是在哪里听说过，忽听明香道："大小姐，许少爷来了。"她心中欢喜，匆忙将表往抽屉里一搁，又对镜子理了理头发，方才出去。

许建彰正在花厅里陪尹楚樊说话，天色已经晚下来，厅里开着壁灯，静琬看见熟悉的身影立在长窗之前，翩然如玉树临风，或者是出来走得急了，她心里怦怦直跳。许建彰已经瞧见她，微微颔首一笑，说："静琬出了一趟门，倒像是大人了。"

静琬将脸一扬："我本来就是大人了，难道我还是小孩子吗？"她亦嗔亦怒，耳上两只翡翠秋叶的坠子沙沙地打着衣领。

尹太太说："这孩子就是这样没上没下，幸好你许大哥不是旁人，哪里有你这样抢白人的？"又说："好生陪你许大哥说话，我去瞧瞧晚饭预备得怎么样了。"

她起身去看用人收拾餐厅，尹静琬见尹楚樊也借故走开，于是含笑对许建彰说："我替你带了一盒雪茄。"

许建彰见她换了西式的衣服，极淡的烟霞色，让那灯光一映，袅袅婷婷如一枝杏花，不由得低声反问："你不是叫我不要吸烟吗？"

尹静琬听他这样说，也禁不住嫣然一笑，停了一停，方才说道："我在路上一直想着，其实烟草的气味，也是极好闻的。"

他听到她如此说，也禁不住一笑。

许尹两家原是世交，尹太太留了许建彰在这里吃过饭，一直谈笑到很晚才回去。第二天一早，尹太太方起床，看见静琬已经起来，说："怎么不多睡一会儿？"

静琬匆匆忙忙地答："许大哥约我去看花市。"尹太太知这双小儿女小别重逢，必有他们的去处，也只是含笑不问。

许建彰自己开了汽车过来接她，一上车就问她："你吃了早饭没有？"

"还没有呢。"

"我就知道没有——你这样爱睡，今天难得起了个大早，定然来不及吃早饭。"

"不是问吃就是说我爱睡，你当我是什么啊？"

许建彰见她薄嗔浅怒，眸光流转，自有一种动人，笑道："我给你赔不是，成不成？今天我带你去吃一样东西，保管你没有吃过。"

汽车顺着长街往南，后来又折往西开了许久，从小街里穿过去，最后在胡同口停下来，许建彰说："这里离花市也不远了，咱们走过去吧，顺路吃早饭。"静琬跟他下了车，其实时候还是很早，胡同里静悄悄的，胡同口有两株老槐树，槐花落了一地，人踏上去细碎无声。

许建彰走在前头，静琬忽然叫了他一声："建彰。"他转过脸来，那朝阳正照在他脸上，碎金子一样的阳光，眉目磊落分明，她心中漾起微甜，便如晨风拂过，只是清清软软，他已经伸出手来，她挽住他的手臂，早晨的风略有凉意，却有着馥郁的槐花香气。

从胡同穿出去，是一条斜街，街上有家小馆子，卖云南过桥米线。她从来没有到这样的馆子里吃过东西，果然觉得新奇，见到米线上来，又有四碟切得极薄的肉片、鱼片、豌豆尖、豆腐皮。她方用筷子挑起，忽听建彰道："小心烫。"幸得他这样叫了一声，不然她还真被烫到了，没想到一丝热气也没有的汤，会是那样的烫。她将那小碟里的肉片、鱼片一一涮熟了来吃，不一会儿，脸上已经微有薄汗，取出手绢拭过，见建彰额头上也是细密的汗珠，便伸手将手绢递给他，他接过去只是微笑。外头太阳正好，极远处清道夫拿着大竹扫帚，唰唰地扫着街，声音断续传来，像是有人拿羽毛轻轻扫着耳下，痒痒的舒坦，看那太阳光，淡淡的金色，照在对面人家的白墙上，只觉四下里皆是安静，流光无声一样。

春天里花市本是极热闹，到了这个季节，他们去得又早，倒觉得有点冷清。许多摊主都才搬了花盆子出来，他们顺着街往前走，一路看过，下山兰过了季节，没有什么品种了，满花市都是应景的石榴花。有一种千叶重瓣石榴，翠绿的叶间簇着密密匝匝的花蕾，像大红绒结子一样鼓鼓囊囊，花开时想必如万点红焰燃起。还有卖西洋菊的，水晶样的一枝枝白花，极是俏丽。

许建彰知道她爱热闹，与她看过芍药，又买了一盆重瓣石榴，说："这个虽小巧，搁在你那屋子里正好，等花开了必定好看。"她自己也喜滋滋地挑了一盆茶花，许建彰不由得好笑："咱们两个真有一点傻气，放着家里花匠种的那样多的花，偏偏还要另买回去。"

她也好笑，说："跟你在一块儿，就老是做这样的傻事。"

他们从花市出来，又往崎玉斋看古玩字画，许建彰本是常客，崎玉斋的伙计自然招呼得周到，一坐下来，先沏上好的茶来，又装上四碟点心，方才含笑道："许少爷来得真巧，刚有一方极好的砚。"又说，"尹小姐可有日子没来照应小号了。"又问了府上好，极是周到有礼。

伙计先取了几样东西来给许建彰看着，静琬喝了半碗茶，因见柜上的伙计正检点些古玉，其中有一串红色的珠子，彤艳润泽，隐隐若有光华流转，不由得十分注目。伙计见状，忙拿过来给她细瞧。她拿在手里才知道不是玉的，亦不是玛瑙，原来是红珊瑚珠子。伙计见她喜爱，在旁边说道："尹小姐好眼力，这样东西原是从宫里出来的，辗转至今，价钱倒是其次，尹小姐若是瞧得上，也算是投缘。"

许建彰见她颇有几分喜欢的样子，便对伙计道："你说个实价，回头到账上取钱吧。"伙计答应一声，自去问柜上了。静琬是大小姐脾气，听说是宫里出来的东西，知道必然不便宜，但实在是喜欢，倒也不问是多少钱，喜滋滋地先取来试。对着桌上那只古意盎然的梨花木妆奁镜台，先照了一照，今天她穿了一件樱桃红色的西式衣裳，小小的心形领子，那珠子一戴上去，衬得肌肤如雪，珠光晶莹，对着镜子看了，更是欢喜。忽听许建彰在耳畔说："像不像红豆？"

她本来不觉得，听了他的话翻心一想，只如蜜甜，但见镜中两张笑盈盈的脸庞，其间似有春风流转无限。

【三】

静琬与许建彰一直玩到晚上，看过电影后才回去，静琬到家差不多已经是十点多钟。尹家因着与外国人做生意，多少学到些洋派的风气，静琬虽是位小姐，晚上十点钟回来也属平常。吴妈听见汽车喇叭响，早早出来接过手袋。静婉一路走进去，见上房里还亮着电灯，问道："妈还没睡吗？"

吴妈说："赵太太和孙家二奶奶，还有秦太太来打牌呢。"

静婉听说有客人，于是走到上房里去，果然见西厅里摆了一桌麻雀牌，秦太太面南坐着，一抬头瞧见她，说："大小姐回来了。"

她笑盈盈叫了声："秦伯母。"又跟赵太太、孙二奶奶打过招呼，方站到母亲身后去看牌。

尹太太问："晚饭吃的什么？我叫厨房正预备点心呢。"

"我晚上吃的西菜，现在倒不觉得饿。"

"你爸爸在书房里，说叫你回来了就去见他呢。" 静婉答应着就去了。

她一走到书房的门口，就闻到浓烈的烟味，说："爸爸，你当心屋子烧起来了。"

尹楚樊一直很娇惯这个女儿，见着她回来，不由得就笑了："小东西，专会胡说八道。"忽然想起一件事情来，脸突然一板，望住了女儿，"我有话问你呢。这回的货下午已经到了，倒还顺利，可是你怎么夹在中间运了四箱西药？万一查出来，那还了得？"

静婉听他问这件事情，仍旧是不慌不忙："我听建彰说，他们柜上西药缺得厉害，反正是大老远跑一趟，我就替他带了一点回来。"

尹楚樊不由得道："你说得倒轻巧，万一查出来，那可是要坐牢的，你真是小孩子脾气，不知道天高地厚，建彰看着老成，原来办事也糊涂，怎么能让你做这种事。"

静婉听他这样说，连忙分辩："这事和许大哥一点儿关系也没有，是我自作主张，到现在他都还不知道，你要骂就骂我吧，跟旁人没关系。"

尹楚樊本来十分生气，见她两只眼睛望着自己，倒像是急得快要哭了一样，他只有这么一个女儿，难道真舍得去打骂？心下不由得就软了，哼了一声说："你总要吃过苦头才晓得厉害。"又说，"建彰要是知道了，必然也要狠狠地教训你，你就等着瞧吧。"

第二日许建彰听说了此事，果然对她说："你也太胡闹了，这种事情万一被查出来，那可不是闹着玩的。"

静琬微笑说："怎么会被查出来，你每次去进货，不都是很顺利吗？"

许建彰说："怎么能这样比，你是一个女孩子。"

静琬将嘴一撇："你骨子里还是瞧不起女子，亏你往日夸我不让须眉，原来都是假的。"

许建彰见她薄有怒意，知道她从来是吃软不吃硬，倒只能跟她讲道理了，于是缓声道："你知道我并不是那个意思，我平常去进货，都是多年熟人的门路，拿到军需的许可证，一路上都是有人照应着，自然没有人查。你这样贸贸然地行事，有多危险啊。"

静琬听他说得有理，又见他一脸的焦虑，总是为自己担心罢了，于是说："我怎么知道这中间还有天地线呢，算是我错了吧。"

她素性要强，等闲不肯认错的，这样说几乎算是赔不是了，许建彰也就含笑说："你也是一片好心，原是为着我。"

她也就笑起来："你知道就好。"

他们两个人在小花厅里说着话，语声渐低，尹太太本来亲自端来一盘西洋的桃心酥，见着一双小儿女你侬我侬，抿嘴一笑，悄悄又退了出去，随脚走到后面院子里的书房去。尹楚樊本来戴着老花眼镜在看账簿，见着太太端着点心进来，拖着戏腔道："劳烦夫人，下官这厢有礼了。"

尹太太皱眉道："瞧你这样子，家里还有客人在，若叫人瞧见像什么话？"

尹楚樊说："不是说建彰来了吗？我出去招呼一声。"

尹太太说："孩子们正自己说话，你出去搅什么局啊，再说他是常来常往的，又是晚辈，你不出去，也不算失礼。"便唤了用人斟了茶来，陪丈夫在书房里吃点心。

尹楚樊吃了两块酥，又点上烟斗来咬着，尹太太说："静琬脾气不好，难为建彰肯担待她，况且他又是咱们看着长大的，两家人知根知底。唉，只可惜建彰的父亲过去得太早，许家生意上头的事，都是他在操心，这孩子，倒是难得的老成持重。许太太上回半含半露，跟我提了亲事，我只含糊过去了。"

尹楚樊将烟斗在那烟缸里磕了一磕，说："静琬年纪太小，眼下两个孩子虽然要好，总得到明年，等静琬过了十八岁生日，才好订婚。"

过了几日，尹太太去许府跟许太太打牌，寻一个单独谈话的机会，将这个意思微微露了一下，许太太早就婉转提过婚事，得到一个这样确切的答复，自然喜不自胜。静琬与许建彰也隐约知道了父母的意思，他们两家虽都是旧式人家，但如今颇有几分西洋做派，既然父母肯这样地支持，两人自然也是欢喜。

流光荏苒，那是最容易过去的。春去秋来，转眼就是旧历新年，出了正月，天气渐暖，花红柳绿，便又是春天了。许家与尹家早就商议过了，听了两个年轻人的意思，定在五月里举行西式的订婚礼，但许尹两家皆是大家族，亲友众多，要准备的事务自然也多，从四月间便开始采办添置东西，拟宴客的名单，许家又重新粉刷了里里外外的屋子。

许家是做药材生意的，四月底，正是时疫初起、药材紧俏的时节。

每年这个时候，许建彰会亲自去北地进货，今年因着家里的私事，原本打算叫几个老伙计去，但是承颖两军刚刚停战，局势稍定，许建彰怕路上出什么差错，最后还是决定亲自走一趟。

静琬听说他这当口还要出远门去，虽然不舍，但也没有法子，况且自己一直敬重他少年有为，独力撑起偌大的家业，所以虽依依不舍，终究是不曾拦阻。许建彰临走前一日，尹太太就在家里设宴，替他饯行，静琬本是很爱热闹的人，这日却闷不作声，只是低头吃饭。尹太太替许建彰夹着菜，口中说："静琬就是这样子，老爱发小孩子脾气，过会子就好了。"许建彰瞧着静琬，见她一粒一粒地拨着米饭，倒像是很恍惚的样子，心中老大不忍。饭后，用人上了茶，尹太太扯了故，就与尹楚樊走开了。

许建彰见静琬端着那玻璃茶杯，只是不喝，只望着茶杯里的茶叶，浮浮沉沉。他轻轻咳嗽了一声，说："静琬，你怪我吗？"

静琬说道："我怎么会怪你，反正不过两个礼拜，你就又回来了。"

他伸出手去，握住静琬的手，说："你不要担心，虽然刚刚才打完仗，可承颖两军打了这许多年的仗了，我们还不是做生意做得好好的。"

静琬说："我都知道。"客厅里不过开着一盏壁灯，光线幽幽的，照着她一身朱砂色撒银丝旗袍，她本来极亮的一双眼睛，灯下那眼波如水，只是盈盈欲流望着他，他觉得自己一颗心泼剌剌乱跳，情不自禁手上便使了力气。她穿着高跟鞋，微微有几分站立不稳，身子向前一倾，已经让他搂在怀中，灼人的吻印上来，她心里只是乱如葛麻。他们虽然相交已久，许建彰却是旧式人家的礼节，除了牵手，不敢轻易冒犯她。今日这一吻，显是出于情迷意乱，她身子一软，只觉得这感觉陌生到了极点，那种淡淡的薄荷烟草的芳香，却又是无比的熟悉，只觉得像是梦里曾经经过这一场似的，仿佛天荒地老，也只像是一个恍惚，他已经放开了手，像是有几分歉意，又更像是欢喜，双目中深情无限，只是看着她。

她将头贴在他胸口，他轻轻拍了拍她的背，低声说道："我半个月后就回来啦，或者事情顺利，十来天就能办完也不一定。"

他第二天动身，一到了承州，就发了电报回来报平安，过了几日，又发了一封电报回来，静琬见那电报上寥寥数语，说的是："诸事皆顺，五月九日上午火车抵乾平，勿念。"她一颗心也就放了下来。

等到五月八日，她打算第二天一早去车站接许建彰，所以早早就睡了。偏偏春晚时节，天气沉闷，花瓶里插着大捧的晚香玉与玫瑰，香气浓烈，倒叫人一时睡不着，她在床上辗转了半晌，终于迷迷糊糊睡去了。

恍惚里却仿佛是站在一个极大的大厅里，四面一个人也没有，四下里只是一片寂静。她虽然素来胆大，但是看着那空阔阔的地方，心里也有几分害怕。忽然见有人在前头走过，明明是建彰，心中一喜，忙叫着他的名字。他偏偏充耳不闻一样，依旧往前走着，她赶上去扯住他的衣袖，问："建彰，你为什么不理我？"

那人回过头来，却原来不是建彰，竟是极凶恶的一张陌生脸孔，狞笑道："许建彰活不成了。"她回过头去一看，果然见着门外两个马弁拖着许建彰，他身上淋淋漓漓全是鲜血，那两名马弁拖着他，便如拖着一袋东西一样，地上全是血淌下来拖出的印子，青砖地上淌出一道重重的紫痕。她待要追上去，那两个马弁走得极快，一转眼三人就不见了，她吓得大哭起来，只抓住了那人就大叫："你还我建彰，你把建彰还给我。"

她这样痛哭失声，一下子醒过来，只觉四下里寂无人声，屋子里本开着一盏小灯，珍珠罗的帐子透进微光，明明是在自己的卧室里，只听见床头那盏小座钟嘀嗒嘀嗒地走着，才知道原来是梦魇。可是犹自抽噎，心里怦怦乱跳着，早已是一身冷汗，薄绸的睡衣汗湿了贴在身上，也只是冰凉。她想着梦里的情形，真是可怖到了极点，心中害怕，慢慢蜷回被中去，对自己说道："是做梦，原来只是做梦，幸好只是做梦。"就这样安慰着自己，方又迷糊睡去了。

她半夜没有睡好，这一觉睡得极沉，正睡得香酣，忽听母亲唤自己的名字，忙答应着坐起来，披上衣服，尹太太已经推门进来，手里捏着一份电报，一脸的焦灼，只说："静琬，你可不要着急，建彰出事了。"她一件衣裳正穿了一半，刚刚拢进一只袖子去，听了母亲这样一句话，宛若晴天霹雳，整个人就呆在了那里。

原来西药历来为承军关禁最严的禁运物资，但许家常年做药材生意，与承军中的许多要害人物都有交情，这些年来一直顺顺利利，不料慕容沣刚刚领兵平定了北地九省，就回头来整肃关禁，而首当其冲的就是这西药。那慕容沣少年得志，行事最是雷厉风行，对于关禁腐败，痛心疾首。一着手此事，不动声色，猝然就拿了承军一个元老开刀，将那位元老革职查办，然后从上至下，将涉嫌私运的相关人等全部抓了起来，许建彰被牵涉出来，人与货物刚出承州就被抓回去扣押，眼下被下在监狱里，生死不明。

尹太太原想静琬会哭，不料她并没有哭泣，眼里虽然有惊惶的神气，过了一会儿，就慢慢镇定下来，问："许伯母知道了吗？"

尹太太说："这电报就是她叫何妈送过来的，听何妈说，许太太已经乱了方寸，只知道哭了。"

许建彰虽有两个弟弟，年纪都还小，家里的大事，都是他这个长子做主，这一来，许家便没了主心骨，自然乱作一团。静琬轻轻地"噢"了一声，问："爸爸怎么说？"

尹太太道："你爸爸刚才一听说，就去见王总长了，但愿能想点法子吧。"

尹楚樊去见的这位王总长，原是承军的人，眼下在内阁做财务总长，听了尹楚樊的来意，二话不说，连连摇头："若是旁的事都好说，可眼下这件事，凭他是谁，只怕在六少面前也说不上话。您多少听说过那一位的脾气，从来是说一不二。当年大帅在的时候，也只有大帅拿他有法子，如今他正在光火关禁的事，只怕正等着杀一儆百，眼下断不能去老虎嘴边捋须，我劝你先回去，等过阵子事情平复，再想法子吧。"

尹楚樊见话已至此，确实没有转圜的余地，只得失望而归。静琬见父亲一一分析了利害关系，只是默不作声。尹楚樊安慰她说："虽然私运西药是军事重罪，可许家与承军里许多人都有交情，建彰的性命应该无忧，到时再多花些钱打点一下，破财消灾吧。"她仍旧默不作声，心中焦虑，午饭也没有吃，就回自己屋去了。

她知道父亲是在安慰自己，坐在梳妆台前，只是思潮起伏。恰好那梳妆台上放着一份数日前的旧报纸，上面登着新闻，正是慕容沣平定北地九省之后，在北大营阅兵的照片，报纸上看去，只是英姿飒爽的一骑，于万军拱卫中卓然不凡。这个人这样年轻，已经手握半壁江山，竟是比他父亲还要厉害的人物，他的行事，必然刚毅过人。慕容沣既然下决心要整肃关禁，难保不杀一儆百，而建彰撞在这枪口上，只怕是凶多吉少。

她怔怔瞧着那报纸，忽瞧见报纸援引内阁耄老的话，说是"慕容沛林少年英雄"，心中一动，只觉得"沛林"这两个字再熟悉不过，自己倒像在哪里见过，只记不起来，坐在那里苦苦寻思，突然间灵光一闪，拉开抽屉，四处翻检，却没有找到。

她将所有的抽屉都一一拉开来，最后终于在衣柜底下的抽屉里找到了那只金怀表，打开来看，里盖上清清楚楚两个字——沛林。她本是一鼓作气翻箱倒柜，此时倒像是突然失了力气，腿脚发软，慢慢就靠在那衣柜上，心里已经有了计较，只想，不管是与不是，不管成与不成，总得破釜沉舟试一试。

【四】

静琬从头又仔细想了一遍，换了件衣裳，去上房对母亲说："我去看望一下许伯母。"

尹太太点头道："是该过去瞧瞧，也劝她不要太着急了。"就叫家里的汽车送静琬去许家。

许家也是旧式的大宅门，时候本来已经是黄昏，晚春的太阳斜斜照在影壁上，不由得带了几分惨淡之色。许太太听到用人回话，早已远远迎了出来，上房里已经开了电灯，许太太本来穿着一件墨绿的湖绉旗袍，在黄色灯光的映衬下，脸上更显焦黄的憔悴之色。静琬看在眼里，心里更添了一种伤感，许太太几步抢上来，牵了她的手，只叫了一声"静琬"，那样子倒像又要掉眼泪一样。静琬真怕她一哭，自己也会忍不住放声大哭，勉强叫了声："伯母。"搀了她在沙发上坐下。

许太太取出手绢来拭了一回眼泪，只说："这可怎么好？建彰一出事，就像塌了天一样。"

静琬说："伯母不要太着急，保重身体要紧，建彰的事总不过要多花几个钱罢了，不知道伯母知不知道，如今建彰有哪些朋友还可以帮得上忙。"

许太太说："外面的事我都不太过问，恐怕只有廖先生知道。"

静琬便问："能不能请廖先生过来谈一谈呢？"

许太太早就失魂落魄，见她神色镇定，心里才稍稍安定些，听她一说，于是马上就差人去请。

那位廖先生是许家积年的老账房，跟着许建彰办过许多事，听说许太太请他，马上就赶来了。静琬平日与他也熟识，称呼他一声"廖叔"，说："廖叔，眼下要请您好好想一想，建彰还有哪些朋友在承军里头，可以帮得上忙。"

廖先生迟疑了一下："这回的事情，牵涉极大，就我知道的好些人，都已经帮不上忙了。"

静琬问："那么旁的法子呢？假若不是直接找人去说情，只是找门路见六少一面，有没有法子？"

廖先生听后吓了一跳，将头上的帽子取下来，狐疑地说："找门路见六少——这可是非同等闲的事，他是现任的承军统帅、九省巡阅使，要见他一面，谈何容易。就算见着了，又能有什么用？"

静琬说："家父有位朋友，跟六少略有交情，可能说得上话，只是许多年不见，如今六少位高权重，起居八座，只怕不容易见面，若是能见着面攀一攀旧情，或许能奏效也未为可知。"

廖先生听她说得这样笃定，沉吟道："要见六少确实没有法子，但有条门路不知道能不能派上用场。"

静琬忙说："请先生明言。"

原来许家与承军一位余师长颇有交情，而这位余师长，正是慕容沣三姐夫陶端仁的表亲，廖先生坦然道："找这位余师长帮忙，或许能见一见慕容三小姐。"

静琬默默点一点头，廖先生又说，"听说慕容家是旧式的家庭，小姐们都不许过问外面的事，只怕见着慕容小姐，也无济于事。"

静琬想了一想，对廖先生说："眼下也只有这一步活棋了。能不能请您给余师长写封信，介绍一下家父的那位朋友，请余师长从中帮忙，让家父的朋友能见一见慕容小姐。"

廖先生自然答应，当下许太太叫用人取了笔砚来，廖先生写了一封长信，说明了利害关系，方交给静琬。

许太太泪眼汪汪地瞧着她，问："令尊的那位朋友，真的能帮上忙吗？"

静琬想了一想，说："其实也没有多少把握，但她必会竭尽全力。"

静琬回到家去，天色已晚，尹太太见她神色匆忙，叫住了问："吃过饭没有？"

"在许家陪许伯母吃过了，老人家看着真可怜，真是食不知味。"

尹太太轻轻叹了口气："你也别太着急了，你父亲已经在想法子了。"

"我明天去找一找我的同学，他的父亲历来与承军的人来往密切，或者能有门路。"

尹太太点了点头："咱们可真是病急乱投医。"

静琬不知为什么，轻声叫了声："妈。"

尹太太无限怜爱地瞧着她："你看看你，只一天的工夫，就急得憔悴下去了。"

静琬不由自主地摸了摸脸，勉强笑着说："妈，我先去睡，明天一早起来，还要去见我那同学呢。"

第二天一大早，静琬就坐了汽车出去，尹太太在家里不知为何有些心神不宁，只说是为了建彰的事在担心。等到了中午时分，司机开了汽车回来，却不见静琬。

司机说："大小姐叫我在路口等着她，一直等到现在，我以为大小姐自己雇车回来了。"

尹太太听了又急又忧，忙打电话告诉了尹楚樊，又想或许是在同学那里，一一打电话去问，都说没有去过。天色渐晚，静琬仍没有回来，尹家夫妇忧心如焚，去女儿房中一看，少了几件贴身衣物，妆台上却压着一封书信。

尹太太看完了信，几乎要晕厥过去。尹楚樊稍稍镇定，握着烟斗的手亦在微微发抖，连忙打电话给银行的熟人，果然静琬这日一早就去提取了大笔的款子，尹家夫妇见事出突然，只是痛悔不及。

这晚却有极好的月亮，静琬躺在火车的软铺上，窗帘并没有完全拉上，一线窄窄的缝隙里，正见着那一勾弯月。暗灰的天幕上月色有点发红，像是谁用指甲掐出的印子，细细浅浅的一枚。火车走得极快，明暗间那一弯月总是在那个地方，她迷糊睡去，心里忐忑，不一会儿又醒了，睁眼看月亮还在那个地方，就像追着火车在走一样。她思潮起伏难安，索性又坐起来，从贴身的衣袋里取出那只怀表，细细地摸索着上面的铭文。细腻的触觉从指尖传进心底，"沛林"——如果真的是他，那么她应该有希望，毕竟他欠过她人情。

她心里稍稍安静了几分，又重新睡下，那月光暗得几近赤色，她在枕上望去，就像玻璃杯上的胭脂痕，涸然就要化开了一样，她又重新睡着了。

一出承州站，方才觉得气氛不对。她孤身一个女子，只得先雇了黄包车去旅馆，走在路上才问黄包车夫："今天街上怎么这么多岗哨，是出什么事了吗？"

黄包车夫答说："通城的人都涌去看热闹——今天要处决人犯呢。"

她不知为何，心中怦怦乱跳，问："是什么人犯？"

那黄包车夫答："说是走私禁运物资。"

她呼吸几乎都要停顿，失神了好几秒钟，方才重重摇一摇头，问：

"只是走私禁运物资，怎么会处置得这样重？"

那车夫答："那可不晓得了。"

她到了旅馆，来不及梳洗，先雇了一部汽车去余师长府上，幸得天色尚早，那位余师长还没有出门，门上将她让在客厅里，自有随从拿了廖先生的那封信通报进去，余师长倒是极快就亲自出来了。一见着静琬，自然诧异无比，上下打量了半晌，方才问："廖先生信里提到的人，就是你？"

静琬不知事态如何，强自镇定，微微一笑："鄙姓尹，实不相瞒，许建彰是我的未婚夫，我的来意，余师长定然十分清楚。"

那余师长又将她打量了一番，忽然挑起拇指赞道："小许好眼力，尹小姐好胆识。"忽然长长叹了口气，连连摇头，"只是可惜了，可惜啊"。

他连道两声可惜，静琬心里一片冰凉，禁不住问："难道今天处决的……"

那余师长说："原来尹小姐已经听说了？"

静琬一颗心几欲要跳出来，不禁大声问："私运禁运物资虽是重罪，怎么能不分青红皂白就杀人？"

那余师长道："这中间的事，真是一言难尽。今天处决的这个人，和建彰相比，说句不客气的话，其实更有来历。"

静琬听了这句话，心里顿时一松，人也虚弱得似站立不稳了，心里只在想，谢天谢地，原来并不是他，原来还不算迟。

只听那余师长说："尹小姐不是外人，我也就实话实说。今天下令处决的这个人，原是望州统制徐治平的嫡亲侄子。徐统制为这事几乎要跟六少翻脸，逼得六少当着九省十一位部将的面下令，这次抓获的人全部杀无赦。"静琬不由得激灵灵打了个寒噤，"六少既然当众说出这样的话来，那定然是没有半分转圜的余地了，我劝尹小姐还是回乾平去吧。"

静琬听说今天处决的竟是一省统制的侄子，已经知道希望渺茫。又听说六少当着部将的面下过这样的命令，想哪怕自己是他的救命恩人，只怕他也不能收回成命，不然，将置威信于何在？他本来就是年轻统帅，底下人虽然不少是慕容家的旧部，但难保有人心里不服气，他为了压制部将，断不能有半分差错。此事他既然已经办到这个份上，亦是骑虎难下，只怕就算是六少他自己的亲眷，亦会"挥泪斩马谡"。

她思前想后，但事已至此，总得放手一搏，于是对余师长道："我还是想见一见慕容小姐，不知师长方不方便安排？"

那余师长数年来得了许家不少好处，此次事发，早就想搭救许建彰，只是心有余而力不足罢了。听她说要见慕容小姐，这件事自己能帮上忙，当下就痛快地答应了："机会倒是现成的，三小姐过三十岁，为了给她做生日，陶家一连几日大宴宾客，来来往往的客人极多，就是我带你进去，也不会有人留意到。"

静琬道谢不迭，那余师长说："尹小姐一介女流，尚且能千里相救，我是建彰的朋友，难道不该出绵薄之力吗？"静琬见他虽是个粗人，但心性耿直，又肯在危难中出力相救，心下暗暗感激。

那陶端仁本在承军中担当要职，家里极大的花园与新建的品红砖楼，修得极醒目，远远就可以瞧见。静琬见陶府门外半条街上，皆停着车马，真可谓门庭若市，气派非凡。余师长叫了余太太作陪，夫妇两个引静琬进了陶府。男客都在外面招待，余太太便陪静琬进了一重院落，原来后面还有宏伟的花厅，厅前花团锦簇，摆着芍药、牡丹等应时的花卉，都开了有银盘大的花盏，绿油油的叶子衬着，姹紫嫣红。

花厅里全是女客，都是些非富即贵的少奶奶、小姐们，穿的各色衣裳比那厅前的花还要争奇斗艳。那花厅前本有一个小戏台，台上正咿咿呀呀唱着，台下那些太太小姐们看戏的看戏，说话的说话，谈笑声莺莺呖呖，夹在那戏台上的丝竹声里，嘈嘈切切。

静琬眼见繁华到了如此不堪的地步，她虽是富贵场上经历过来的，亦觉得奢华难言。余太太见她看戏台上，便向她一笑，问："尹小姐也爱听戏吗？今儿是名角纪玉眉的压轴《春睡》与《幸恩》，纪老板的戏那可是天下一绝，等闲不出堂会。"

静琬胡乱应承了两句，余太太带她穿过花厅，又进了一重院落，那院子里种着细细的几株梧桐，漫漫一条石子小径从树下穿过。她带着静琬顺着那小路绕过假山石子，前面的丝竹谈笑声都隐约淡下去，这才听见后面小楼里哗啦哗啦的声音。

余太太未进屋子就笑着嚷："寿星在哪里？拜寿的人来了呢。"

屋子里打牌的人都回过头来看她，原来下手坐的那人，一身的华丽锦衣，绾着如意髻，是位极美的旧式女子，正是慕容三小姐，她叫了余太太一声"表嫂"，笑着说："表嫂带来的这位妹妹是谁，真是俊俏的人。"

静琬这才落落大方地叫了声："三小姐。"自我介绍说："我姓尹，三小姐叫我静琬就是了"。又递上一只小匣："三小姐生日，临时预备的一点薄礼，不成敬意。"

那慕容三小姐见她态度谦和，说话又大方，不知为何就有三分喜欢，说："尹小姐太客气了。"叫用人接了礼物去，又招呼余太太与静琬打牌。静琬稍稍推辞就坐下陪着打八圈。她原本坐在慕容三小姐的上首，是有备而来，又极力地察言观色，拼着自己不和牌，慕容三小姐要什么牌，她就打什么牌，八圈下来又打了八圈，慕容三小姐已经赢了两千多块钱了。

余太太在旁边替慕容三小姐看牌，笑逐颜开地说："三小姐手气正好，开席前赢个整数吧，只怕这八圈打不完，就该开席了。"

那慕容三小姐道："今天是正日子，老六早说要来，等他来了才开席。"

静琬听见笑吟吟地问："六少要来吗？说起来我与六少曾有一面之缘，不知道六少是否还记得。"似是无意，随手就将那只金怀表取出来，看了看时刻。

慕容三小姐眼尖，已经认出那是慕容沣二十岁生日时，慕容宸替他定制的那只金表，只不知道为何在这女子手里。转念一想，大约又被这位年少风流的六弟随手送人当作留念了，这位尹小姐相貌如此出众，怪不得他连这块表都肯送她。心中寻思，这位尹小姐输了这样多的钱给自己，原来打的是这么一个算盘。她是司空见惯这样的事，心中虽然暗暗好笑，也不去点破，只笑道："我前儿还在跟大姐说呢，咱们家老六，都要赶上那些电影明星了。"静琬听她这样不咸不淡的一句，也不接口，只是又粲然一笑。

那慕容三小姐赢了她不少钱，心里想这本是顺水推舟的事情，况且慕容沣一向又是这种坏习惯，自己替人牵线遮掩，倒也不是头一回了。一面心里盘算，一面打牌，等到外面催请开席，方起身出去。

静琬这一餐酒宴，吃得亦是忐忑不安，虽是鲍参鱼翅，也味同嚼蜡。厅上本是流水席，用过饭后让到后厅里用茶，方停了戏，又有几位大姑娘上来说书，正热闹处，忽然一个模样伶俐的丫头走上前来，低声对她说："尹小姐，我们三小姐请尹小姐后面用茶。"她心中一跳，起身就跟着那丫头往后走，这次却穿过了好几重院落，进了一扇小红门，里面是十分幽静的一座船厅，厅前种着疏疏几株梨花，此时已经是绿叶成荫子满枝。

那丫头推开了门，低声说："小姐请在此稍等。"静琬看那屋子，虽是旧式陈设，倒也十分雅致。一色的明式紫檀家具，并不蠢笨。她在椅子上坐了片刻，听那丫头去得远了，四下里寂静无声，从极远处隐约传来一点宴乐的喧哗，越发显得安静。忽然听到厅外由远及近，传来皮鞋走路的声音，心怦怦直跳，人也不由自主站起来，她本来胆子极大，到了此时却突然害怕起来，听那脚步声越走越近，将身子一闪，隐身藏在了那湖水色的帐幔之后。

那人一直走进屋子里来，叫了两声"玉眉"，问："玉眉，是不是你？别藏着啦。"她听见是年轻男子的声音，不知道是不是那慕容洋，一颗心几乎要从口里跳出来，在那里一动不动。却听那人说："好啦，别玩啦，快出来吧。我好容易脱身过来，回头他们不见了我，又要来寻。"

静琬心思杂乱，一瞬间转了无数个念头，只听他说："你再不出来，我可要走了。"她迟疑着没有动弹，只听他说，"玉眉，你真不出来，那我可真走了。"过了一会儿，就听脚步声渐去渐远，四下里重又安静，那人真的走了。她不知为何吁了一口长气，慢慢从那帐幔之后走出来，见厅中寂无一人，心下乱成一团，不知该如何是好。

就在怔忡的那一刹那，忽然有人从后头将她拦腰抱起，她吓得失声惊呼，人已经天旋地转，被人扑倒在那软榻上，暖暖热气呵在耳下，那一种又酥又痒，令她既惊且怕。却听着适才说话那人的声音就近在咫尺，原来那人只是故意装作走开，此时出其不意将她按住，哈哈大笑，说："你这促狭的东西，总是这样调皮，我今天非得叫你知道不可。"他身上有淡淡的薄荷烟草的芳香，夹杂着陌生男子的气息，还有一种淡淡的硝味呛入鼻中，她拼命地挣扎，他一手压制着她的反抗，一手拨开她的乱发，正欲向她唇上吻去，已经看清她的脸庞，不由得怔住了。

【五】

他的脸庞本来极近，看得清那浓浓的眉头，目光犀利地盯在她脸上，虽然有几分诧异，可是因这情形着实尴尬，不由得闪过一丝复杂难以言喻的窘态，不过一刹那，那窘态已经让一种很从容的神色取代了，仍旧目光犀利打量着她，似乎要从她脸上看出什么来一样。

她也极力地回忆往日看过的相片，可是报纸上登的相片，都并不十分清楚，她盯着他细看，也拿不准他是否就是慕容沣。他的呼吸热热地喷在她脸上，她这才发觉两个人的姿势暧昧到了极点，她到底是位小姐，不由得面红耳赤，伸出手推他说："哎，你快起来。"

他也回过神来，连忙放开手，刚刚起身，忽听门外脚步声杂沓，明明有人往这边来了，紧接着有人"砰砰"敲着门，叫："六少！六少！"

门外的人都哈哈笑着，听那声音总有三四个人的样子。只听一个破锣似的嗓子高声嚷道："六少，这回可教咱们拿住了，才喝了一半就逃席，也太不给咱们几个老兄弟面子了。"

静琬吓了一跳，身子微微一动，他怕她去开门，猝然伸出手去捂住她的嘴，低声说："别作声。"他是行伍出身，力气极大，静琬让他箍得差点背过气去，连忙点头示意领会，他才松开了手。

忽听外面另一个声音说道："几位统制不在前面吃酒，跑到后面来做什么？"

先前那个破锣嗓子哈哈笑了一声，说："陶司令有所不知，酒才吃到一半，六少却借故逃席，过了这半晌还没回去，咱们寻到这里来，总要将他请回去，好生罚上一壶酒。"

那陶司令正是慕容沣的三姐夫陶端仁，现任承州驻防司令，他是何等的人物，当下已经将来龙去脉猜到三四分，笑吟吟地说："这里是一间闲置的房子，等闲没有人来的，关统制叫了这半晌也没有人答应，六少定然也不在这里，各位不如去别处找找吧。"

那关统制虽然是个大老粗，但这些年来军政两界沉浮，为人其实粗中有细，见陶端仁发了话，不好扫主人面子，打个哈哈说："那咱们就别处找去。"往外走了两步，忽然笑嘻嘻止了步子，回过头来说，"不成，陶司令，今天是三小姐的好日子，府上人多，咱们可不能让人钻了漏子去，万一进来歹人，惊扰了贵客那如何了得？"便提高了声音，叫，"来人啊！"

他随侍的一名马弁便上前答应了一声，只听那关统制吩咐说："取一把大锁来，将这房门锁好了，再将钥匙交给陶司令好生保管。"话音未落，几人都哄然大笑起来，个个拍手叫好。陶司令虽然微觉不妥，但这几位统制都是慕容旧部，从小看着慕容沨长大，私底下从来是跟他胡闹惯了，何况现在有了七八分酒意，更是无法无天的泼皮样子，哪里有半分像是开牙建府的封疆大吏？

慕容沨尚且拿他们没有法子，况且这明明是故意在开玩笑，只好含笑看那马牟取了一把大铜锁来，从外面锁上了房门。那关统制接过钥匙，亲手往陶司令上衣口袋里放好了，轻轻在那口袋外拍了一拍，说："陶司令，既然这里是一间闲房，想来里面也没搁什么要紧的东西，自然一时半会儿也不急着用这把钥匙，咱们先喝酒去吧。"和另几位统制一道，连哄带攘簇拥着那陶司令出去了。

静琬在屋子里听他们去得远了，走上前就去推门，那锁从外头锁得牢牢的，哪里推得动半分？回过头来看着慕容沨，他倒还是很从容的样子，对着她笑了一笑，说："真对不住，刚才我是认错人了，多有冒犯。"

她只说："哪里。"话一出口微觉不妥，但再解释倒怕是越描越黑，屋子里只开了一盏小灯，她立在窗子之前，窗上本是金丝绒窗帘，因光线晦暗，倒像是朦胧的绿，衬着她一身月白绛纱旗袍，衣褶痕里莹莹折着光，仿佛是枝上一盏白玉兰花，擎在雨意空蒙里一般。

他忽然心里一动，脱口道："是你？"

她怔了一下："是……是我。"

他仍旧是很从容的样子，含笑说："咱们这是什么缘分，怎么每次遇见你，都正是最狼狈的时候。"她心思紊乱，一时不知该说什么才好。他走过去推了推门，哪里推得动，口中不由得道："这帮人一喝了酒，就无法无天地胡闹。"见她望着自己，又笑了一笑，安慰她说，"不要紧的，回头自然有人来放咱们出去。"见她的样子，像是有几分踌躇不定，转念一想，便去将屋子里的几盏灯都打开了，四下里豁然明亮，却见她一双澄若秋水的眼睛盈盈望着自己，眼波流转，明净照人。

却说陶端仁回到前面大宴厅里，陪着那几位统制喝了几杯酒，乘人不备，招手叫过一名长随来，想悄悄将钥匙取来递给那长随，忽然斜地里伸过一只手来，按在那钥匙上。陶端仁抬头一看，正是那位关统制，咧着嘴呵呵一笑，对他说："陶司令急什么？"

陶端仁说："也闹得够啦，可别再闹了。"

关统制哈哈一笑，压低了声音说："反正六少眼下在那屋子里，只怕比坐在这里被我们灌酒要快活许多。"

陶端仁嘿地笑了一声，说："玩笑归玩笑，老这么关着可像什么话？"

另一位周统制拿过酒壶来，亲自替陶端仁斟了一杯酒，说："陶司令放心，时候还早呢，难得这两日无事，让六少舒舒坦坦躲个闲吧。"旁的人也七嘴八舌地来劝酒，陶端仁没有法子，只好和他们胡搅蛮缠下去。

慕容沣原估摸着不过一时半会儿就会有人来，谁知过了许久，渐渐地夜深了，四下仍是静悄悄的一片，听着前面隐约的笑语声，慕容沣在屋中来回踱了两步，将窗帘拉起来瞧了瞧，又望了静琬一眼。静琬转念一想，这样被关在这里总是尴尬，这种情形下，什么话也不好开口讲，说："六少请自便。"

本来她是无心，可是话一说出来，自己先觉得老大不好意思，他也忍俊不禁，说："虽然翻窗子出去，再容易不过，可是总是当着小姐的面失礼。"

她说："事从权宜，这有何失礼。"

他听她答得爽快，心里想那帮统制都是些海量，若是喝得兴起，人人烂醉如泥，自己倘若真被关在这里一夜，成何体统？举手将窗子推开，见四下无人，双手在窗台上一按，便越过窗台轻巧无声地落地。

他回头对静琬说："你在这里稍等，我去叫人来开门。"

静琬见他转身欲走，心下大急。自己好容易见着他这一面，他这一走，再见可就难了，脱口说："不，我要跟你一起。"见窗下书案前有一只锦绣方凳，拿过来踏上去，只是旗袍下摆紧小，如何能像他一样越窗而出？她不假思索，将旗袍下襟一撕，只听"嚓"的一声，那旗袍的开衩处已被撕裂开来。

他见她踏上窗台，心下大惊，本能伸出手想去搀扶，她却并不理会，顺着窗台往下一溜，利利落落便站稳了，回手拿手绢轻轻掸了掸后襟上的灰尘，神情便如适才只是躬身折花一样闲适，抬起头来向他嫣然一笑。

他极力自持，不往那撕裂的口子处看去，只是心中异样，只怕管束不住自己的目光，于是咳嗽了一声，说："小姐请这边走。"

静琬此时才轻声说："我姓尹，尹静琬。"

他"哦"了一声，伸出手去说："尹小姐幸会。"她的手很凉，他想起小时候自己拿了母亲念佛用的羊脂玉小槌，就是这样冷冷地握在掌心里，好像一个闪神就会滑在地上跌碎一样，总是情不自禁地小心翼翼。他见她衣服已经撕坏了，这样子总不能出去见人，心念一转，就有了计较。

他在前头走，静琬落后他两三步，不知道他带着自己往哪里去。从那院子里出去，顺着抄手游廊转了好几个弯，又经过许多重院子，后面却是一座西式的小楼，那楼前有一盏雪亮的电灯，照着一株极大的垂杨树，夜风吹过，柳叶千条拂在红色的小栏杆上，如诗如画。

静琬却没心思看风景，慕容沣进了楼里，叫了一声："三姐。"原来这里是慕容三小姐的起居之处，他原以为这时三姐正在前头招呼客人，谁知恰好慕容三小姐回屋子里来换过衣裳，听见他的声音，连忙从楼上下来，见是他们两个，未曾说话先抿嘴一笑。

慕容沣倒不防她竟真的在这里，原打算叫用人取出套衣裳来，此时只得向她说："三姐先叫人拿件衣裳给她换上吧。"那楼下厅里天花板上，悬着四盏极大的水晶吊灯，慕容三小姐听了这话，不由得往静琬身上一瞧，顿时就望见那下襟撕得极长的口子，再也忍不住的笑意，漫漫地从眼角溢出来，笑吟吟地说："我有件新旗袍腰身做得小了，还没拿去改，尹小姐比我瘦，定然能穿得。"

叫用人领了静琬去换衣裳，静琬本来走出了两步，忽然又想起来，转过头来对慕容沣说："麻烦你等我一等，我还有事情想和你谈。"

慕容沣犹未答话，慕容三小姐已经"哧"地一笑，拍着静琬的手臂说："你放心去吧，我替你看着他，管叫他哪儿也不能去。"静琬听她这样说，明知她是误会深了，可是这误会一时半会也不好分辩，只得先笑了笑，径去换衣裳。

等她换了衣裳出来，却只有慕容沣一个人坐在那里吸烟，四下静悄悄的，连用人都不知往哪里去了。他见着她出来，随手将烟卷在烟缸里掐掉了，他虽是旧式家庭出身，可也是交际场上的时髦人物，颇守西式的礼节，站起来替她拖开椅子，她道了谢坐下，正踌躇怎么样开口，他已经问："尹小姐是乾平人吧？"

静琬本来心中极乱，见慕容沣看着自己，虽然他是这样一位大权在握的人物，因着年轻，并不给人咄咄逼人之感，相反她觉得他的眼神倒是十分温和，于是从容道："六少，实不相瞒，我是专程来有一事相求。"

慕容沣"哦"了一声，说："我本来就欠着尹小姐救命之恩，有什么话请但说无妨。"静琬便将事情的来龙去脉细细讲了，然后眼睛一眨不眨地瞧着他，他眉头微微一蹙，旋即说："尹小姐，你曾经助我于危难中，这样的大恩没齿难忘。可是这件事情，恕我实在不能答应你。"

她本来还抱着万一的希望，听他这样回绝得一干二净，眼里不由得露出伤心欲绝的神色来。他深感歉意，说："尹小姐，真是十分对不住，我实在是无能为力。"

她"嗯"了一声，说："既然连你也无能为力，那么就真的是无力回天了。"

他虽与她只是寥寥几个照面，但已经觉得面前这女子灵动爽朗，非同等闲，竟是决断间不让须眉的人物。现在看着她绝望一般，才觉得有一种小女儿的柔弱之态，叫人情不自禁生了怜意，想了一想，说道："这样吧，你在这里住两天，我安排人陪你四处走动走动，若有旁的事情我能帮上忙的，请尽管开口。"

她摇了摇头，说："除了这件事情，我没有任何事情再想请你帮忙了。"

一时间屋子里只是静默，过了许久，他才问："这位许先生，定然是尹小姐的至亲之人吧。"

静琬说："他是我的未婚夫。"

他又重新沉默，过了片刻说："我十分抱歉，希望尹小姐能够体谅我的难处。"

静琬轻轻点了点头，说："我明白，你要节制九省十一师，实属不易。况且两派人里，守旧的那一派谋定而动，你此时一步也错不得。"

他见她见事极其清楚，不由得更是暗暗诧异，口中却说："尹小姐何出此言？"

她微微一笑，眼中却殊无笑意："我只是想当然，你才二十五岁，子袭父职，底下那些部将，必有功高盖主的、窝了火不服气的、挑唆了来看笑话的，若不是你刚刚打胜了那一仗，只怕不服气的人更多。古往今来，世上事大抵如此罢了。"

【六】

慕容沣听了这样一番话，心里倒像是若有所动，过了片刻，忽然微笑："尹小姐远道而来，总要让我略尽地主之谊，明天我想请尹小姐到舍下吃顿便饭，不知道尹小姐是否肯赏光？"

静琬推辞了两句，也就答应了下来。慕容沣又问："不知道尹小姐下榻何处，明天我好派人去接。"静琬就将旅馆的名字告诉了他，他眉头微微一蹙，旋即含笑说："承州是偏僻的小地方，比不得故都乾平繁华，这间旅馆只怕委屈了小姐。家姐与尹小姐颇为投缘，家姐也颇为好客，尹小姐若是不嫌弃，能否移趾于此？"

静琬听他说到要请自己住到陶府里，心里自然略觉得异样，略一迟疑，见他目光炯炯，一双眼睛瞧着自己，那眼里仿佛无边暗夜，深不可测。她顷刻间就有了决断，说道："只怕打扰了三小姐，十分过意不去。"

他唇畔浮起笑意，说道："家姐是十分好客的人，尹小姐放心。"他一面说着，一面就按铃叫人。因知道是他在这里，所以并不是陶府的听差，而是他自己的侍从进来听候差遣，他便将旅馆地址告诉侍从，吩咐说："去取尹小姐的行李来。"又说，"告诉三小姐一声，说我有事请她过来"。

慕容家是旧式的家庭，慕容宸故世之后，慕容沣实际就是家长，三小姐虽较他年长，但听得他派人找自己，不一会儿就来了。慕容沣便告诉她说："三姐，我替你邀请了尹小姐住在这里。"

三小姐略觉意外，旋即马上笑道："我当然求之不得，尹小姐肯赏光，那真是太好了。"亲热地牵了静琬的手，说，"我只怕尹小姐会嫌我这里闷呢。"又说，"尹小姐若是不嫌弃，就住在西面的那幢楼好不好？地方虽小了一点，但是楼上楼下，四面都是花园，很幽静的，而且前面就有一道门，若是有事出入，比方上街，也不必绕老远的路从大门出去。"

陶家本是深宅大院，闲置的房子很多，三小姐亲自陪了静琬去看屋子，那一种殷勤，又与初见时不同。那幢楼虽是空着，但每日自有下人打扫，收拾得纤尘不染。楼下是客厅与两间小厅，并一间小餐室，楼上是几间睡房，当中一间极是宽敞，一式的西洋陈设。

三小姐吩咐上房当差的一个丫头兰琴收拾了簇新的被褥，铺在那西洋弹簧床上，说："这都是极洁净的，尹小姐尽管放心。"又指着兰琴说："这妮子还算听话，尹小姐这次没带人来，就叫她先听着尹小姐差使吧。"

静琬自然连声道谢，那睡房是西式的落地长窗，推开了出去，原来是露台。满天的璀璨星斗，照在那树荫深处，疏疏的几缕星辉。风吹过，枝叶摇曳，她瞧见不远处墙外是一条街，对面便又是水磨砖砌的高墙，一眼望去树木森森，隐约可见连绵不断的屋子，并有几幢高高的楼顶，瞧那样子，像是重重院落，一座极大的深宅。

因那街上有煤气路灯，极是明亮，照着对面院墙上牵着的电网，电网上缚了许多小铁刺，墙上插着尖锐的玻璃片。街角拐弯处正有一盏路灯，底下是一个警察的哨岗，那墙下隔不远就有卫兵，背着长枪来回走动，分明那院墙之内，是个极要紧的所在。她不由得问："那是什么地方？"

三小姐抿嘴一笑，说："那是督军行辕。"

静琬不由得"噢"了一声，才知道那就是人称"大帅府"的九省巡阅使督军行辕，原来这幢楼与帅府只是一街之隔，怪不得这位三小姐如此安排。

第二日中午慕容洴就派人来接她。来人虽然是一身的戎装，人却十分斯文和气，见了静琬彬彬有礼地自我介绍："尹小姐好，我是六少的卫戍队长沈家平，六少派我来接尹小姐。"

她虽然早有准备，可是心中多少有些忐忑不安，她自恃胆色过人，坐在汽车上，终于也镇定下来。陶府与帅府本来就相距不远，不过一会儿工夫就到了，汽车一直开进去，又走了老远，才停了下来。早有听差上前来替她开了车门，原来汽车停在一幢十分宏伟的青砖楼房前，楼前是西洋式的花圃，时值春末，花叶葳蕤繁盛，十分好看。

听差引着她进楼里去，一路穿过殿堂一样的大厅，从走廊过去，是一间花厅，陈设倒是西式的，铺着整块的地毯，踏上去绵软无声，地毯上两朵极大的芙蓉花，一圈儿沙发就如簇在那花蕊里一般。她刚一坐定，就有人奉上茶来。

她吃着茶等了一会儿，忽听隔扇外有人一面说话一面走进来："真是抱歉，让尹小姐久等了。"正是慕容沣，他在家中穿了长衫，英气尽敛，倒平添了三分儒雅。她袅袅婷婷地站起来，他见她今日是西洋式的长裙，越发显得身姿娉婷，见她落落大方地伸出手来，忙与她握了手，说："本该亲自去接尹小姐，但上午临时有一点急事，所以来迟，请尹小姐见谅。"

静琬说："六少身系九省军政，日理万机，倒是我一再打扰，十分冒昧。"慕容沣坐下来与她闲谈些承州风物，过不了许久，就有听差来说："厨房请示六少，已经都预备好了。"

慕容沣说："那就先吃饭吧。"起身忽然一笑，"请尹小姐宽坐，我去去就来。"过不一会儿，慕容沣换了一身西装来了，含笑说："今天请尹小姐试一试家里西餐厨子的手艺。"静琬见他换了西装，更是显得倜傥风流，想着这个人虽然是九省巡阅使，但毕竟年轻，和寻常翩翩公子一样爱慕时髦，又听他说吃西菜，于是说："六少太客气了。"

慕容府上的厨子，自然是非同等闲，做出的菜式都十分地道。虽然只有两个人吃饭，但有一大帮听差侍候着，招呼得十分殷勤。刚刚上了第二道主菜，一名听差突然来禀告："六少，常师长求见。"

慕容沣说："请他进来吧。"

过了一会儿，听差就引了那位常师长进来，静琬见此人约有五十上下年纪，模样极是威武，一开口声若洪钟，先叫了一声："六少。"那常师长见着静琬，暗暗诧异，一双眼睛只管打量着。

慕容沣因他是慕容宸的旧部，向来称呼他为"常叔"，问："常叔想必还未吃饭，坐下来随意用些。"

那常师长本来气冲冲地前来，因有外人在场，一肚子的火气忍住了不发作，闷声道："谢六少，我吃过了。六少能不能单独听我说两句话？"

慕容沣说："有什么话你就说吧，尹小姐不是外人。"他因为未曾结婚，所以向来不在家里招待女客，常师长一想，觉得这位尹小姐定是特别之人，他是跟着慕容宸征战多年的旧部，许多时候都是在慕容宸的烟榻前请示军机，慕容宸晚年最偏宠的一位四姨太太总是在一侧替慕容宸烧烟，他们向来只当视而不见——现下便也视静琬而不见，开口说道："六少答应调拨的军粮，到现在还没有到尚河。"

慕容沣说："眼下军粮短缺，你是知道的。"

常师长问："那为何六少却拨给刘子山一千多袋白面？"

慕容沣说："刘子山领兵驻守沧海，与颍军隔山相峙，自然要先安稳前线的军心。"

常师长大声反问："难道我常德贵就不是在领兵与颍军对峙？六少为什么调军粮给沧海，却不肯给我们尚河？"

慕容沣也不生气，微微一笑说："常叔别急，等这一批军粮运到，我马上给常叔调拨过去。"

常德贵哼了一声，说："六少这样厚此薄彼，偏袒刘子山，真叫我们这些老兄弟们寒心。"

慕容沣淡淡地说："常叔多心了，都是一军同袍，我怎么会厚此薄彼？"

常德贵又哼了一声，说："六少从外国回来，喜欢些洋玩意儿，刘子山会些洋框框，六少就对他另眼相看。洋人的东西，花里胡哨，只是花头好看。打仗还是一枪一弹，真拼实干才能赢。六少一味听着他们胡乱教唆，迟早有一日后悔莫及！"

慕容沣说："常叔何必动气，你只是要粮，等军粮一到，我给你运过去就是了。"

那常德贵哼了一声，说："那我可等着。"说了这句，就说，"六少慢用，我先告辞。"

他走了之后，静琬听着慕容沣那餐刀划在银盘之上，极清晰的一声，他就将刀叉都放下了。他见她看着自己，笑了一笑说："他们都是领兵打仗的粗人，平日说话就是这样子，叫尹小姐见笑了。"

静琬轻声道："六少既然将我视作朋友，何必这样见外？"

慕容沣说："总归是十分失礼，原本是想替尹小姐洗尘，谁知道这样扫兴。"又说，"晚上国光大戏院有魏老板的《武家坡》，不知尹小姐肯不肯给个面子，权当我借花献佛，借魏老板的好戏，向小姐赔礼。"

他说得这样客气，静琬不好拒绝，说："只是我有个不情之请，还望六少成全——我想去看望一下许建彰。"

慕容沣说："这个是人之常情，怎么说是不情之请呢，此事我可以安排。"马上叫人取了笔墨来，就在餐桌上匆匆写了一个手令，又叫人备车，吩咐说，"好生护送尹小姐去东城监狱。"

东城监狱就在城外，坐在汽车里，两侧的树木不断后退，她仍是觉得这条路总也走不到头似的。时候是春天，路两旁平畴漠漠，绿意如织，她也没心思看风景。好不容易看到监狱的高墙，心里越发难过起来。

监狱长看到慕容沣的手令，自然十分恭敬，将她让在自己办公室的那间屋子里，又亲自沏上茶来，才吩咐人去传唤许建彰出来。静琬哪里有心思喝茶，听到走廊上传来脚步声，心里早就乱了。只听门"咿呀"一声，两名狱卒带着许建彰进来，身上的衣服还算整洁，只是没有刮胡子，那脸上憔悴得只有焦黄之色，两个颧骨都高高地露了出来。不想几日没见，翩翩的少年公子就成了阶下囚，静琬抢上一步握着他的手，想要说话，嘴角微颤，一个字也说不出来，那眼泪就簌簌落下来。

监狱长见到这情形，就和两名狱卒都退出去了。静琬只觉得一腔委屈，难以言表，怎么也止不住那眼泪，许建彰也极是难过，过了好一会子，勉强开口说："你别哭啊。"

静琬这才慢慢收了眼泪，拿出手绢来拭着眼角，说："你暂且再忍耐几日，我正在极力地想法子。刚才我已经请监狱长替你换间好一点的屋子，多多照应你。"

许建彰这才问："你怎么来了？"

静琬怕他担心，说："爸爸过来找门路，我非要同他一起来。"

许建彰听她有父亲陪伴，方才稍稍放心。

静琬又将带来的一些衣物交给他，另外有沉甸甸一包现钱，说："你在这里用钱的地方肯定多，若是不够，就叫人带信，我再给你送来。"

许建彰说："难为你了。"又担心她着急，强颜欢笑说，"其实这里的人还算关照，吃住都不算太差。你不要太担心，看看你的样子，都瘦了。"

静琬本来已经稍稍安定，听他这样一说，眼圈一红，说道："你放心，我一定能想到法子救你出来。"他们两个乍然重逢，都是满腔的话不知从何讲起，静琬见门外送自己来的侍从与狱卒偶然向室中张望，很多话都不方便说，自己又怕许建彰无谓担心，只说已经找到得力的人，有开释的希望，让许建彰安心罢了。

她从监狱里出来，回到帅府时，天色已经是黄昏时分，汽车照例一直开到里面才停下来。她下了汽车，本来四处都是郁郁葱葱的树木，暮色渐起，朦胧的晚霞余晖照在那枝叶之上，叫人更生了一种惆怅。帅府的听差知道她是慕容沣的贵客，哪个不巴结？殷勤赔笑说："尹小姐先到花厅里坐一坐好不好？六少在前面开会，过一会儿必然就会过来。"

她在花厅里喝了茶，方坐了一会儿，忽听门外有女子娇柔的声音叫了声："哥哥。"她回头一看，是位二十出头的女子，样貌虽然并不十分美丽，可是眉清目秀，一望就是位极聪慧的小姐。这女子见花厅里有生人，不由得止步不前，静婉不知她的身份，也不便称呼，只好笑了笑，含糊打了个招呼。正在犹豫的时候，听到走廊上皮鞋的声音，正是慕容沣来了。

那女子一见了他，就叫了声："六哥。"静婉心下诧异，竟没听说过他还有这样一个妹妹。慕容沣已经给两人做了介绍，原来那女子是慕容沣的表妹赵姝凝。慕容沣的舅舅故世极早，慕容夫人就将这个侄女抚养在慕容家，慕容夫人故去后，慕容沣感念母亲，对这位表妹视若同胞，所以赵姝凝一直在慕容府长大。

当下慕容沣问："姝凝，晚上我请尹小姐听戏，你去不去？"

姝凝笑道："瞧这样子，六哥是要大请客啦，晚上我约了朋友去看电影，不能去呢。"说话之际，眼睛就忍不住向静婉打量。

慕容沣问："是什么好电影，你连魏霜河的《武家坡》都不听，要去看它？"

姝凝答："是部外国的爱情片，叫什么《错到底》，听说拍得很好的。"

慕容沣就忍不住笑："这个名目倒古怪，总像是在哪里听说过。"

她既不去听戏，饭后依旧是慕容沣与静婉两个人一路坐汽车去国光。那国光大戏院是北地最豪华的戏园子，比之乾平的乾中大戏院毫不逊色。因为今天是魏霜河在承州首次登台，那些戏迷、票友，并些爱听戏的达官贵人，老早就候在园子里了，只见楼上楼下，座无虚席，黑压压的全是人头。

慕容沨在国光大戏院自有包厢，卫戍近侍早就警戒好了，他携静琬一上楼，所有的卫戍近侍立正上枪行礼，那声音整齐划一，轰隆隆如同闷雷，连楼板都似震了三震。两侧包厢里原本坐着不少承军中的部将，见他进来，全都"呼"一声起立，纷纷行礼。静琬只觉得楼上楼下，几百双眼睛全盯着自己，她虽然落落大方，也觉得别扭，心下微微懊悔，没想到这戏院里有如此多的承军将领。

他们在包厢中坐定，承军中几位要人又特意过来与慕容沨见礼，虽然都是便衣，依旧行了军礼，慕容沨笑道："得啦，都回去听戏吧，我难得来听一回戏，你们就这样闹虚文，还让不让人家魏老板唱呢？"那戏台上的锣鼓之声，已经锵锵地响起来，静琬虽然听说魏霜河的《武家坡》名动天下，但她是有满腹心事的人，哪里听得进去？眼睛瞧着戏台上，心早不知飞到何处去了。

正出神间，兰琴早削好一只苹果，先奉与静琬，静琬便先让慕容沨，慕容沨含笑道："尹小姐不必客气。"

静琬说："倒不是客气，这样凉的东西，我晚上不敢吃的。"慕容沨听了这句话，方才接了过去，顺手交给身后侍立的沈家平。

戏台上魏霜河正唱到"手执金弓银弹打，打下半幅血罗衫。打开罗衫从头看，才知道三姐受熬煎。不分昼夜往回赶，为的是夫妻们两团圆"。

慕容沨便说："这薛平贵还有几分良心，过了十八年还没忘了王宝钏。"

静琬不由得道："这种良心，不要也罢。他在西凉另娶代战公主，十八年来荣华富贵，将结发之妻置之脑后不闻不问。到现下想起来了，就觉得应该回去看看，他当世上女子是什么？"

慕容沣于是说："旧时的女子，也有她的难得，十八年苦守寒窑，这份贞节令人钦佩，所以才有做皇后的圆满。"

静琬笑了一声，说："薛平贵这样寡恩薄情的男子，为了江山王位抛弃了她，最后还假惺惺封她做皇后，那才是真正的矫情。这也是旧式女子的可悲了，换作是如今新式的女子，保准会将霞帔凤冠往他身上一掼，扬长而去。"

慕容沣正要说话，这一段西皮流水正好唱完，楼上楼下喝彩如雷。他们也跟着鼓起掌来，那魏霜河往包厢里一望，自然格外卖力。他们于是接着听戏，那包厢栏杆之上，原本放着满满的瓜子、花生、果脯、蜜饯、茶、点心……慕容沣特别客气，亲自移过茶碗来，说："尹小姐，请吃茶。"

静琬连忙接过去，连声道谢。正在这时候，忽听背后有人"哧"地一笑，说："这两个人，真是客气得矫情。戏文里说的举案齐眉，相敬如宾，想必就是这样子吧。"

慕容沣回头一望，笑着叫了声"姨娘"，说："四姨娘什么时候来的？"静琬早就站了起来，只见那贵妇大约三十来岁，容貌极其艳丽，黛眉之下两弯秀目，似能勾魂夺魄，未曾说话先笑吟吟。

静琬听慕容沣的称呼，料她必是慕容宸生前最宠爱的第四房姨太太韩氏。在慕容宸生前，慕容家里就一直是她在主持家务，所以半是主母的身份，慕容沣待她也颇尊重。此时她先握了静琬的手，细细地打量了一番，才答慕容沣的话："我是什么时候来的？就是你们举案齐眉的那会子来的。"

慕容泮明知道她误解，可是不知为何，心里很愿意她误解下去，含糊笑了一笑，说："姨娘请坐吧。"

四太太说："我正回家去，路过这里，老远就看见岗哨一直从戏园子大门站到街上去，就知道是你在这里，所以进来看一看。"

静婉因她是长辈，所以特别客气，亲自将旁边的椅子端过来，说："姨娘请坐。"

四太太"哎呀"了一声，直笑得一双明眸如皓月流光，连声说道："不敢当，可不敢当。"

静婉这才觉察自己一时顺嘴说错了话，只窘得恨不得遁地。慕容泮见了这情形，就打岔说："戏正好，姨娘听完再和咱们一同回去吧。"

那四太太本是个极俏皮的人，于是顺口答："是啊，戏正好，你们慢慢听吧，我打了一天的麻将牌，要回去休息了，可不在这里讨人厌了。"

静婉听她句句语带双关，自己又说错了一句话，只是默不作声。

慕容泮见她一脸晕红，楚楚动人，心中不忍她难堪，于是笑道："姨娘竟不肯饶了我们不成？现放着台上这样的好戏，姨娘都不肯听？偏要来打趣我。"

四太太抿嘴一笑，说："我走，我这就走。"走到包厢门口，又回眸一笑，"你们慢慢听戏吧"。

【七】

这一日听完戏，静婉回到陶府去，已经是晚上十一点钟光景。她睡得晚，但是心里有事，早早就醒了。她虽然醒了，可是知道陶府里的规矩，除了陶司令要出去办公事，其余的人都是起码睡到十点钟才会起床的。所以她躺在那里，只将心事想了一遍又一遍，觉得一切都像过电影似的，在眼前从头细放了一遍，思前想后，总是觉得难安，好容易挨到十点钟，才起床梳洗。

她寄居在陶府，自然对待上下都十分客气，下人因为她出手阔绰，又知道她是三小姐与六少的贵客，所以十分巴结。兰琴一见她起来了，忙笑着问："尹小姐想吃点什么呢？我们太太昨天打了通宵的牌，刚才才睡去了，所以厨房里预备了牛乳和蛋糕。"

静琬说："随便吃一点吧，反正这样早，我也没胃口。"

兰琴就去叫厨房送了牛乳与蛋糕进来，静琬方将那热牛乳喝了两口，只听屋子里电话响起来，她心里正奇怪是谁打电话来，兰琴已经去接了，回头告诉她说："尹小姐，是六少。"

她去接了电话，慕容沣还是很客气，说："今天天气很好，我想请尹小姐出城去打猎，不知道尹小姐肯不肯赏光？"

她倒不防他一大早打电话来是为这个，想了一想，还是答应了下来。慕容沣亲自来接她，并没有进来，就在外面汽车里等着。兰琴送她直接从小门里出来，他远远就见着她穿了一件窄小的鹅黄春绸衫子，底下竟是细灰格子裤，那样娇艳的颜色，也让她穿得英气爽朗，一种别样的妖媚风流，如一枝迎春花俏丽迎风。他虽在脂粉场中见惯姹紫嫣红千娇百媚，也不由得觉得眼前一亮。

她上了车子，见他目光下垂，望着自己一双羊皮小靴，不由得含笑解释道："我想回头或许得走路，所以穿了皮鞋。"

他这才回过神来，轻轻咳嗽了一声，说："尹小姐若是不介意，我们到城外再骑马。"

节气正是草长莺飞、马蹄轻疾的时候。慕容沣本来有几分担心，亲自替静琬拉住辔头，伸出手来扶她，谁知她身轻如燕，转眼便已翻身上马。慕容沣自幼在军中，长于马背，见着也不禁觉得难得，见她姿势端正，便将缰绳递到她手中，道："没想到你会骑马。"

她回过头来嫣然一笑，说道："在圣彼得堡时有骑术课，我也只是学了一点花架子。"本来替她挑选的坐骑很温驯，那马一身雪白的毛皮，上头都是铜钱大的胭脂点子，十分的漂亮，她见那马神骏，心里欢喜，先远远兜了个圈子，慕容沣与近侍才纷纷上了马。

她一口气纵马跑出三四里地，觉得吃力才拉住了缰绳，那些侍从都远远跟着，只有慕容沣追上来，见她放慢速度，便也勒住了马，与她并驾齐驱，慢慢由着那马缓步向前。

她颈中本围着一条鹅黄雪纺纱巾，系的结子松了，恰好风过，那纱巾最是轻软薄滑，竟然被风吹得飞去了，她"哎呀"了一声，慕容沣正纵马走在她马后，眼疾手快，一把抓住了那纱巾，只觉触手温软，幽幽的香气袭来，也不知是什么香水，那风吹得纱巾飘飘拂拂扬到他脸上，那香气更是透骨入髓一般。

静琬见他的神色，不由得心里一惊，旋即笑吟吟伸手接过纱巾去，道："六少，多谢啦。"她既然这样大方，慕容沣连忙收敛了心神，说："尹小姐客气。"回头向侍从们打个呼哨，那些近侍们都打马追上前来，腾得烟尘滚滚，簇拥着两人纵马往前奔去。

他们出城，直到黄昏时分才返回承州城里，静琬骑了一天的马，后来又学着开枪，那俄国制的毛瑟枪最是沉重，她偏逞强好胜，一直不肯落在人后，这一日下来，着实累着了。本来他们三四部汽车，护兵站在踏板上，前呼后拥，车子一直开到陶府那小门前的街上才停了下来。沈家平本来坐在后面一部汽车上，先下来替慕容沣开车门，刚刚一伸出手去，隔着车窗玻璃就见着慕容沣递了一个眼色，沈家平眼尖，已经瞧见静琬低着头半倚在慕容沣肩上，他不敢多看，连忙后退了两步，转过身去就吩咐所有的近侍，四面散开布出岗哨去。

暮色正渐渐如幕布低垂，四面一片苍茫。这条街上因为两侧都是深院高墙，所以并没有多少人车走动，沈家平叫人将两边的街口都把住了，四下里越发安静下来，远远听见大街上有黄包车跑过，叮当叮当的铜铃响着，渐渐去得远了。煤气灯骤然亮了，晕黄的一点光透进车子里来，慕容沣不敢动弹，似乎是屏息静气一样地小心翼翼，只觉得她发间香气隐约，过了许久，才发现她鬓畔原来簪着一排茉莉花插，小小的白花，像是一朵朵银的纽扣，在那乌黑如玉的发上绽出香气来。

他从来没有这样纹丝不动地坐着，右边手臂渐渐泛起麻痹，本来应当是极难受的，可是却像是几只蚂蚁在那里爬着，一种异样的酥痒。车窗摇下了一半，风吹进来，她的发丝拂在他脸上，更是一种微痒，仿佛一直痒到人心里去。她在梦里犹自蹙着眉，嘴角微微下沉，那唇上用了一点蜜丝陀佛，在车窗透进来隐约的光线里，泛着蜜一样的润泽。

他不敢再看，转过脸去瞧着车窗外，陶府的墙上爬满了青藤，他认了许久，才辨出原来是凌霄花，有几枝开得早的，艳丽的黄色，凝蜡样的一盏，像是他书案上的那只冻石杯，隐隐剔透。听得到四下里风吹过花枝摇曳和岗哨踮着足尖轻轻走动的声音，春天的晚上，虽然没有月亮，他亦是不想动弹，仿佛天长地久，都情愿这样坐下去一样。

陶府里还没有开晚饭，三小姐和几位太太下午开始打十六圈，到了晚上七八点钟的光景，上房里的李妈走过来问三小姐："太太，厨房间什么时候吃饭呢。"

三小姐抬头看墙上挂的那只钟，不由得"哎呀"了一声，说："原来已经这样晚了，打牌都不觉得饿。"

另一位何太太就笑道："陶太太赢了钱，当然不觉得饿。"

大家都笑起来，三小姐就笑着回过头去吩咐李妈："去看看，若是尹小姐回来了，就请她过来吃饭。"

李妈答应着去了，上房里依旧打着牌，三小姐下手坐着的是徐统制的夫人，徐太太就问："这位尹小姐，是不是就是昨天和六少一块儿听戏的那位小姐？"三小姐笑了一笑，并没有答话。

何太太就说："听说很美丽的。"

另一位翟太太笑道："六少的女朋友，哪一位不美丽了？"

三小姐抿嘴笑道："反正我们家老六还没有少奶奶，所以他交什么女朋友，也是很寻常的事。"正在说话间李妈已经回来了，三小姐随口问："尹小姐回来了吗？"

李妈答："回来了。"又说，"我去时尹小姐上楼去换衣裳了，倒是六少在楼下，说叫太太不要等尹小姐吃饭了，他请尹小姐吃晚饭呢。"

三小姐听见慕容沣来了，不由得问："六少还说什么了？"

李妈答："六少并没有说别的。"三小姐想了一想，觉得还是不要去打扰那两个人，于是就叫厨房先开饭了。

本来女人的心理，是最好奇不过的，在席间徐太太就忍不住问："看来这位尹小姐，到底是不同寻常。"

三小姐笑道："寻常不寻常，哪里说得清楚呢？"她越是这样含糊其词，几位太太倒觉得越发肯定，在心里揣测着。

这种事情本来传闻得最快，而且慕容沣连日里请静琬看电影、跳舞、吃饭，两个人形影不离老在一块儿，他的行动本来就有很多人瞩目，更是瞒不住人。静琬因为有事相求，何况慕容沣一直待她极为客气，所以并不敢十分推辞。她为着许建彰的事牵肠挂肚，忧心如焚，所以总是打不起精神来玩乐，慕容沣于是想着法子想博她一笑。为着她想学枪法，这日特意带她去大校场上打靶。

徐治平本来因为驻防的事来见慕容沣，在督军行辕等了许久，才知道慕容沣到校场上来了，只得又坐了汽车到大校场来。那校场是慕容宸在世时所建，一眼望不到尽头的平整白条石铺地，原为检阅时用，平常也用作卫戍的射击练习场地。因着慕容沣在这里，四面都放出岗哨，隔不多远，就有卫兵持枪伫立。

徐治平老远看见城墙根下立了靶子。沈家平在一旁，替慕容沣装好子弹，慕容沣接过枪，对静琬说："这种枪后坐力要小些，但是手也得稳。"他自幼在军中，从小就把玩枪械，一扬起手来，只听"砰"一声，那边负责看靶的人已经欢呼了一声，嚷："红心！红心！"他将枪递给静琬："你试试吧。"见她用一双手握住了枪，低头替她看着准星："低一点，再低一点，好，开枪。"

静琬虽然有预备，可是扳机扣动，后坐力极大，手里的枪几乎就要拿捏不住，慕容沣伸手替她拿住了枪，回头来见着徐治平，方打了个招呼："徐叔来了。"

徐治平倒是规规矩矩行了礼："六少。"

慕容沣问："徐叔是有事？"

徐治平说："从去年冬天起，俄国人派在铁路沿线的驻军越来越多，前天俄国人又说要增加驻防，依我看，这帮俄国佬没安好心，咱们得有个防备。"

慕容沣"嗯"了一声，说："那徐叔是什么打算？"

徐治平道："应该增兵望承铁路沿线，防着俄国佬玩花样。"

慕容沣说："承州的驻军集结在余家口至平阳，若是调兵北上，对颖军的防守可就要减了。"

徐治平道："颖军正跟姜双喜的安国军打得不可开交，南线一时无虞，眼下正好抽兵北上。"

慕容沣想了一想，说："不，还是从你的望州驻防抽调三个旅，布防到宁昌至桂安的铁路沿线。"

他们说着话，静琬已经自己开了四五枪了，枪枪都是脱靶，最后一枪好容易打到了靶上，擦过靶边又飞了出去。慕容沣瞧着，忍不住哈哈大笑，静琬回过头来，瞧了他一眼，他便说："你瞪我做什么，我可替你记着呢，这子弹要六毛钱一粒，你已经浪费了好几块钱了。"

静琬哼了一声，说："做九省巡阅使的人，原来也这样小气。"

他说："对着你，就是要小气一点，谁叫你对我小气呢。"静琬将脚一跺，斜睨了他一眼，似是要埋怨他却又忍住的样子。

徐治平瞧着这情形，于是欠身告辞道："六少，那我就按你的意思，先去调兵。"

慕容沣接过枪去，交给沈家平重新装子弹，随口只答应了一声。徐治平离了校场，并没有直接回望州去，而是去到常德贵府里。常德贵本来有大烟瘾，下午无事，看几位姨太太打麻将，他自己抽了两个烟泡，方起身替七姨太太打牌，三姨太太就嚷："这人可太偏心了，咱们姐妹几个玩得好好的，偏他要来插上一手。"另几位姨太太也不肯干了，正是莺声笑语，吵嚷得热闹至极，只听门外有人笑道："贵兄好福气啊。"

常德贵见是徐治平进来，他们是通家之好，忙起身相迎，先让至烟榻上叙了几句闲话，几位姨太太另去花厅里打麻将，只留下一个丫头烧烟，常德贵方问："你来见六少？"

徐治平本来不抽烟，只将那茶吃了半碗，慢吞吞地说："还不是为驻防的事。"

常德贵问："那六少怎么说？"

徐治平捻了捻唇上的两撇菱角胡子，微微一笑："他叫我调三个旅，到宁昌至桂安之间。"

常德贵又惊又喜，放下了烟枪，抱拳道："老弟，还是你有法子。"

徐治平说："自从打完了仗，我看他的心思就不在正道上。前几个月为了个女人，竟然花了那么多的钱去办什么学校，后来又捧女戏子，日日只知听戏，听说这两天又迷上一个，今天看他在校场里教那女人打枪呢，我跟他说话，他也是心不在焉。大帅若是地下有灵……"他说到这里，不禁叹了口气。

常德贵将大腿一拍，说："反正这小子是个扶不起的刘阿斗。"

徐治平说："说他是刘阿斗，那也还不至于。你瞧打仗的时候，他比起大帅用兵也毫不逊色。就是为着这几分聪明劲儿，所以才骄横，不把咱们这群老家伙放在眼里。我瞧他就是走了歧路，迟早得出事。"

常德贵拿起茶碗，咕咚咕咚一口气喝完，将嘴一抹，说："大帅临死前虽没有留下一句话，但咱们几个老人是瞧着六少长大的，说句大话，他要是犯了错，咱们就应该指出来。树长弯了得扶正过来，那人走了歪路，就得将他拉回来。"

徐治平用碗盖撇着那茶叶，说："我倒听见说——六少有意要跟颖军议和。"

常德贵一听，砰地一掌就拍在那炕几上，炕几上的茶碗、点心碟子、烟灯、烟枪、烟钎……一应家什全都被他这一掌拍得跳了起来，他整个人也跳了起来，张口大骂："小兔崽子！没出息，老子跟着大帅流血流汗打下来的江山，他一句话就想拱手送人！他要议和，先来问问我这杆枪答应不答应！"说完抽出腰间的佩枪，"啪"一声就拍在炕几上。

徐治平忙拉住他，说："老哥，小心，小心。"

常德贵气得七窍生烟："该小心的是那小子，自打他掌事，什么时候将咱们哥几个放在眼里？咱们明里暗里，吃过多少亏了？他听着刘子山那帮不成器的东西挑唆，一味地偏袒他们，跟他一分辩，他就摆出巡阅使的架子来压着老子，老子看在大帅的面子上，不跟他计较，他倒还越发蹬鼻子上脸来了。咱们跟着大帅枪林弹雨的时候，他小六子还躲在他娘怀里吃奶呢。如今大帅眼睛一闭，他就欺负到咱们头上来，就算他是大帅的儿子，老子也跟他没完。"

【八】

徐治平回望州之后，将三个旅布防到铁路沿线，趁机将心腹的两个团调防至昌永，布置妥当了，又与几位相交极深的将领密谈了数次。他安排有专人从承州发来密电，每日虽只是寥寥数语，但是承州城里的动态，仍旧是一清二楚。

本来依承军向来的规矩，封疆大吏放外任，家眷全留在承州。自慕容洋任职以来，认为这是陋习，说："我不信人，焉能使人信我？"从此允许携眷赴任，但几位统制为了避嫌，仍旧将妻儿留在承州城里。几位统制夫人与慕容府的女眷向来都走动得密切，这天徐治平的太太又和另几位太太一块儿在陶府里打牌。

上房里开了两桌麻将牌，三小姐、静琬、徐太太和刘太太是一桌，静琬本来不太会打牌，这天手气却好，不过两个钟头，已经赢了差不多三千块。厨房来问什么时候吃晚饭，三小姐怕她不高兴，说："等这八圈打完再说吧。"

静琬倒是满不在乎的样子，抬腕看了看手表，笑着说："已经五点钟啦，等这四圈打完吧。"

徐太太随口问："尹小姐今天还跳舞去吗？"

静琬说："今天不去了，六少说他有事呢。"

刘太太无意间一抬头，哧地一笑："说曹操，曹操就到。"

静琬转过脸一看，原来慕容沣正走进来，见着她们正打牌，于是问："是谁赢了？明天请客吃大菜吧。"

徐太太含笑说："尹小姐赢了呢，叫她请六少吃饭，咱们叨光做个陪客好了。"

刘太太一向与徐太太有些心病，"哎哟"了一声，说："既然尹小姐请六少吃饭，咱们这些闲杂人等，难道不肯识趣一点？"

静琬说："请客就请客，不就是一顿西菜吗？我自然肯请你们去，干吗要请他？"

三小姐接口道："是啊，明天只请我们好了，至于六少，尹小姐当然是今天晚上先单独请他。"

一句话说得大家都笑起来，静琬将身子一扭，说："不和你们说了，你们倒合起伙来欺负我。"

三小姐忍俊不禁，伸手在她脸颊上轻轻拧了一把，说："这小东西就是这样矫情，偏偏矫情得又叫人讨厌不起来。"

慕容沣看了一会儿她们打牌，就往后面去了，这一圈牌打完，刘太太说："不玩了吧。"

她们两个都去洗手，三小姐就对静琬低低笑了一声，说："你还不快去。"

静琬说："我不理你，如今连你也欺负我。"话虽然这样说，过不一会儿，她只说换衣服，也就往后面去了。

慕容沣常常往她住的小楼来，她知道他喜欢坐在那小客厅里吸烟，果然，走过去在门口就隐约闻见薄荷烟草的味道，那样清凉的淡芭菰芳香，叫她想起最熟悉最亲切的面容来，脚下的步子不由得就放慢了。沈家平本来侍立在沙发后面，见着她进来，叫了声"尹小姐"，就退出去了。

慕容沣见沈家平随手关上门，才欠了欠身子，说："尹小姐请坐。"

静琬嫣然一笑，说："六少客气了。"她坐到对面沙发里去，慕容沣见她只穿了一件银红洒朱砂旗袍，那旗袍不是寻常样子，领口挖成鸡心，露出雪白的一段粉颈，颈中系着一串红色珊瑚珠子。她见他打量，笑吟吟伸出手臂给他看，原来腕上是一只西式的镯子，那镯子上镶满天星粉红金刚钻，直耀得人眼花，她说："你送我的在这里呢。"

他见她皓腕如凝雪，心念一动就想伸出手去握一握，终究强自忍住，微笑道："她们怎么说？"

静琬笑道："还能怎么说，一听说是你送我的，啧啧艳羡。"她扮个鬼脸，"下次将你送我的那条项链再卖弄一下，包管她们又要赞叹上半晌。"

他于是问："今天怎么这样高兴？"

静琬忍俊不禁，低声说："徐太太故意输我钱啊。我一张三饼，一张五饼，本来该我摸牌，我已经瞧见是四饼，偏偏三小姐碰了一张，徐太太多机灵的人啊，马上打了张四饼出来给我吃。"她喜滋滋地讲着，那神色像是小孩子一样调皮，眉眼间却是浅笑盈动。她的头发极多，有一缕碎发从耳后掉下来，乌黑的几根垂在脸畔，他只想伸手替她掠上去，可是人只能坐在那里不动，就有些心不在焉的恍惚，听她讲着打牌这样无关紧要的琐事，总有些迷离的错觉，希望这样的日子再长久一些。茶几上本来放着一瓶晚香玉，此时芳香正吐出来，隔着那花，她的脸庞像是隔窗的月色，叫人恋恋不舍。

过了好一阵子，他才说："我打算这个月十六号替你做生日。"

她听了这一句，笑容顿敛，神色也凝重起来，慢慢地说："那不就是下个礼拜？"

他"嗯"了一声，说："事情有了变化，不能再拖延下去了。好在我们计划得很周密，预备得也很齐备。"他抬起眼来瞧着她，"可是这世上没有万无一失的事情，假若……假若……"他本来是很干脆的人，说到这里，却说了两个"假若"，最后只轻轻叹了口气，"尹小姐，我很抱歉，将你牵涉到这样的事情中来。"

静琬答："这是我自愿的，我们当时也是谈过的。"

他瞧了她一会儿，终究只是说："假若事情不顺利，我想请你立刻动身回乾平去，一分钟也不要延误，他们不会立时注意到你，我希望你可以走脱。"

静琬道："六少到今天还不相信我吗？"

慕容沣说："你要知道——如果事情不顺利，你的人身安全都没法子保证。"

静琬看着他，目光中却有一种灼热："六少，我虽然是个女子，也知道患难与共，况且我们曾经有过长谈，六少也以为我是可以合作的人。静琬不会贪生怕死，也知道此事定然是有风险，虽然成事在天，谋事到底在人，静琬信自己，也信六少。"

慕容沣听她说出这样一番话来，心里错综复杂，难以言喻，也说不出是欢喜，还是一种无法深想的失落。屋子里安静下来，她耳上本来是一对两寸来长的粉红钻宝塔坠子，沙沙一点轻微的响声，叫他想起极幼的时候，上房里几个丫头领着他玩，夏日黄昏时分掐了夜来香的花，细心地抽出里面的蕊——不能抽断，便成了长长的宝塔耳环坠子。丫头们都只十余岁，正是爱玩的年纪，挂在耳上互相嬉笑，拍着手叫他看："六少爷，六少爷……"那样的花，淡薄的一点香气，母亲站在台阶上，穿着家常佛青实地纱的宽袖大襟，底下系着玄色铁丝纱裙，脸上带着笑意看着他。天井里的青石板地洒过水，腾腾的一点蒸汽，夹着花香往人身上扑上来。

静婉见他久久不作声，随手拿起花瓶里的一枝晚香玉，用指甲顺着那青碧梗子，慢慢地往下捋，捋到了尽头，又再从头捋起。他忽然说："静婉……我遇上你，这样迟。"

她听了这样一句话，不知道为什么突然害怕起来，可是她是从来无畏的，过不了片刻，就抬起眼来，柔声说道："静婉有个不情之请，不知六少能不能答应我。"

他不假思索，就说："但凡我能做到，我都可以答应你。"

她说道："我与六少，虽然相交不久，可是也算得上倾盖如故，六少为人义薄云天，静婉钦佩已久，静婉妄想高攀，与六少结拜为兄妹，不知道六少肯不肯答应。"

他坐在那里，四面的空气都似井里的水，冰冷而无丝毫波纹，细碎的浮萍浮在井口，割裂出暗影。他脸上慢慢浮起笑意来，说："这有什么高攀，我一直希望能有一个小妹妹。"

静婉听他这样说，也微笑起来，叫了一声："大哥。"

他笑得欢畅，说："总是仓促了一点，我都没有预备见面礼。"

静婉道："大哥何必这样见外，都是自己人了。"

他"嗯"了一声："都是自己人，确实不要见外的好。"停了一停，又说，"这样的喜事，无论按旧规矩，还是西洋的规矩，咱们都应该喝一点酒。"说完起身就去按电铃，沈家平进来听他吩咐，"去拿酒来——要伏特加。"

静婉听说喝酒，又有几分不安，见他接过酒瓶，亲自往那两只西洋水晶酒杯里倒，一杯斟得极少，递了给她："这酒太烈，女孩子少喝一点。"她含笑接了过去，他却给自己斟了满满一杯。他说了一声："干杯。"与她碰一碰杯，一口气就喝下去，喝完了才向着她笑了一笑。沈家平见他眼里殊无笑意，不知道出了什么事情，但见静琬神色如常，也捉摸不清他们两个人之间出了什么问题。

吃过晚饭后，慕容沨还有公事，就先回帅府去了。沈家平本来就有几分担心，偏偏晚上那个会议开得极长，好容易等到散会，已经是夜里十一点钟光景，他见慕容沨略有几分倦意，于是问："六少，要不要叫厨房预备一点宵夜？"

慕容沨说："我不饿。"

沈家平看他的样子像是在生气，忍不住说："尹小姐她……"话犹未完，慕容沨已经抽出佩枪，扬手就是两枪，只听"砰砰"两声巨响，将一只景泰蓝花瓶击得粉碎，花瓶后原本就是窗子，一大块玻璃"哗"地垮下来，溅了一地的玻璃碴子。

楼下的卫戍近侍听到枪声，连忙冲上楼来，"咚"一声大力撞开房门，端着枪一拥而入，慕容沨见一帮近侍都是十分紧张，笑道："没什么事，都下去吧。"

那些卫戍近侍这才想起关上保险，将枪支都重新背好了，恭敬地鱼贯退出。慕容沨对沈家平说："我像是喝高了，还是睡觉吧。"

沈家平便接过他手里的那支特制勃朗宁手枪，替他放在枕下，又叫人替他去放洗澡水，这才说："六少，我有句话，不知当讲不当讲。"

慕容沨道："既然是不当讲的话，就不要讲了。"沈家平一大篇说辞一下子噎在了那里，慕容沨看到他张口结舌的窘态，倒忍不住哈哈大笑，说，"你讲吧，讲吧。"

沈家平说："虽然现在是民主平等的时代了，可是凡事只求结果，在这北地九省里头，哪样东西不是攥在您手心里？再说，大帅的例子在那里呢。"

原来慕容宸的五姨太太曾是嫁过人的，慕容宸的脾气，看上后那是非要到手不可，所以威逼着那夫家写了休书，硬是娶了过来。慕容沣听他讲起这件往事，不由得摇了摇头，说："不成，强扭的瓜不甜，而且她的性子，宁死也不肯屈服的。"又说，"这桩事情不许你自作聪明，那姓许的若是在监狱里少了一根头发，我就唯你是问。"沈家平碰了一鼻子灰，只得应了一声"是"。

慕容沣布置替静琬做生日的事，虽非十分张扬，但是人人皆知尹小姐是六少面前的红人，那些承军部属，哪个人不巴结？静琬本来胆子很大，但事到临头，心里还是有几分忐忑。

这天一早，慕容沣就来见她，因这阵子他忙，他们难得私下里见面，她一见到他的神态十分镇定，心里不由得也安静下来。他向来不曾空着手来，今天身后的侍从捧着一只花篮，里面全是她喜欢的玫瑰花。他倒是按西洋的说法说了声："生辰快乐。"又亲手递给她一只锦盒，"这个回头你自己打开来看"。

等侍从们全退出去，他才对她说："待会儿我若是不回来……"

静琬抢着说："不会的，我等你回来吃面。"

他眼中露出温柔的神气来："今天又不是真的生日。"

她只觉得他眼底里无限怜惜，夹着一缕复杂的依恋，不敢再看，说："我就是今天生日，我等你回来吃面。"又将他那只金怀表取出来，"我在这里等着你，你十二点钟准会回来入席，对不对？"

他见她手指莹白如玉，拿捏着那金表，表上镶着细密的钻石，与她柔荑交相辉映。她的手指朦胧地透着一点红光，仿佛笼着小小的一簇火苗。他点了一下头："我答应你，一定会回来的。"

他走了之后，静琬心里虽然极力镇定，还是觉得两颊滚烫，像是在发烧一样。她去洗了一把脸，重新细细地补了妆，这才去打开他送她的锦盒。原来里面竟是一把西洋镶宝石小手枪，虽然小巧得像是玩具，可里面是满匣的子弹。

枪下压着一个信封，里面是在外国银行以她的名字开户存的十万元现款的存单，另有一张午后十二点三十分承州至乾平的火车票。她心中怦怦乱跳，一时心绪繁杂，半倚在那长条沙发之上，只理不出思绪来。

【九】

本来只是早上九点钟光景，因为要办寿筵，陶府里外已经热闹极了。大门外请了俄国乐队奏迎宾曲，三小姐自然是总招待，外面委托督军府的一位管事总提调。到了十点钟，陶府大门外一条街上，已经停了长长一溜汽车，那些卖烧饼水果的小贩，夹在汽车阵里，专做司机的生意，半条街上都只闻喇叭声、说笑声、鞭炮声，那一种热闹，令路人无不驻足围观。管事带着陶府的警卫，安排停车、迎宾、招待……只忙了个人仰马翻，才将水泄不通的马路维持出一个秩序来。

静琬换了件衣裳，就出来招呼客人。那些承军的女眷们都已经陆陆续续到了。常太太瞧见静琬，夸道："尹小姐今天真是春风满面，哎哟，这条项链……"只是啧啧赞叹，那些太太少奶奶小姐们，最是爱这样的珠宝，众星拱月般将静琬簇拥着，那串项链本来绕成三匝，每一匝上镶了金丝燕的钻石，配上绕镶指甲盖大小的宝石，虽然没有灯，但映在颈间，灿然生辉。

徐太太道："尹小姐生得太美，也只有这样的项链，才是锦上添花。"

静琬笑吟吟地问："怎么没见着徐统制？今天请了卢玉双卢老板来唱堂会，徐统制这样爱听戏，可千万别错过了。"

徐太太答："说是今天六少叫他们去开会了呢。"

静琬这才想起来的样子，说道："正是，早上六少还对我说，怕是中午要迟一点过来。"徐太太听她顺嘴这么一说，不由得向慕容三小姐抿嘴一笑，意思是这两个人感情这样好，原来大清早就已经见过面了。

十一点后，客人都已经到了十之八九，静琬虽然在宾客间周旋，听着那喧哗的笑声，一颗心就像是在热水里，扑通扑通地跳着。三小姐并不知情，走过来对她说："还有二十分钟开席了，若是六少赶不过来，就再等一等吧。"

静琬听见说只差二十分钟就十二点了，而大厅里人声鼎沸，四面都是嘈嘈切切的说笑声，前厅里乐队的乐声又是那样的吵闹，饶她自恃镇定，也禁不住说："我去补一补粉，这里太热。"

三小姐细细替她瞧了，说："快去吧，胭脂也要再加一点才好，今天这样的好日子。"

静琬于是走回自己住的小楼里去，那楼前也牵了无数的彩旗与飘带，用万年青搭出拱门，上面簪满了彩色的绢花，十分的艳丽好看，可是因为大部分的下人都到前面去招待客人了，这里反倒静悄悄的。她走进来时也只有兰琴跟着，刚刚正预备上楼，忽听人唤了声："尹小姐。"

静琬认得是慕容洋的心腹何叙安，忙问："六少回来了？"

何叙安低声道："请尹小姐这边谈话。"

静琬就吩咐兰琴："你替我上楼去，将我的化妆箱子拿下来。"自己方跟着何叙安，穿过走廊，到后面小小一间会客室里去。

那会客室里窗帘全放下来了，屋子里暗沉沉的，亦没有开灯，有两个人立在那里，可是晦暗的光线里，其中一人的身形再熟悉不过。

她脑中嗡地一响，眼泪都要涌出来，只是本能地扑上去，那人一把搂住她："静琬。"

她含泪笑着仰起脸来："建彰，我真是不敢相信是你。"

许建彰紧紧地搂住她："我也是做梦一样……静琬，真的是你。"

何叙安轻轻咳嗽了一声，说道："尹小姐，六少吩咐过，如果十一点半钟之前他没有打电话，就将许先生释放，送到尹小姐这里来。"又递上一张车票，正是与她那张车票同一列火车。

静琬心中一震，那车票虽只是轻飘飘的一张纸片，可是接在手中，直如有千钧重一般。想起早晨他就是在这间屋子里，跟自己话别。他的眼底映着自己的倒影，情深如海，而那日结拜之时，他一仰面喝下酒去，眼里闪过稍纵即逝的痛楚，便如那酒是穿肠蚀骨的毒药一般。可是他替自己样样都打算好了，连这最后一件事，都已经安排妥当。她心里思潮起伏，自己也不知道自己在想什么。

许建彰见她心不在焉，自己的一腔疑惑不得不问："静琬，他们怎么将我放出来了，你是走了谁的路子，这样大的面子？"又问，"这里是哪里？"

他的提问，她一句也不能够解释，更是无从解释，只简短地答："等我们离开了这里，我再告诉你详情。"转脸问何叙安，"六少人呢？还在帅府？"

何叙安摇了摇头："我只负责这件事，旁的事我都不知道。"

建彰不由得插话问静琬："六少？慕容六少？你问六少做什么？"

静琬说："我欠六少一个人情。这中间的来龙去脉，不是一两句话可以解释清楚。"

建彰"哦"了一声，像是明白了一点，说："原来是他。"他在狱中曾经听狱卒说道："你真是好福气，上面有人这样照应你。"今日突然被释，本是满腹疑惑，见静琬吞吞吐吐，更是疑云四起。恰好在这时候，屋子里那座一人来高的大钟当当当地响起来。静琬听到那声音，似乎被吓了一大跳，转过脸去，瞧着那钟的时针分针都重到了一起，只是怔怔地出神。

许建彰叫了一声"静琬"，她都像是没有听到一样，过了一会儿，方才自言自语："十二点了。"

许建彰接过她手中的火车票，看了看方讶然："这是半个钟头后的火车，咱们要走可得赶快了。"

静琬"嗯"了一声，只是听着前面隐约的乐声人声，不一会儿，听到有脚步声往这边来了，越来越近，她只觉得一颗心像是要从胸腔里跳出来一样，可是那脚步声轻快，而且不是皮鞋的声音。那人一直走进会客室里来，她认出是陶府上房里的周妈，周妈道："我们太太差我来告诉尹小姐，到了开席的钟点了，可是六少还没有过来，准是开会开迟了，所以想往后延一刻钟再开席。"

静琬心里一阵发虚，什么话也说不出来，只点了点头。见周妈打量许建彰，忙道："这是我的表兄，告诉太太，我马上出去。"

许建彰听她将自己称作表兄，更是疑惑，嘴角微动，终于强自忍住。等那周妈一走，又问："这里到底是什么地方，你在这里做什么？"

静琬说道："这里是陶府，我为了你的事，暂时借住在这里。"

许建彰道："既然我已经没事了，那你去向主人家说一声，我们就告辞吧，这样打扰人家。"

静琬轻轻地咬一咬牙，说道："你先走，我搭下一班火车。"

许建彰万万想不到她说出这样一句话来，问："为什么？"

静琬说："现在我还不能说，明天你就明白了。六少放了你出来，我欠他一个人情，我得当面谢谢他。"

许建彰终于忍不住："六少长，六少短，你是怎么认识六少的，他又怎么肯将我放出来？"

静琬听他话语中大有疑己之意，心中激愤难言，反问："你难道不相信我？"

许建彰道："我当然是信你的，可是你总得跟我解释清楚。"

静琬怒道："现在你叫我怎么解释，他将你放了出来，你不但不承情，反倒这样怀疑。"

何叙安在一旁低声劝道："尹小姐，还是边走边说吧，六少专门叮嘱过我，务必送尹小姐上车。"

静琬将脸一扬，说道："六少既然如此待我，我安能扬长而去？请何先生送建彰去火车站，我搭下一班车走。"

许建彰虽然好脾气，此时也顾不得了，冷冷地道："你不走，我也不走。"

静琬将脚一跺，说："你不信我就算了。"对何叙安道，"麻烦你带我去见六少"。

何叙安大惊，许建彰问："你去见他做什么？"

静琬淡淡地道："人家救了你的命，我总得去谢谢人家。"

许建彰再也忍耐不住："人家为什么肯救我，你为何不明白告诉我？"

静琬目光直直地盯在他身上，过了半晌，方才嫣然一笑："是啊，人家为什么肯救你？你心里已经有了猜疑，为什么不明白说出来？"

许建彰心中懊悔，可是瞧见何叙安去监狱提释自己，监狱长对他那样毕恭毕敬，明明他是个地位极高之人。可是这位何先生，在静琬面前，亦是恭敬异常。静琬一介女流，叫承军中这样的人物都服服帖帖，自然令人诧异，而他们交谈之中，总是提及慕容洋，可见她与慕容沣之间关系非同寻常。他脑中疑云越来越大，汹涌澎湃，直如整个人都要炸开来一样，心中难过到了极点。可是静琬的神色间，没有对自己的多少关切，反倒又对何叙安道："我要见六少。"

何叙安迟疑道："尹小姐，不成的。"静琬心中亦是乱成一团，千头万绪，不知该从哪里清理。只是一径地想，自己与他有结拜之义，相交以来，他一直以礼相待，此番情势紧迫下，仍替自己筹划这样周到，他现在安全堪虞，自己绝不能一走了之。她须臾间便有了决断，对何叙安道："事已至此，静琬决心已定，请何先生成全。"

何叙安平日见她娇娇怯怯，此时听了她这样一句话，心中暗暗叫好，觉得这女子重情重义，竟然将生死置之度外，道："六少有过命令，我不能违背。可是尹小姐若不愿去车站，我也自不能强迫。"

静琬微微一笑，对建彰道："你就在这里等我，我去去就回。"

许建彰说："我跟你一块儿去。"

静琬明知局势不明，前途未卜，瞧那时钟，已经是十二点二十分，而三小姐仍未差人来请自己入席，那么慕容沣定然还未回来。她一时间也向许建彰解释不清，更不愿再耽搁下去，只说："你不能去的，我马上就回来。"

许建彰还要说话，静琬已经道，"何先生，麻烦你在这里陪着许先生。"

何叙安答应了一声，许建彰激愤至极，抓住她的手臂："静琬，为什么？"

静琬道："我没有负你，若你信我，你就知道我不会负你。"她目光热烈，注视着他，"建彰，我定不会负你的"。

许建彰见她眼中只是如两簇小小的火苗，燃着那样的执着，心里知道她这个样子，是绝不会改变主意的。而他心里，也不愿去想那样不堪的事情，只是说服自己：静琬这样，定然有她的道理。他终于慢慢放开手来，说："好吧，我在这里等你。"

静琬走出去，三小姐正在着急，低声对她说："六少说是一定来的，怎么这时候还没过来？"

静琬道："我想去帅府里，亲自请一请六少。"

三小姐含笑道："也好。"安排了汽车，送她去帅府。静琬坐在汽车上，心里便如有一百面鼓狂敲乱击着一样。陶府与帅府之间，不过短短几分钟就到了。她远远看到帅府前警备如常，心中七上八下，强自镇定。

她在前面就下了车子，门上的人自然熟识她，笑道："尹小姐来了？六少还在后面开会呢。"她不知情势如何，答应了一声，顺着走廊走到那座青砖楼里去。正巧沈家平从楼中出来，一见着她，不由得露出一丝喜悦，不动声色地道："尹小姐好。"

静琬答应了一声，问："六少呢？"

沈家平道："刚刚开完会，常师长正拉住六少在发牢骚，还有徐统制，三个人一直到现在。"一面说，一面就向静琬递眼色，静琬心中怦怦乱跳，穿过大厅，走到后面的花厅去，近侍替她推开门，她一面往里走，一面就笑着道："六少，你答应人家的事，怎么半分也不放在心上。"

慕容沣正被常德贵拉住了不放，若要借故走开，徐治平那个人是十分精细的，只怕他会生疑。此时乍然听到她的声音，心中说不出是惊诧还是欢喜，更有一分忧心忡忡。见着她进来，板着面孔道："你来做什么？我这里有正经事。"

静琬笑道："菜都上了桌子了，戏也唱到正精彩，客人也都到齐了，六少答应给我做生日，这会子却还在这里。"又对常德贵笑道，

"常师长，今天中午替我陪六少好好喝一杯，六少每次总是夸师长的酒量呢。"她薄嗔浅怒，眼波如水，瞟了慕容沣一眼："走吧，再不走，我可真要恼了。"不由分说，拽住慕容沣的胳膊，就往外走。回头又对徐治平嫣然一笑，说："徐统制也快来啊，那边等着开席呢。"

徐治平见慕容沣一脸的无奈，已经被她拉着走到门口，心念忽动，叫道："六少，我还有话说！"

静琬心中着急，抢着道："统制到酒席上，有多少话说不成？快去入席吧。"徐治平心中疑惑，但见她娇怯怯的样子，想着其中若是有诈，也不会由一个弱女子来发作，这一转念间，只见常德贵已经大步流星往外面走去。徐治平犹豫了一刹那，也跟着往外走去。

慕容沣一走出花厅，就从怀中取出烟盒，啪一声弹开，道："来人，点烟。"两边走廊下埋伏着的人，听到这句话，一拥而出，向着徐、常二人扑去，常德贵犹未回过神来，人已经被按在地上，徐治平见机不对，大叫一声，从后腰抽出一把手枪，就向着慕容沣扑去。沈家平早就纵身一跳，将他死死抱住，两个人滚在地上，众卫戍近侍都慌忙冲上去。

向来的规矩，承军的诸部将入帅府是不许佩枪的，徐、常二人也早在门外就解下了佩枪，不想徐治平竟还在身上暗藏了一把手枪。慕容沣见形势混乱，倒还十分沉着，护着静琬往后急退，只见三四个人已经按住了徐治平，将他的枪夺了下来，正微松了一口气，忽听常德贵一声暴喝，整个人将那些侍从甩开，他本是承军中有名的猛将，这一跃之下，那些侍从哪里按得住？

说时迟那时快，他一扬起手来，原来竟然也藏着枪，只听"砰砰砰"连着三响，一名侍从飞身扑过来挡住，慕容沣只觉得身子剧烈一震，静琬却是失声叫了一声，滚烫的血已经滴在手上。那些侍从们已经将常德贵重新按住，用牛筋将他双手双腿都捆起来。常德贵犹在地上乱骂："慕容沣，你这个王八蛋！老子辛辛苦苦替你老子打下这半壁江山来，你这个兔崽子竟算计老子，有种你跟老子单挑！老子今天没打死你，老子死不瞑目……"忽然嘴里被塞了两个麻核桃，再也骂不出来了。

两个人已经被捆得如同粽子一样，沈家平早吓得魂飞魄散，只抢过去看慕容沣手上的血："六少，伤在了哪里？"

慕容沣却抓住他衣襟："去叫大夫，快去叫大夫！"

沈家平这才见到他怀里的静琬面色如纸，衣襟上汩汩往外涌着血，竟然是受了重伤。早有侍从飞奔着去打电话了，慕容沣紧紧抱着静琬，那样子像是陷阱里的困兽一般，眼中闪着骇人的光芒。

他一把夺过沈家平手中的枪，沈家平只来得及叫了声"六少"，枪口已经对着常德贵的头，沈家平大惊，只听"砰砰"两声巨响，常德贵的脑袋已经开了花。慕容沣掉转枪口，徐治平身子一扭，哪里挣得动半分，慕容沣已经扣动了扳机，一枪接一枪，直将所有的子弹都打光，方才将枪往地上一摔，如梦初醒般将静琬打横抱起，见她奄奄一息，呼吸已经微弱不可闻，脚下跟跄了一步，发狂般跌跌撞撞抱着她往后疾奔。

【十】

许建彰在那间会客室里坐了片刻，心中思潮起伏，只是不安，转过无数个念头，总是想，不要想了吧，可是偏偏脑中就如中了魔一样，那些个疑惑，只是盘旋不去。前头的乐队演奏声、戏台上的锣鼓声、喧哗笑声隐约传来，更使心头添了一种烦乱。他坐下来不过几分钟，又站起来走了几步，自言自语道："这府上是在办喜事吧，可真热闹。"

何叙安笑了一笑，并没有答话。许建彰来回走了几趟，又在沙发上坐下来，只听那座钟嘀嗒嘀嗒地走着。其实何叙安心里的焦急，更在许建彰之上，眼睁睁瞧着已经十二点半钟了，听见一阵急促的脚步声从后而来，他立刻知道不是陶府的人，必是帅府来人从小门里直接进来，因为不知事态已经如何，心里不免忐忑难安。

许建彰听到脚步声，也站了起来，他在承州往来多次，一见服装便知是慕容沣的卫戍近侍。他心中惊疑不定，只见那人径直向何叙安耳语数句。何叙安瞧了一眼许建彰，向他笑道："许先生请宽坐，六少有点小事嘱我去办，我去去就回。"

许建彰道："何先生请自便。"何叙安似乎有些着急，也未与他客气，只吩咐一名侍卫留下来陪着他，自己带了人就匆匆离去。

何叙安回到帅府，只见一部汽车疾驰而入，一直到楼前才停了下来。何叙安认得下车的是米勒医生，这位德国医生本是外科的圣手，在承州的教会医院里最有名望。他一见到米勒大夫，不由得心里一惊，急忙快步跟上去，和那米勒大夫一起进了楼中。

沈家平正在楼下大厅里焦急地踱着步子，一见到米勒，如同见着救星一样，说："六少在楼上。"他亲自在前面引了路，领着米勒上楼去。楼上走廊里，真正是三步一岗，五步一哨，站满了卫戍近侍。顺着走廊向左一转，便是极大的套间，他们穿过起居室一直走到里面。

屋子里已经有一位英国的斯宾赛大夫在那里，他本是慕容家的家庭医生，医术也是颇有名气的，正与护士在低声说什么，见着米勒医生进来，两位大夫匆忙握了手，便开始用德文交谈。

何叙安见着慕容沣一动不动地坐在软榻上，护士正替他清洗手上的血迹，连忙过去。他见那伤口其实只是被子弹擦伤了一道，伤口虽长，但伤得极浅，并没有伤到筋骨，这才松了口气。

他正欲说话，只听慕容沣十分简单地说了两个字："让开！"他忙侧身一让，回过头去这才瞧见那大床之上，两个护士正忙着替静琬止血，那许多的药棉纱布不停地换下来，她盖着的那床呢子被上，斑斑点点全是血迹，她一张脸上并无半分血色。何叙安瞧见慕容沣直直地盯着静琬苍白的面孔，心里不知为何就担心起来。

两名医生商量了几句，一致同意病人不宜移动，马上动手术。他们立刻准备起来，慕容沣这才出来到起居室，米勒医生亲自走出来向他解释："尹小姐的情况并不容乐观，那颗子弹很深，只怕已经伤到了肺部，不容易取出来。"

沈家平见慕容沣久久不作声，叫了声："六少。"慕容沣沉默良久，终于对医生慢慢点了点头。

何叙安出去办妥相关事宜，回来时起居室里却没有人，里面的手术仍旧在进行。他正要离开，忽然见着沈家平从露台上进来，于是问："六少呢？"

沈家平将嘴一努，何叙安这才瞧见慕容沣独自在露台上吸烟。露台上本来放着一把藤椅，藤椅前已经扔了一地的烟蒂，慕容沣静静地坐在那里，只是一根接一根地抽着烟。那些青白淡袅的轻烟四散开去，拂在人脸上，微微有一点呛人。楼前的槐树一树浅嫩的绿荫，阳光一缕缕从那枝叶间漏下来，慕容沣坐在那里，望着那树间斑驳的日光。

何叙安走过去叫了声"六少"，慕容沣见是他，似是猛然回过神来，"哦"了一声，问："都办好了？"

何叙安说："通电的内容已经拟好了，六少要不要过目？"

慕容沣说："你念吧。"

何叙安于是将稿纸拿出来念给他听："沣受事以来，对于先人旧有僚佐，无不推心置腹，虚衷延纳，其中尤以望州省统制徐治平、承颖铁路驻防师长常德贵二人共事最久，倚畀尤殷。然徐、常朋比，操纵把持，致使一切政务受其牵制，各事无从进行。胪其罪状，厥有数端。屡次战祸均由彼二人怂恿拨弄而成。迹其阴谋私计，世或未知……"

电文本来由素以高才著称的幕僚精心措辞，写得是情文并茂，夹叙夹释，无限痛心疾首。何叙安见慕容沨心不在焉，于是匆匆念完，问："六少，是否就按这个稿子通电全国？"

慕容沨这才接过去看了一遍，又问："北边有没有消息来？"

何叙安答："还没有，但我们的两个师已经布防在哲平至望城，铁路沿线的俄国人虽虎视眈眈，倒成了牵制，谅徐、常二部不敢轻举妄动。"

慕容沨哼了一声，说："眼下留着他们四两拨千斤，等腾出工夫来，看我怎么收拾那帮俄国人。"

何叙安乍闻他欲对俄用兵，并不立刻答话。慕容沨望着那树荫出了一会儿神，又说："北边一有消息，你就来告诉我。"

陶府里正是热闹，三小姐陪了徐、常两位太太听戏，卢玉双的铁镜公主，正唱《坐宫》这一折，徐太太本来是爱听戏的人，如痴如醉，常太太却像是忽然想起来："怎么没见着尹小姐？"

三小姐笑道："说是换衣裳去了。"一转脸见着女客纷纷起立，原来是四姨太韩氏来了。

四太太满面春风，未语先笑："我可来迟了。"又对三小姐道，"原以为开席了呢。"

常太太道："四太太还没来，怎么能够开席呢？"

四太太便笑道："既然我来了，那就开席吧。"

徐太太笑道："还有那位正经的寿星，这会子不知到哪里去了，丢下咱们这些个人，她倒失了踪。"

四太太"哧"地一笑，说道："我从家里出来，倒瞧见寿星往咱们家里去了。依我说，咱们边吃边等，也不算不恭。"

三小姐迟疑道："还是等等他们两个吧，静琬说去催请六少。"

四太太又是嫣然一笑，说："难道说只许他们撇下这满屋子的客人，不许咱们也撇下他们？咱们今儿偏让他们饿着。"

三小姐本来不是什么蠢笨的人，猛然就悟过来，笑道："那咱们就先不等了。"

徐、常二人也不觉意味深长地一笑，三小姐于是吩咐管事开席。

许建彰在那会客室里，正是百般焦急的时候，却见刚才来的那个下人周妈走进来，说："我们太太听说尹小姐的表少爷来了，很是欢迎，前面已经预备开席了，请表少爷去入席。"

许建彰望了眼陪护自己的侍卫，问："府上这样热闹，是在办什么喜事？"

周妈不由得笑了，说："表少爷，今天是替尹小姐做生日呢。"

许建彰不由得一呆，重复了一遍："替尹小姐做生日？"

周妈笑道："我们太太说，表少爷是尹小姐的亲戚，那就和一家人一样，请表少爷不要客气。"

许建彰心中一个念头一闪而过，脱口问："这里是陶府——难道是陶司令的府上？"

周妈答："是啊。"

许建彰听见她说什么一家人，如鲠在喉，心中别提多憋闷了。想了想又问："尹小姐回来了吗？"

周妈笑道："尹小姐过会子自然就回来了。"

许建彰又问："那尹老爷呢，是不是在前面？"

倒将周妈问得一怔，说："尹小姐是独个儿住在这里的，表少爷是问哪个尹老爷？"

许建彰心中乱成一团，过了好一阵子，才摇头道："替我谢谢你家太太，我不便前去，还请陶太太谅解。"

周妈答应着就去了，过了一会儿，却带着一个听差提着提盒来了，话仍旧说得很客气："我们太太说，既然表少爷不愿到前面去，就叫厨房做了几个小菜送过来，请表少爷将就着用些。"那听差将食盒打开，里面是海米珍珠笋、清蒸鲥鱼、炒豌豆尖，外有一大碗热气腾腾的樱桃酿鸭汤。

许建彰哪里有心思吃饭，那听差替他装了一大碗米饭，他对陪着自己的侍卫说："你先吃吧。"

慕容沣的军法十分严明，那侍卫答："许先生请自便。"仍旧侍立一旁。

许建彰勉强接过碗吃了两口就搁下了。只听前面笑语喧哗，夹着十分热闹的丝竹之声，那一种褥设芙蓉、筵开锦绣的繁华，隔着这无数重的院落，也可以遥遥想见。

过了许久，厨房才派了两个听差过来收拾了碗筷。许建彰本是有心事的人，无意间踱到窗下，却听见一个听差在抱怨："无事也寻点事给咱们做，今天忙成这样，还单独侍候这个，侍候那个。"

另一个听差就笑道："赶明儿尹小姐真嫁了六少，那时候你就算想侍候表舅爷，还挨不上光呢。"两个人一面说，一面去得远了。

许建彰如同五雷轰顶一般，心中直想，连下人都这样说，可见静琬与慕容沣行为亲密，不问而知。心中如沸油煎滚，手中本来拿着一支卷烟，不知不觉就被他拧得碎了，那些细碎的烟草丝，零零碎碎都落在地毯上。

何叙安寸步不离地守在电报房里，一直到接到那封密电，这才觉得松了口气。亲自攥了电报，到后面去向慕容沣报告。慕容沣仍旧坐在露台上抽着香烟，身边一张小藤几上放着几样饭菜，何叙安瞧那样子，像是一筷子也没动过。他轻轻咳嗽了一声，说："六少，张其云的电报到了。"

慕容沣轻轻弹落烟灰，问："怎么说？"

何叙安道："已经顺利接掌徐部的兵权，第四师营团以上军官也已经全部交接完毕。"

慕容沣这才说："那么再过几个钟头就通电全国吧，另外替我拟一份给大总统的亲笔信，用密电马上发出去，对此事件详加说明。徐、常二人意图谋逆，事迹败露后又阴谋行刺，此事虽然是家丑，可越是遮着掩着，人家的闲话就越多。"何叙安答应了一声，慕容沣又问，"陶府里情形怎么样？"

何叙安答："眼下还好。"

慕容沣道："再过一会儿消息公布，绝不能出乱子。"

何叙安道："六少放心，外面有陶军长亲自布置，里面有四太太。"忽听屋内"咔嚓"一声，像是卧室的门打开了。慕容沣腾地站起来，转身就往屋里走，果然米勒大夫已经走了出来，身后跟着的护士端着小小一只搪瓷盘子，慕容沣见着盘子里鲜血裹着的一颗弹头，才觉得松了口气。

米勒大夫说："这一个礼拜是危险期，因为子弹创口太深，可能容易感染。希望主能保佑这位姑娘。"

慕容沣一直走进去，看见护士已经替静琬将血迹清洗干净了，她依旧昏睡在那里。他本来还有很多事情要去办，可是总不忍就这样走开，直到沈家平过来，轻声道："六少，他们都已经来了。"才下楼去开会。

他这个会议一直开到深夜，各处的密电都陆续地传来，那些承军的将领经过了这样惊心动魄的事件，神色语气之间，与往日自又是一番不同。等接到南方最后一封回电，差不多已经是凌晨两三点钟光景，夜阑人静，慕容沣才真正觉得局势控制下来，这才打了个哈欠，说："天就要亮了，都回去睡觉吧。"

那些将领皆"啪"一声起立行礼，其中一位老将特别恭敬，说："六少要保重，此后任重道远。"

慕容沣点了点头，说："今后还得仰仗诸位。"欲起身相送，那些部属都连声道："不敢。"鱼贯退出。

沈家平这才上前一步，低声问："六少午饭晚饭都没有吃，叫厨房预备一点宵夜吧。"

慕容沣这才觉得胃里有一种微微的灼痛，可是一点胃口也没有，只是摇一摇头："我去睡一觉，九点钟叫我起来。"

他嘴里虽然这样说，脚下却不知不觉往后走去，沈家平才知道是去看静琬，他连忙跟上去："尹小姐现在还不能移动，叫他们另外收拾一间屋子给六少休息吧。"

慕容沣说："我去书房里睡，叫他们取铺盖过去就是了。"沈家平答应着去了，慕容沣顺着长廊走到后面楼中，楼上却是静悄悄的，米勒医生和两个护士都守在那里，见着他进去，都站了起来。

慕容沣放轻了脚步走过去看静琬，她仍旧昏睡不醒，乌黑的长发铺泻在枕畔，衬得一张脸上半点血色也没有，米勒医生轻声道："要等麻醉药的效力过去，她才能够苏醒。"

静琬盖着一床西洋的羽绒被，因为被子很轻，越发显得她身形很娇小，睡在那么大的一张床中央，小小的如同婴儿一样柔弱。床对面的窗下放着一张软榻，他在榻上一坐下来，随手就摸出烟盒来。米勒医生连忙制止他："对不起，六少，病人的肺部受过伤害，绝对不能刺激她咳嗽。"他"哦"了一声，将烟盒放下。

慕容沣坐在那里只说休息一下，可是这一整天辛苦劳累，身心俱疲，不知不觉就睡着了。

他是军旅出身，只不过打了个盹，睡了一个钟头的样子就醒了。身上十分暖和，盖着一床绒毯，他看窗棂里透出一线青白灰色的光线，瞧那样子天已经快亮了。忽听床上的静琬呻吟了一声，护士连忙趋前去看，他也掀开毯子下了软榻。

静琬并没有真正苏醒，护士拿棉签蘸了些水在她唇上，又给她量着体温，慕容沣见她脸上略微有了些血色，伸手在她额头上按了按，看她的体温如何，她十分含糊地叫了一声："妈妈……"

他不由得低声道："是我，疼得厉害吗？"

她昏昏沉沉的，护士悄声说："现在她还没有清醒，让她睡吧。"

他将被角掖了一掖，忽听她呢喃："建彰……"

他本来弯腰弓着身子在那里，清清楚楚地听见这两个字，心里说不清是什么滋味，过了半晌，才慢慢地直起腰来，走到了外面的起居室。

沈家平本来在起居室，见他出来马上站起来，他吩咐沈家平："去找许建彰来。"

沈家平迟疑了一下，说："这个时候不太方便吧，要不要等到天亮再派人去？"

慕容沣怒道："有什么不方便的，马上叫他来。"

【十一】

陶府里安置的客房自然十分舒适，可是许建彰一点睡意也没有。下午时陶府里骤然安静下来，宾客顷刻间尽散，他虽然隐约猜到是出事了，一直到黄昏时分，才听说慕容沣遇刺。这是何等轰动的事件，虽然通电中再三声明慕容沣并没有受伤。

所有的高级将领全部赶赴帅府开会，陶府里的女眷慌乱了一阵子，也渐渐散去了。至入夜时分，整座陶府静悄悄的，和白天那种热闹的样子一比，就像两个世界似的。

许建彰听说出了这样的大事，静琬又正是去了帅府，不知她安危如何，那一种忧心如焚，直急得没有法子。他由侍卫陪伴，不便四处打听消息，陶府里的下人也是一问三不知。他这一夜如何睡得着？躺下起来，只盼着天亮，正是焦急到了极点的时候，外面的侍卫拍门叫道："许先生，许先生。"

他以为是静琬回来了，心中一喜，连忙去开门。那名侍卫说："六少派人来请许先生去一趟。"

他吃了一惊："六少？"心中十分诧异，这种非常之时，慕容沣为什么要见自己这个闲人？但那名侍卫连声催促，只得随着他上车去帅府。

天已经快亮了，赶早市的人已经喧哗起来，卖豆腐花的挑子一路吆喝着从小巷里穿出来，颤巍巍的担子，和着悠长的叫卖声："甜豆花哎耶……"那个"哎"字拖得极长，许建彰老远只听一声声地唱"哎"，到"耶"字欲吐未吐时，音调陡然往上一提，叫人的心也陡然往上一提，心中越发忐忑。

他们乘坐的车子在街上呼啸而过，那车子走得极快，一会儿就驶入了岗禁森严的督军行辕。侍卫引着他下了车，径直往一幢青砖楼中去。楼中大厅里灯火通明，侍立着十余名全副武装的近侍，腰中佩着最新式的短枪，钉子般伫立得笔直，四下里鸦雀无声，静得让他觉得甚至能听清自己的心跳声。

侍卫引着他向楼上去，走完楼梯后向左一转，便是一间十分豪华的屋子，许建彰也无心看四处的陈设，只听那侍卫道："请许先生在这里稍等。"便退了出去。

许建彰心里七上八下，只觉得这一等，等了足足有大半个钟头的样子，外面的天已经大亮了，听得见鸟儿在树枝间啾啾鸣着，他心里有无数个疑惑，无数个念头，一会儿想着静琬，一会儿又想慕容沣为何要见自己，思绪凌乱，只没个头绪。

过了好久，终于听到脚步声，许建彰转头一看，当先的一人年纪约三十上下，他心里还在琢磨，对方已经问："许先生是吗？"他点了点头，那人道："我是六少的侍卫队长沈家平，昨天的事件想必许先生也略有耳闻，所以请许先生不要见怪。"说完将脸一扬，身后两名侍卫就上前来细细地将他全身上下都搜了一遍，并没有发现武器，这才向沈家平点头示意。

沈家平道："请许先生跟我来。"转身就往外走。

许建彰跟随在他身后，终于忍不住问："我的朋友尹小姐是否还在府上？"

沈家平并没有停下脚步，也没有转过脸来，只说："许先生，尹小姐要见你，她受了很严重的枪伤。"

许建彰听了这句话，如同五雷轰顶一般，不由自主地呆在那里，定了定神才发觉落下了好几步，连忙大步跟上沈家平。

这次沈家平带着他走进一间西式的套间，许建彰但觉金碧辉煌，陈设十分的富丽，外面起居室里有几名下人垂手立着，四处也是静悄悄的，连墙上挂钟嘀嗒嘀嗒的声音都能听见。

沈家平亲自推开里间的门，里间本来只开了一盏小小的睡灯，光线十分的朦胧柔和，许建彰此时突然感到有些害怕，心里那片阴影却是越来越清晰，越来越扩散开来。脚下的地毯足足有三四寸深，一步下去没至脚踝，他如同踩在棉花上一样，软绵绵的使不上半分力气，只觉得举步维艰，心也像是吊在半空中不上不下。

突然，眼前出现一张华丽的西式大床，床头镂花镀金，垂着西式的悬帐，那帐子雪白透明，如同柔云轻泻，垂下无数金色的流苏，迤逦围绕着床间。床上一床羽绒被，却勾勒出娇小的一个身躯。他一颗心就要跳出胸腔来一样，失声叫："静琬。"

她的脸色苍白没有半分血色，他傻子一般望着她微弱地呼吸。旁边的护士急得直向他打手势，他心如刀割，失魂落魄，有人给他端了张椅子，他也不晓得要坐下去。那目光如胶，只是凝在她的脸上。

他问护士："她伤势怎么样？"

护士只答："很严重。"

他问："是怎么受的伤？"

护士支吾不答，沈家平笑了一声，说："许先生，有些事情你不要过问才好。"

他悚然一惊，心中惶然，满腹的疑问只好硬按下去。

他也不晓得过了多久，窗上本来有丝绒的窗帘，此时都用金钩束了起来，抽纱沉沉地垂着，外面的太阳薄薄的一点透进来，混沌如同黄昏。而静琬躺在那里，只如无知觉沉睡着的婴儿一般。

许建彰坐在那里，身体渐渐发僵，可脑子里仿佛什么都不能想。这间卧室极为宽敞，东面的紫檀架上挂着一把极长的弯刀，那刀的皮鞘上镶了宝石，底下缀着杏色流苏，极是华丽，显然是把名刀。架上另搁着几柄宝剑，长短不一。另一侧的低柜上，散放着一些雪茄、香烟盒子之类。

他呆滞的目光落在床前的挂衣架上，那上头搭着一件男子的戎装，一条皮质的腰带随便搭在衣架底下，腰带上还套着空的皮质枪盒。许建彰看到这件衣服虽只是军便服，但肩上坠着金色的流苏，穿这样戎装的人，除了慕容沣不作他想。

下人来请他去吃饭，他胃里像塞了满袋的石头，沉甸甸的哪里有胃口，只是摇头。屋子里安静极了，只有静琬偶尔呻吟一声，护士走来走去，给她量体温、量血压、打针、拭汗。他坐在那里，只盼着静琬快醒来，可是似乎心底深处萌出一丝不安，仿佛在害怕什么未知的东西一样。下人又来请他吃晚饭，这一天竟然就这样过去了，过得这样快，却又过得这样慢。

门外传来轻微的脚步声，只听见女子柔和的声音："尹小姐怎么样了？"

外头的一个老妈子答："还没有醒呢。"跟着门被推开，他回头一望，只见是一位衣着华丽的贵妇，不过三十余岁年纪。

兰琴忙向那贵妇道："这是许少爷，尹小姐的表哥。"又对他说，"这是我们四太太。"

他素闻这位四太太的大名，知道她是慕容宸生前最宠爱的一位姨太太，慕容沣未娶，听说慕容府里就是她在主事，于是连忙站起来，很客气地叫了声："四夫人。"

四太太原本跟慕容宸出席各种场合，所以虽是个旧式的女子，但落落大方，伸出手来与许建彰握手，说道："许少爷幸会。"又说，"唉，静琬出了这样的事情，真是叫人心里难过。"

许建彰心中正自担忧，听她这样一说，越发心痛难当。

四太太又说："吉人自有天相，表少爷也不要太着急。"又问，"表少爷还没吃饭吧？"说完叫过外面的一位听差就说，"你们如今是越发没规矩了，客人在这里，为什么不请到后面去用饭？"

许建彰忙道："他们早请过几遍，我没有胃口，所以才没有去，再说已经十分叨扰府上了。"

四太太笑吟吟地道："表少爷又不是外人，为什么这样客气？我们六少这两天太忙，所以抽不出工夫来，请表少爷不要见怪。表少爷将这里当成家里就是了，有什么事只管吩咐他们。"

她一口一个表少爷，许建彰满腹的疑惑就像肥皂泡一样膨胀到了顶点，轻轻一震就要迸裂开来。

四太太又说："饭总归是要吃的，就是静琬醒来，也一定不愿意见着表少爷饿着肚子啊。"她再三地相邀，许建彰却不过情面，只得起身去吃饭。

他自是食不知味，但慕容府里的下人招呼得还是十分殷勤，餐后是西式的做派，又有甜食又有咖啡，他哪里吃得下，草草呷了两口咖啡就回去看静琬。只见四处的灯都已经开了，走回那楼里去，走廊里灯火通明，沈家平却站在走廊上，见着他微微一怔，许建彰也没往心里去，沈家平抢先一步敲门说："六少，许少爷回来了。"这才将房门推开。

慕容沣正在窗前与一位外国医生说话，听见了才回过头来，许建彰虽然来往承州多次，但从未见过慕容沣。此时乍然相逢，心里无端端一惊，只见他比起报纸上的照片来，脸色微黑，眉目清峻，神色间有种从容不迫，倒是少年老成。

他只得称呼一声："六少。"慕容沣淡然地微一颔首，又转过脸去用俄语与那外国医生说话，那医生亦用俄语作答，过不一会儿，那医生又陪着慕容沣走到床前去，低声与他讨论着什么，许建彰料想他们是在说静琬的伤势，只是自己一句也听不懂，仿佛多余一样。

第二日静琬仍未苏醒，总是沉沉睡着。四太太倒是每日过来两趟，看看静琬的伤势，又安慰许建彰几句。这天晚上过来后，却随手从丫头手里接过只匣子，交给许建彰说："这两天有几位太太小姐来探望，只是医生吩咐过尹小姐这里要安静，所以我一概替静琬挡了驾，这些个东西，是人家送给尹小姐的，你先替她收起来吧。"

她走后许建彰打开来看，竟是厚厚一沓礼单，上面所列，大都是些昂贵稀罕的药材，什么百年高丽参新鲜熊胆虎骨鹿茸，还有送镇邪所用玉器的，有送古董玉饰的，形形色色，不一而足。下头的落款，尽皆是承军中要人的女眷。他捏着这厚厚一沓礼单，就像捏着一块燃着的热炭一样，从手上一直灼痛到心里。

待得静琬渐渐苏醒，已经是三日之后。她伤口疼痛，人却是清醒起来，睁开眼来，兰琴已经喜得嚷道："小姐醒了，小姐醒了。"

医生护士都聚拢来，她目光只在人丛中逡巡，却没有看到许建彰。早有人去报告了慕容沣，他本来开了通宵的会议，此时正在睡觉。一听说，来不及换衣服，披了件外衣就过来了。见着她醒来，不禁露出笑容来，脱口道："你总算醒了。"

一旁兰琴也笑道："这下子可好了，小姐终于醒了。六少担心得不得了，隔一会儿总要来看小姐。"

静琬见他神色憔悴，眼中满是关爱，心下感激，问："六少……"

慕容沣心中会意，说："事情已经基本平靖下来了。"他轻轻握住她的手，"静琬，好在你没事，不然我这一辈子都不会快活。"

她勉强笑了一笑，问："我这两天人迷迷糊糊的，好像觉得建彰

084

在这里，怎么没有看到他？"

慕容沣道："我派人请许少爷来陪着你，他也确实一直在这里。不过正巧今天中午余师长请他吃饭，所以他出去了。"静婉听了，隐隐只觉得失望。

许建彰这数日来茶饭不思，今天也仍旧是食不知味。余师长在自己家里请客，自然是一桌的山珍海味，美味佳肴。那余师长与许建彰是通家之好，女眷也并不回避。余太太素来爱说笑，一面给许建彰布菜，一面就笑道："许少爷虽然受了几天牢狱之灾，但也算是有惊无险，今天家常便饭，算是替许少爷压惊吧。"

许建彰哪里吃得下去，余师长问："尹小姐的伤势，不知道眼下要不要紧？"

许建彰叹了口气："好几个外国大夫每天轮流看着，就是没有多大起色。"

余太太笑道："尹小姐福慧双全，必然能逢凶化吉，再说有六少的严令，说是医不好尹小姐，要拿那些大夫是问呢，他们敢不尽心尽力？"

余师长听她说得不伦不类，忙打断道："喝酒，喝酒。"亲自持了壶，给许建彰斟上一杯。

许建彰慢慢将那火辣辣的洋酒吞下去，满腔的话终于再也忍不住，说："余师长，你我相交一场，你今天对我说句实话，六少对静婉……对静婉……"说了两遍，后头的话再问不出来。

余师长对余太太道："你去将上回他们送的高粱酒叫人拿来。"

余太太答应着去了，许建彰见他支走余太太，心里越发不安，直愣愣地盯着他。余师长却又给他斟满了杯子，接着就长长叹了口气，说："想必你也瞧出来了，六少对尹小姐颇为爱慕，我劝你一句，大丈夫何患无妻，识时务者为俊杰。"

许建彰数日来的担心终于被证实，一颗心直直地坠下去，一直往下落，往下落，像是无底无边一样，只是生出彻骨的寒意来。

余师长又道："本来这些话我不该说，说出来也该打嘴巴。可是你我相交多年，我不告诉你，良心上过不去。尹小姐确实是女中豪杰，难得一见的奇女子，就冲她孤身来承州救你这份胆识，我就要对她伸出大拇哥儿，赞上一声'好'。六少瞧上她，也是情理之中的事。我是外人，说了你也不要恼，我看啊，尹小姐对六少，也未必无意。"

许建彰脱口道："静琬不会的。"

余师长又叹了口气："会不会我不知道，可是这承军上下，人人皆知她是六少的女朋友，她也不避什么嫌疑，一直与六少举止亲密。尹小姐在三小姐府上住着，那可和大帅府只有一街之隔。"将声音压得一低，"有一次因紧急军务，我连夜去见六少，沈家平支支吾吾说不清六少的去处，叫我在花厅里等了足足大半个钟头，才见着六少从后面回来。后来我在小阳春请客，借着酒劲儿逮着沈家平问这事儿，六少的秘书张义骰也喝得差不多了，大着舌头嬉皮笑脸跟我转文，说什么'当关不报侵晨客，新得佳人字莫愁'。我是粗人听不懂，那帮秘书都哄笑起来，沈家平这才说，尹小姐不比别人，你们再在这里胡说八道，瞧六少知道，不拿大耳掴子扇你们。"

许建彰心中乱成一团，想起日来种种蛛丝马迹，心如刀绞，紧紧攥着拳头，过了半晌，从齿缝里挤出句话来："静琬不是这样的人，我信她不是。"

余师长"嘿"了一声，说："我瞧尹小姐也不是那种贪恋富贵的人，只是六少少年英雄，抛开了身份地位不算，亦是一表人才，但凡女子，哪个不垂青于他？他们两个人相处如此之久，总会生出情愫来。"

许建彰心乱如麻，慢慢呷着酒。

余师长又道："老弟，我是将你当成自己的兄弟一样，才多说这么几句酒话。你就算不为自己着想，也得为家里人打算，假若惹毛了那一位，以后你这生意还怎么做？他的脾气你多少听说过，真要翻了脸，别说日后的生意往来，就你在这北地九省，只怕连立锥之地都没有。你还有老母弱弟，你豁出去了，他们还可以指望谁？孰轻孰重，你自己掂量吧。"

【十二】

静琬毕竟伤后体弱，只说了两句话就生了倦意，重新沉沉睡去。醒来天已经要亮了，窗帘缝隙里露出青灰的一线光，四下里仍旧是静悄悄的，慕容沣坐在床前一张椅子上，仰面睡着，因为这样不舒服的姿势，虽然睡梦中，犹自皱着眉头。他身上斜盖着一床毛毯，可能也是睡着后侍卫替他搭上的，因为他还穿着昨晚的西服。

晨风吹动窗帘，他的碎发凌乱覆在额上，被风吹着微微拂动，倒减去好几分眉峰间的凌人气势，这样子看去，有着寻常年轻男子的平和俊朗，甚至透出一种宁静的稚气来，只是他的唇极薄，睡梦中犹自紧紧抿着，显出刚毅的曲线。

她怔怔地出了一会儿神，微一动弹，牵动伤口，不禁"哎哟"了一声。声音虽轻，慕容沣已然惊醒，掀开毯子就起来看她："怎么了？"

她见他神色温柔关切，眼底犹有血丝，明知他这几日公事繁忙，可是昨天竟然在这里熬了一夜，心中不免微微一动，轻声说："没事。"

他打了个哈欠，说："天都要亮了，昨天晚上只说在这里坐一会儿，谁知竟然就睡着了。"

静琬道："六少先回去休息吧。"

慕容沣说："反正再过一会儿，就要办事去了。"望着她，微笑道，"我再陪你坐一会儿吧。"

静琬心中微微一惊，下意识移开目光，微笑问："大哥，建彰回来了吗？"

慕容沣于是叫了人进来问，那听差答："许少爷昨晚喝醉了，是余师长派人将他送回来的。现在在客房里休息呢。"

静琬听了，心中微恼。

慕容沣道："他必然是担心你的伤势，所以喝起闷酒来，难免容易喝醉。"静琬"嗯"了一声，慕容沣又说，"医生说你可以吃东西了，不过要吃流食，想吃点什么，我叫他们预备去。"静琬虽然没有什么胃口，可是见他殷殷望着自己，心中不忍拂他的意，随口道："就是稀饭好了。"

厨房办事自然是迅速，不一会儿就拿食盒送来热腾腾的粳米细粥，配上小碟装的六样锦州酱菜，粥米清香，酱菜咸鲜。慕容沣笑道："我倒也饿了。"兰琴本来正在为静琬盛稀饭，听见说，连忙又拿碗替他盛了一碗。

上房里的听差就问："六少是在这边洗漱？"慕容沣答应了一声，到盥洗室里去洗脸刷牙，这里本来就是他的卧室，盥洗室里毛巾牙刷仍旧齐备。

静琬伤后行动不便，兰琴和另一名丫头秀云，一个捧了脸盆，一个拿了毛巾，正帮忙洗漱，只听外面听差说："许少爷早。尹小姐刚醒了呢。"

静琬听见建彰来了，正欲说话，慕容沣已经在盥洗室里问："静琬，是谁来了？要是家平，叫他先在外面等着。"

许建彰刚刚走进屋子，就听见他的声音，脸色不由得微微一变。

静琬见情形尴尬，忙说："大哥，是建彰来了。"

慕容沣走出来，一边扣着外衣的扣子，一边对许建彰点了点头，算是打过招呼，便转过脸去对静琬说："已经七点钟了，瞧这样子不能陪你吃早饭了。"

静琬道："大哥请自便。"她觉得气氛尴尬，不免特别留意许建彰的脸色，只见他神色已经颇为勉强，似是很不自在的样子。

慕容沣走后，静琬吃过几口稀饭，精神已经有些不济，兰琴收拾了家什出去，静琬望着许建彰，见他也凝视自己，于是道："你不要误会，我和六少是结拜兄妹，大哥对我一直以礼相待。"

许建彰"嗯"了一声，却重复了一遍："你们是结拜兄妹。"

静琬见他语气敷衍，又见他神色憔悴，心中也不知是气恼还是爱怜，赌气一样道："有什么话你就直说吧，反正我自问并没有做任何对不起你的事。"

许建彰嘴角微微发抖，脸色难看到了极点，眼睛却望向了别处，过了许久，方才说道："静琬，我要回乾平去了。"

静琬只觉心猛然一沉，她本来伤后失血，脸上就没有多少血色，现在脸色更是惨白："为什么？"

许建彰淡然道："我原来没有走，是因为很不放心你，后来听说你受了伤，更不能抛下你，现在看来，你在这里没有什么不好的，所以我打算先回家去看看。"

静琬又气又急又怒，问："你必是听了什么话，所以疑心我对不对？难道我是那样的人吗？"她便将自己到承州后种种情形都说了，将徐、常二人事件也稍作解释，最后道："我为了救你，才答应六少与他在人前做戏，我与他之间清清白白，信不信由你。"

许建彰听她将来龙去脉都说清楚，听到她为了救自己，不惜赔上

089

她自己的名声，嘴角微微一动，像是要说话，最后终于忍住。他经过千思万想，翻来覆去，虽然早就将利害关系考虑明白，明知是不得不割舍，可是见她一双澄若秋水的眼睛盈盈地望着自己，几乎就要动摇。他脑中就像放电影一样，一会儿想到与她在乾平时的日子；一会儿想到家里的老母弱弟，自己肩上无法推卸的重任；一会儿想到在牢中的日子，身陷囹圄，望天无路，那种恐惧令人不寒而栗。他想着余师长的话，孰轻孰重……孰轻孰重……

　　他想起父亲临终前，紧紧攥着他的手不放，奄奄一息地说不出话来，只指了指站在床前的几个弟妹。母亲与弟妹们已经失去了父亲，家里不能再没有了他——他若是不惜一切，日后哪有颜面去见九泉之下的亡父？

　　他咬一咬牙，终于狠下心来："静琬，我们许家是旧式的家庭，我不能叫我母亲伤心。这北地九省，无人不知你与六少的关系，我们许家，实在丢不起这个人。静琬，你虽未负我，我也只好负了你了。"

　　静琬听了这一句，心里便好似被人猝然捅了一刀，那一种气愤急怒，无以言喻，只是手足冰冷，胸中抽痛，连呼吸都似痛不可抑。也不知是伤口痛，还是心痛，一口气缓不过来，连声音都在发抖："许建彰，你竟然这样待我？"许建彰只不作声，她眼前一阵阵地发花，再也瞧不清楚他的模样，她的声音也不似自己的了："你就为这个不要我了？"

　　他紧紧抿着嘴，似乎怕一开口说出什么话来一样。她脸色惨白，只是盯着他："你也是受新教育的人，这个时代，你还以这样的理由来对待我？"

　　建彰心中积郁万分，终于脱口道："不错，我确实忘恩负义，可是你有没有替我想过？你不惜自己的名声相救，可是我担当不起你这样的大恩。"他话一出口，似乎才明白自己说了什么，只见她绝望地看着自己，他面如死灰，却紧紧抿着嘴，一声不吭。她的唇角哆嗦着，终于渐渐向上扬起，露出一个凄清的笑："好，好，我竟然看错了你。"她一吸气就呛到了自己，不禁咳嗽起来，立时牵到伤口一阵剧痛，透不过气来。

兰琴已经进来，瞧着她冷汗涔涔，脸憋得通红，连忙扶着她，她已经说不出话来，兰琴急得大叫"来人"，护士们都急忙进来。乱哄哄的人围上去，许建彰往后退了一步，心乱如麻，想要近前去，可是那一步比千斤还重，怎么也迈不出去，最终还是留在原处。

医生给她打了镇静剂，她迷迷糊糊地睡在那里，只是伤心欲绝，隐约听见慕容沣的声音，犹带着怒气："姓许的人呢？他到底说了什么？"

然后像是兰琴的声音，低低地答了一句什么，静琬听不清楚，只是觉得心中难过到了极点，仿佛有东西堵在那里一样，透不出气来。慕容沣已经发觉她醒了，俯身轻声唤了她一声："静琬。"

她心如刀绞，却仰着脸不让眼泪流下来。他说："你不要哭，我马上叫人去找许建彰来。"她本来已是强忍，听得他这样一句，眼泪直往上涌，只是极力地忍住，她从来没有这样软弱过，她不能去回想他的话，不能去回想他的模样，他竟然这样待她，他竟然就这样抛开了她。

她那样地为了他，为了他连性命都差点失掉，女孩子家最要紧的名声她也置之度外，可是他不过为着人言可畏，就不要她了。那眼泪在眶中转了又转，终于潸然而下，慕容沣从未见过她流泪，不由得连声说："你不要哭，你要怎么样，我立时叫人去办。"

她哽咽着摇头，她什么都不要，她要的如今都没了意义，都成了笑话。她举手想去拭眼泪，她不要哭，不能哭。这些年来的执着，原来以为的无坚不摧，竟然轻轻一击，整个世界就轰然倒塌。她这样要强，到头来却落到这样的境地。她本以为自己是无所不能，到头来竟由最亲近的人给了她致命一击。

沈家平走进来，在慕容沣耳畔悄声说了句话，慕容沣怒道："上了火车也给我追回来。"

她心中大恸，本能伸出手去抓住他的衣袖，仿佛抓住唯一的浮木。他见她嘴角微瑟，那样子茫然无助若婴儿一般，他从未见过她这个样子，心中怜惜，反手握住她的手："静琬……"她只是不愿再去回想。他说："你若是想叫他回来，我怎么样也将他给你找来。"

她心中划过一阵剧痛，想起他说过的话来，字字句句都如利刃，深深地剜入五脏六腑。慕容沣紧紧握着她的手，他手上虎口处有握枪磨出的茧，粗糙地硌着她的手。许建彰的手从来温软平和，他的手却带着一种大力的劲道，她只觉得浑身冰冷，唯独从他的掌心传来暖意，这暖意如同冬日微茫的火焰，令人不由自主地有一丝贪恋。

她心里难过到了极点，另有一种隐约的不安，她不知晓那不安是从何而来，只是伤心地不愿去想，她用力地吸着气，忍着眼泪："由他……由他去……"

承州地处北地，本就气候干燥，连着下了三天的雨，着实罕异。那雨只是如细针，如牛毛，落地无声，风吹起窗帘，也吹入清凉的水汽。窗前本来有几株极高大的槐树，开了满树的槐花，风雨狼藉里一嘟噜一嘟噜的白花，淡薄的一点香气夹在雨气里透进来，清冽冷香。

赵姝凝过来看静琬，因见兰琴坐在小桌子前剥核桃，于是问："怎么不叫厨房弄这个？"

兰琴抿嘴笑道："六少特意叫我剥了，做核桃莲蓉粥的，六少怕厨房里弄得不干净呢。"

赵姝凝陪静琬说了两句闲话，静琬转过脸去，看着外面的雨："还在下雨。"

姝凝说："是啊，下了这两三日了，今年的年成一定好，去年旱成那个样子，叫大帅着了急，还是六哥亲自去南边采办的军粮。"姝凝因见床前搁着一只花篮，里面满满的足有几百枝石榴花，红艳如簇簇火炬，开得几乎要燃起来一样，于是说，"这个编绣球最好看了。"

兰琴笑道："表小姐手最巧了，编的花篮、绣球，人人都说好看。"

姝凝道："反正是没有事，编一个给尹小姐玩吧。"

兰琴于是去取了细铜丝来，又将那火红的石榴，掐了足有百余朵来。

姝凝坐在床前编起绣球，静琬见她手指灵活，不一会儿红彤彤的花球就编成了，拿丝线串了穗子，说："就挂在这床头，好不好？"

静琬素来爱这样热闹的颜色，不由得微笑："你这手可真巧。"

姝凝说："我是跟姑姑学的，姑姑手可巧了，人也极好。"突然眼睛一黯，"就是去得太早，那时大帅在外头打仗，六少还小，可是丧事都是他拿主意安排的。六哥小时候最调皮，最不懂事，可是姑姑一死，他陡然就长大了一样。我们当时只晓得哭，可是他叫了外面的人进来，先叫给大帅发电报，然后一句句地问丧事的规矩，就和大人一样。"

静琬随口问："那时候六少多大了？"

姝凝说："才十二岁，六哥小时候总不肯长个子，大帅老是说他，还没有一枪杆子高。"

兰琴笑吟吟地说："上房里有好多六少小时候的相片，我拿来给小姐瞧瞧。"不等静琬说什么，就走出去了。

静琬虽与姝凝不过几日相处，但觉得她人斯文温和，此时看她静静地坐在那里，不知道在想什么，微低着头，长长的睫毛像小扇子一样垂着，手里拿了一朵石榴花，却将那火红的花瓣，一瓣瓣揪下来，只纷纷扬扬地落在地毯上。兰琴已经回来了，拿着许多的相片，一张一张摊在床上给她瞧："这个是原来还在望州的时候，这个是大帅和六少在一块儿，这个是太太与六少……"

静琬拿起那张相片，大约是慕容沣十来岁的时候拍的，正中坐着位面目清秀的妇人，慕容沣侍立于椅侧，一脸的稚气未脱，明明还是个骄纵的孩子。正犹自出神，忽听外面脚步声，跟着是侍卫行礼的声音，那皮鞋走路的声音她已经十分熟悉，果然是慕容沣回来了。

他是每日都要来看她几趟的，此时像是刚从外面回来，一身的戎装都没有换，走进来才摘下帽子，兰琴忙接了过去，姝凝也站了起来。他先望了望静琬的脸色，笑着说："今天好像精神好些了，吃过饭了没有？"

静琬摇了摇头，他说："我派车去接一位贵客了，这位贵客，你一定很高兴见着。"看床上摊着不少自己的相片，不觉笑逐颜开，"怎么想起来看这个？"俯身拣了张自己幼时的相片端详了一会儿，口中说，"前儿有家报社来访问我，给我拍了两张极好的半身照，回头我拿来给你看看。"

静琬笑了一笑，问："是什么贵客要来？"

慕容沣心情甚好，说："现在不告诉你，回头你见了就知道了。"这才留意到赵姝凝也在这里，于是问："四太太那边开饭了吗？"

姝凝道："我来了有一会儿，不知道呢。"顿了顿，说："我也该回去吃饭了，尹小姐，明天我再过来看你。"静琬知道他们家里的规矩，连长辈的姨娘们都是很敬畏慕容沣的，所以并不挽留她。

慕容沣打了这么一个哑谜，静琬也并未放在心上，慕容沣与她说了几句闲话，外面的人就进来通报说："六少，尹老先生已经到了。"

静琬又惊又喜，恍如梦境一般，只见听差引着一个人进来，果然正是尹楚樊，静琬叫了一声："爸爸。"

那眼泪盈然欲落，尹楚樊抢上几步来握着她的手，眼中泪光闪动："静琬，你怎么样，我和你妈妈急得都要疯了。"

她又是委屈，又是伤心，又是高兴，又是歉疚，虽然满眶热泪，可是强自笑道："爸爸……我……我还好。"

【十三】

他们父女相见，自然有许多话讲。别来种种情形，也不是三言两语可以说完的，静琬本来有一腔的委屈，可是怕父亲担心，只略略一谈就问："爸爸，你怎么来了？"

尹楚樊道："我昨天就来了，你走后你妈就病了，我只得在家里耽搁了好几天，路上又遇上承州戒严，昨天才进到城里。"

静琬听说母亲病了，越发忧心内疚："妈怎么了？要不要紧？"

尹楚樊板着脸说："反正你要急死我们两个，你还问什么。我走时她的病已经好了，只是记挂着你。我昨天在城里问遍了大小旅馆，都没有找到你，你真是要吓死我和你妈才甘心吗？"

静琬心中难过，叫了声："爸爸……"尹楚樊本来甚为生气，可是见着女儿之后，马上就心软下来，况且女儿愁病之态，更叫人心生怜爱。所以他虽然板起脸来，可是并不忍心大加斥责，只说："后来去拜会了余师长，才知道你在这里养病，你怎么好这样叨扰六少？"

他说到这里，不由得抬起头来，望了慕容沣一眼，慕容沣倒是极

095

为客气，欠身道："尹老先生不必见外，尹小姐于我有救命之恩，所以我才斗胆留了尹小姐在这里养病。"

尹楚樊本来满腹疑惑，此时方觉稍解，"哦"了一声。静琬说了这许久的话，微觉疲倦，心中又是欢喜，又是难过，攥着父亲的手，只是不愿意放开。

静琬见父亲到来，自然觉得精神上好起来。她本来年轻，又有名医良药，复原起来十分顺利。尹楚樊每日陪着女儿，见她伤势大有起色，一颗心才算放下。尹楚樊本来亦是乾平颇有名望的巨贾，与承军中不少人物都有往来。尹楚樊此番来承州，诸多旧相识自不免盛情相邀欲尽地主之谊，静琬伤势渐愈，他才抽出工夫来去应酬。

这天慕容沣公事稍少，中午就回来了，他每天一回家，总是先去看静琬。静琬本来有午睡的习惯，慕容沣刚走到房外，兰琴正好走出来，悄悄笑道："六少，尹小姐睡了。"

他迟疑了一下，终于还是走进房里去。四下里窗帘都沉沉垂着，帘角坠着茸茸的小球，在风中微微漾起，屋子里静得连她轻浅的呼吸似乎都能听见，她像是睡得正好，嘴角微微上扬，倒似含着一缕笑意。他怕惊醒了她，走到床前就屏息静气，见到如此甜谧的睡容，却情不自禁地俯下身子去。静琬伤后睡浅，他进来时，虽然是轻手轻脚，但是衣声 ，她依稀就听见了，隐约闻见清凉的薄荷烟草的气息，便知道是谁，不知为何，一时并没有睁开眼睛。

他俯下身子，她的呼吸暖暖拂在他脸上，她的唇上已经有了红润的颜色，不像前阵子那样惨白，这红润如此诱人，仿佛是世间最大的诱惑。如此之近，触手可及，他慢慢地更接近些，静琬心中怦怦乱跳，本能般欲睁开眼来，就在此时他的气息却渐渐离远，终于只是伸出手来，替她掖了掖被角。

她心乱如麻，也不知道是庆幸，还是一种说不出来的百味杂陈。她甚少如此烦乱，可是总觉得心底深处隐隐不安，只是不愿去深想，只装作刚刚醒来，慢慢睁开眼来。

慕容沣见她醒了，不由得微觉内疚："吵醒你了？"屋子里光线晦暗，他还没有换衣服，一身的戎装，腰带与肩章都是一种冰冷的金属色，可是他的目光温和如斯。她摇了摇头，他笑着说："既然醒了，我带你去瞧好东西。"

他总是千方百计博她一笑，她此时却是懒怠动弹，说："下午再瞧吧。"他本来是说一不二的脾气，此时只是耐着性子哄她："就在这院子里不远，他们费了偌大的气力才拾掇出来，下午我还有事要出去，就是现在我陪你去看一看吧。"

原来竟是一间西式的玻璃花房，四面都是玻璃墙，天花板亦是大块的玻璃，静琬瞧着架上搁的一盆盆兰花，不禁屏息静气，好半晌才指着面前的花道："这个竟然是天丽，如何得来的？据我所知，江北十六省，没有一盆这种兰花。"慕容沣但笑不语，静琬环顾四周，那样多琳琅满目的珍稀名品，每一盆都是价值连城，她不由得深深叹了口气。

慕容沣道："你上次说过，花中兰为君子，最令你所爱，所以我就派人去四处收集了一些。"

她知道花虽名贵，慕容沣权倾一方，花重金买了来也不算难事，难得的是自己随口一句话，他就记在心里，叫人费尽心机地布置出来。一直以来，他待自己都是一往情深，而自己伤后，更是温存体贴。这样出色的男子，这样良苦的用心，她心中不觉微微一动，过了许久，怅然道："这么多名贵的品种，这个兰花房自然是天下无双，可是这每一株兰花都十分娇弱，北地气候不宜，只怕是养不活的。"

慕容沣道："我信精诚所至，金石为开。只要花了心血，定然能够养活这些兰花。"他本来气质英武，但此时目光温柔如水，直如能将人溺毙一般，她转开了脸去，怔怔望着那盆举世无双的天丽，便如同未曾听到他所说的话一般。慕容沣见她望着花出神，亦不言语，两个人立在兰花丛中，只是默然。

尹楚樊此来承州，本只是想带女儿回家，后来听说静琬与许建彰闹翻，亦只以为是小儿女口角，一时意气。后来见着慕容沣的情形，才隐约猜到了两分，他在承军中的几位旧相识此番又格外客气，这才知道静琬与慕容沣相交已久，关系亲密，竟是尽人皆知。他心中气恼，一早醒来，就又去看望女儿，那里本是极大的套间，这样的清晨，外间屋子里就站着数名听差，见了他都恭敬地问好，早有人替他推开房门，隐约只听见慕容沣的笑声。

原来慕容沣这天一早就过来了，对静琬说："有样东西送给你。"将嘴一努，沈家平笑嘻嘻地走上前来，手里却拎着一只笼子。静琬见那笼子里睡着一只大猫，正拿爪子扒着那铁齿，呜咽有声，极是憨态可掬。她不由得笑道："好大一只猫。"

慕容沣笑着接过笼子去，说："就知道你会当成猫……"见她伸手，忙道，"小心，这可是老虎。"

静琬吓了一跳，旋即笑道："我还没有见过这样小的老虎。"那幼虎在笼子里龇着牙，不住地呜咽，过了一会儿，伸出舌头来舔着笼子，直舔得那铁齿格格作响。静琬情不自禁伸出手去摸它雪白柔软的肚皮，方未触到，慕容沣突然"嘿"的一声，吓得她将手又一缩，才知道他是在吓唬自己，他已经忍不住哈哈大笑，静琬将他肘弯一推："你这个人怎么这样坏。"

慕容沣含笑正欲答话，一抬头看到尹楚樊正走进来，于是很客气地叫了声："尹老先生。"静琬笑着叫了声："爸爸。"

慕容沣就对静琬说："我还有公事，回头再来看你吧。"又对尹楚樊道，"尹先生若是有什么事情，不必见外，只管吩咐下人。"

他走了之后，尹楚樊坐在那里，就摸出烟斗来，因为听护士说过这里不能吸烟，所以只是习惯性地含在口中，并不点燃。

静琬瞧着那幼虎伸长了爪子，从笼隙间伸出挠那地毯上的花纹，挠得地毯刺啦啦地作响。尹楚樊望着那幼虎出了一会儿神，将烟斗在桌上磕了一磕，静琬于是叫了声："爸爸……"

尹楚樊叹了口气，说："孩子，齐大非偶。"

静琬虽然很大方，可是听到父亲如此直白地说出来，到底脸上搁不住，微微一红，勉强笑道："爸爸你想到哪里去了。"

尹楚樊说道："等你伤好些，我们还是早些回乾平去，我看你与建彰只是有些误会。你们是订过婚的，我们与许家，也是多年相交，有什么事情都可以好生谈一谈。"

静琬也不知道为什么，听到父亲这样说，只是觉得十分生气，更有一种说不清道不明的难堪，说道："怎么连您也不相信我？我跟六少之间，不过是共患过难，只是他待我特别客气，我也没有法子。"

尹楚樊咬着烟斗，说："你打小就聪明，我就不信你没有法子推搪他的客气，他待你特别客气，我看你待他倒是特别不客气。"

静琬本性十分好强，嘴角一沉，赌气道："爸爸，那你等着看吧，我反正并没有那层意思，或者他误解了，我想法子叫他打消这个念头就是了。"

她既然说得这样决绝，尹楚樊便不再追问。静琬果然一意地寻着机会，只是并没有恰当的时机。这天赵姝凝过来看她，两个人说些家常话。赵姝凝因见床前小几上搁着一把西洋镶宝石小手枪，于是说：

"听六哥说，这种枪是国外特别定做的，而且就定了那么一对，很贵重呢。"

这枪本是事变之前，慕容沣与车票一起送给静琬的，她本来是取出来打算还给慕容沣，此时听赵姝凝说原来是一对中的一支，心下微觉尴尬，更夹着一丝微妙的异样，随口岔开话说："六少的枪法很好。"

赵姝凝眼睛瞬间明亮，说道："六哥的枪法，还是大帅亲自教的。六哥从小就极为好强，我记得六七岁的时候，大帅问他长大后想不想当团长，谁知六哥说，他长大了才不干团长呢，大帅问他那长大了干什么，六哥头一扬就答：'当治国平天下。'后来大帅一直得意非凡，连夸六哥有志气。"

静琬见她言语之间，无限钦佩。赵姝凝见静琬凝望自己，面上一红，垂下头去，说："我就是这样啰唆，一点小事也絮絮叨叨讲上半晌，只怕尹小姐听了不耐烦。"

静琬道："不，我很爱听呢。"又问，"赵姐姐是哪一年的？我猜姐姐比我年长。"

赵姝凝说："我比六哥小一岁零四个月。"

静琬笑盈盈地说："我与六少是结拜的兄妹，那么我叫您一声姐姐，姐姐不要嫌弃我。"

赵姝凝"啊"了一声："原来你与六哥是结拜的兄妹，我还以为……"说到这里，笑了一笑。

静琬哪里不明白，只是装作糊涂："我年轻糊涂胆大，反正高攀了六少这个大哥，姐姐与六少是中表至亲，那么姐姐就也是我的姐姐了。"

赵姝凝听她一口一个姐姐地叫，嘴头既甜，心思又灵巧，如何不喜欢。两个人越见亲密起来，此后赵姝凝就常常来陪她解闷。

这天余师长请了尹楚樊去吃饭，慕容沣每天临睡前却总是要来看一看她的，只是他晚上常常开会到很晚，回来时她总已经睡着了，今天因为散会得早一点，静琬还没有休息，他笑着说："今天总算见着你了，前天昨天我来时你都睡着了。"

静琬叫兰琴："去替六少拿消夜来。"

兰琴果然拿小盘捧了一碗面来，慕容沣见是鸡丝细面，宽汤清油，清香扑人，不由得笑道："劳驾，可真是多谢。"

兰琴笑嘻嘻地道："尹小姐老早叫厨房预备下了，又不敢下得太早，怕六少过来时面又糊了。"

慕容沣接过筷子，兰琴悄无声息就退出去了，慕容沣胃口甚好，慢慢吃着面，笑着问："你怎么知道我喜欢吃这个？"

静琬含笑道："我问了姝凝姐姐啊，姝凝姐姐真是细心，大哥你爱吃什么，爱喝什么，喜欢什么，不喜欢什么，姝凝姐姐都牢牢记着。"

慕容沣神色微变，不由自主一筷子面就停在了嘴边，静琬怕弄巧成拙，不敢再说，只笑着问，"你怎么不吃了？"

慕容沣笑了一声："你怎么不说了？"

静琬见他虽是笑着，眼里却露出冷峻的神色，心中害怕，微笑着叫了声："大哥。"

话音犹未落，慕容沣已经将筷子一掼，那双筷子上端本有细细的银链子相连，只听"啪"一声银链子断了，一支筷子斜斜地飞出去，另一支落在地上，那碗中的汤水都震得溅了出来，他的眼睛如能噬人，只是咄咄地逼视着她："尹静琬，你不要逼我太甚，今天我就将话说明白了，我不当你的劳什子大哥，我喜欢你，那一枪差点要了你的命，也差点要了我的命，我那时就下了决心，只要你活过来，你就得是我的，哪怕你恼我恨我，我也在所不惜！"

静琬不防他说出这样一番话来，只见他眼中一片灼热，似是焚焚欲燃的火苗，她本来坐在床畔，他却伸手就抓住她的肩头，她大惊失色，霸道而温热的双唇已经覆上她的嘴唇，她稍一挣扎，牵动胸前伤口一阵剧痛，情不自禁"啊"了一声，他却趁机攻城略地，辗转吸吮她唇齿间的甘芳。她怕到了极处，伸手去推他，却被他箍得更紧，他的气息霸道地夺去她的呼吸，她无力地攀附在他的臂弯里，指尖划过他的颈中，他吃痛之下终于松开手来。

他粗重而急促地呼吸着，她本来是胆子很大的人，可是不知道为什么，心里也慌乱到了极点，只是轻轻喘着气。他却低低叫了一声："静琬。"她微扬着脸，他的目光滚烫热烈，声音却压抑而喑哑："静琬，我希望你能够留在我身边。承颖只怕就快要开战了，我不能让你走，更不能和你隔着烽火连天。"

静琬也不知道自己在想什么，不安而惶恐，她是很少害怕的，所以这种感觉令她战栗，唇上犹有他的气息，这气息如此霸道而热烈，如同点燃她心底最深处的隐秘，她竟然不敢去想，只是恍惚地找最不相干的话来问："为什么要打仗？"

他的眼里有幽然的火簇，透出明亮的光来："这一仗在所难免，承颖对峙多年，绝非长久之策。我近年来早做打算，唯有平定这江北十六省，然后再与南方的姜双喜、李重年一决胜负。这四分五裂的天下，总应该有个了局。"

静琬骇然望着他："北方有俄国人虎视眈眈，而颖军这些年来与承军旗鼓相当，你若是南北同时用兵，如何能有半分胜算？你真是疯了。"

慕容沣凝视她半晌，忽然在她鬓旁轻轻一吻，静琬一时怔忡，竟没有闪避。他微笑望着她，说："我可不是疯了？才会这样发狂一样喜欢着你。戎马倥偬是男人的事，本不该对你说，可是，我要叫天下人都看着，我要叫你知道，我有什么样的抱负。静琬，我要给你世间女子都仰望的幸福，我要将这天下都送到你面前来。"

【十四】

外面细微的一点声响，静琬有些恍惚地转过脸去，是下雨了。雨很快地下大起来，打在树木的枝叶间簌簌有声。本来是初夏季节，可是因为这雨声，总叫人想到深秋，一丝凉意沁人肺腑，她竟然像是害怕起来。

她想到小时候，不过七八岁，家里还住着老宅子，夏天里突然下起大雨，她和建彰在后院里，她拿瓦片堵了下水沟，积了满院子的水，她拖着他在院子里蹚水玩。浑身淋得湿透了，就像两只小水鸡，可是那样的快活，只会咯咯地笑。最后奶娘寻来，又急又怒，方才将他们拎回上房，父亲动了大气，随手拿了鸡毛掸子就要揍她，建彰吓得跪下去："伯父，伯父，是我一时调皮，不关妹妹的事。"

小时候他总是叫她妹妹，回护她，偷偷地替她写大字，因为她不爱写毛笔，可是每日要临帖交差，他在家里替她写了好些张，让她每日去搪塞。到如今，他的一手簪花小楷与她的笔迹几可乱真。

不知几时，他不叫她妹妹了，是进了学校吧？她念女校，外国人办的，学校里的同学都是大家小姐，非富即贵。小小一点年纪，也知道攀比，比家世、比时髦、比新衣，她总是顶尖出色的一个，样样都要比旁人强。留洋之后一位顶要好的女同学给她写信，那位女同学与内阁总理的公子订婚，虽似是有意无意，字里行间，总有炫耀。她隐约生过气，可是一想，建彰温和体贴，这世上没有第二个人待自己比他更好了。

慕容沣见她只是出神，于是走过去关窗子，说："夜里风大，你伤才好些，别受了凉。"他回过头来望住她，冲她微微一笑。

她心里乱到了极点，想到那日在兰花房里，他所说的话。自己当时竟然微有所动，她马上又想到建彰，一想到建彰，心中便是一阵牵痛。自从相识以来，慕容沣便如同一支响箭，打乱了她全部的节拍，她原以为人生顺理成章，和建彰相爱、结婚、生子，安稳闲逸地度过后半生，一辈子就这样了。

但他不同，他甫然为她打开一个世界，这个世界有凡人仰望的绮光流离，还有太多的变数与惊险。那样咄咄逼人，熠熠生辉，又生气勃勃，便如最大的诱惑刺激着她。他说："我要将这天下都送到你面前来。"世上有几个男子，可以对着心爱的女子如此表白？

她并不贪恋荣华富贵，可是她贪恋这种新鲜的、刺激的、不可知的未来。只是内心深处一点惶恐的念头，总是抓不住，不敢去想。今天晚上他将话都说明白了，这恐惧却像是更加深重而清晰，她在混乱的思绪里清理着，渐渐理出头绪，那种害怕变成一种冰冷，深入脏腑的冰冷，她知道无法再自欺下去，一直以来隐在心底里的疑问，她不能再硬作忽视了。她突然打了个寒噤，抬起头来。

她清清楚楚、一字一句地说："六少，有件事情你要明白地告诉我，你曾经对建彰做过什么？"

他的神色仿佛有些意外，又仿佛早已经预知，脸上是一种复杂难以言喻的表情，眼中目光一闪，他的嘴角往上一扬，说道："我就知道你终有一天会问。"她的心里冷到了极处。他的话语漠然："我什么也没对他做过，我不过叫他明白利害关系，静琬，他不够爱你，起码他不肯为了你，放弃在承州的生意，放弃金钱利益。"

静琬只觉得无与伦比的失落，也不知是失望建彰，还是失望他这样坦白地说出来，眼里只是一种绝望的神气："果然，你这样卑鄙。"

他的心抽搐起来，他并不是怒，而是一种自己都难以清晰分辨的伤痛："卑鄙？我也只是叫他自己选，不能说是我卑鄙。静琬，这个世上的所有事物，都是靠自己争取的。他连争都不会争，如何能够保护你？他连自己心爱的人都保护不了，算什么大丈夫？"

她的眼底有暗淡的火苗："你以强权迫他，他还能怎么样选？"

他攥住她的手："静琬，我爱你，所以我要教他知道，我比他更爱你。这不是我用手段，我只是将事实摆出来给他看着。"

她淡然道："你不能以爱我做借口，解释你的巧取豪夺。"

他的眼中掠过一丝怒火："巧取豪夺？原来你是这样想着的。尹静琬，你未免也太小看了我慕容沣，我若是巧取豪夺，姓许的只怕连性命都保不住；我若是巧取豪夺，就不会敬你爱你，到现在也不碰你一根小指头。我自问二十余年来，从未对人用过如此心思，你想要的，我恨不得都捧到你面前来，我待你如何，原以为你是清楚的，为什么？你为什么这样对我？"

他一双眼睛就如要噬人一样。他如此的咄咄逼人，静琬不知道为什么，突然将心一横，脸一扬大声说："因为我不爱你。"

这句话清清楚楚，他浑身一震，她也像是受了一震。他望着她，就像是做梦一样，他"嗯"了一声，过了很久，才低声说："你不爱我？"

她心里像沸着一锅水，无数的气泡涌上来，不知为何就要迸裂开来一样，她硬生生压下去，像是对自己说一样，一字一句咬得极重："我不爱你。"

他的手心冰冷，骨节僵硬地捏着，那手劲儿像是突然失了控制，她的手上受了剧痛，可是她心里更乱，像是一锅沸水全倾了出来，灼痛之后是一种麻木的痹意，明明知道麻痹过后，会有怎么样的入髓之痛，只是想：我不能想了，也不要想了。

她慢慢地将手抽回来，一分一分地抽回来，她转过脸去，说："六少，请出去，我要休息了。"

慕容沣说："我就知道你会怨我，可是我不过叫你看清楚了他的真面目，他口口声声说爱你，可是一危及身家利益，马上就弃你而去。静琬，你还不懂得吗？"

她心里空空的，是一种比难过还要难受的滋味，仿佛谁将心掏去了一片，硬塞入一种生硬的东西来。她本能地抗拒这种生硬，她仰起脸来，脸上缓缓绽开笑颜："六少，你说得对，你不过叫我看清了他的真面目，可是人生在世，都是不得已，难道六少可以为了静琬，放弃这身家性命，半壁江山？"

他一时怔忡，过了许久，才叫了一声："静琬。"

她继续说下去："六少，己所不能，勿责于人，难道六少连这个道理也不懂得吗？"

他的心揪起来，她的神色冷淡而疏离，这疏离令他心底深处翻出痛来，他从来不曾觉得这样无措，二十余年的人生，没有什么事物是他得不到的，而且，他明明知道，还有更好的等待着他。他有雄心万丈，他俯瞰着这世上一切，可是唯有这一刻，叫他清晰地感到正在失去，这失去令他无措，他想要说什么，可是一句话也说不出来。

外面的雨越下越大，哗哗的雨声，听在人耳里，只是添了一种莫名的烦乱。她微垂着脸，耳下一对坠子，沙沙地打在她的衣领上，灯光下小小两点黑影，摇曳地投在她姜汁黄色绮云罗的旗袍上。绮云罗这种衣料本来极是轻薄软滑，灯下泛着冷冷的一种莹白光，他想起适才将她搂在怀中时，缎子冰冷地贴在他的手臂上，唯有她是灼热的，令人生了一种迷乱的狂喜，如同飞蛾扑向火。

可是现在只有缎子的凉意留在他的臂膀上，这凉意慢慢就流到心里去了，在那里迸发出无可抑制的绞痛来。他是明明知道已经只余了失落，她的耳坠还在那里摇着，仿佛一颗不安静的心，摇得他也心神俱乱，无法去细想。

这一年承州水汽充沛，五月里下了数场暴雨，到了旧历六月，连承江都涨起水来，江水泛着豆绿色，浑浊而急促地卷着旋涡，起伏的浪头仿佛无数匹不安分的野马，嘶叫狂奔，似乎随时都要溢过江堤，冲向堤后的承州城去。

早上又下起大雨来，何叙安打着伞，高一脚低一脚在堤上走着，泥泞混着浊水。一直溅到小腿上，白茫茫的雨中远远瞧见数十柄大伞，簇拥着的人正往堤坡下观望指点，心中一喜，加快了步子气喘吁吁地赶过去："六少！"

虽然左右执着大伞，可是因为风势太大，慕容沣的衣服还是被雨濡湿了大片，见着他来，脸上神色瞧不出什么，只问："怎么样？"

何叙安见他身边皆是近侍，另有江堤水务处的几名官员，他不便多说，含糊道："对方已经答应了，但是条件……六少回去，我再详细向六少报告。"

慕容沣眉头微微一扬，转过脸去望着浊浪滔滔的江水，这承江流出承州，经江州、铭州数省，就并入永江。永江以北就是俗称的江北十六省，如今九省皆在他掌握中，余下是颖军控制的七省，而永江以南，则是鱼米富庶天下的无尽湖山。

雨下得极大，江面上腾着白茫茫的水汽，连对面江岸都看不到，他叫过水务处的人来："如今汛情凶急，我只有一句话，你在堤在，若是堤不在，你也不用在了。"

107

那人本是文职官员，直吓得连声应诺。慕容沣也并不理睬，只说："回去。"

慕容沣自大汛初起以来，每日总要亲自往江堤上去察看水情。回到督军府中，他先去换湿衣裳。何叙安便在花厅里等着，看到沈家平在走廊里，他与沈家平本来就是熟不拘礼玩闹惯了的，他出差在外已有月余，适才在外又没有机会交谈，此时便将他的肩一拍，说："嘿，老沈，什么事绷着脸，瞧你这愁眉苦脸的样子。"

沈家平将嘴一努，脸冲着楼上一扬，何叙安本来是个很机灵的人，心下立刻就明白了，"我说六少怎么像是不痛快，在车上都没跟我说过一句话。那一位怎么了？"

沈家平"咳"了一声，说："你出差去了一个来月，当然不知道。说来也奇怪，起先还好好的，后来有一天就突然闹了别扭，这些日子六少也不大去瞧她了，她也搬到客房里去住了，两个人见了面，也客套得很，尹家老爷子又在中间打岔，眼瞧着尹小姐的伤好得差不多了，尹老爷子前几天就订下了票，今天下午的火车和尹小姐回乾平去。"

何叙安想了想，问："那六少的意思，就这么算了？"

沈家平犹豫了一下："既然让她走，大约是打算就此罢了吧。"

正在这个时候，只见上房里的一名听差走出来叫人备车，说："六少要送尹小姐去火车站。"

沈家平听说慕容沣要亲自去送，连忙去安排卫戍事宜。不一会儿，慕容沣果然下楼来，已经换了便衣，瞧见了他，便叫着他的字说："叙安，等我回来再说。"

何叙安答应了一声，只见上房里听差拎着些箱笼行李，先去放到车上去，而慕容沣负手站在大厅里，却望着门外的大雨出神。

静琬虽然下了决心，可要走的时候，心里还是生出一种异样的感触来。她自从那日以后，总是回避与慕容沣单独相处，而慕容沣也并不相逼，每次见着面，他也只是一种怅然的神色望着她，叫她不由自主觉得一种慌乱。她本来性格是很明快的，只想着快刀斩乱麻，所以伤势一好得差不多，便决定马上与父亲回乾平去。

　　外面的雨还是下得如瓢泼一般，因为雨势太大，汽车放慢了速度驶在街上，街上有着不少积水，汽车驶过去便如船样劈出波浪，哗哗地溅开去。雨下得那样大，街上连黄包车都看不到，行人更是寥寥。慕容沣尊敬尹楚樊，一定请他与静琬坐了后座，自己坐了倒座，在这样狭小的车厢里，他又坐在静琬的对面，静琬心中乱到了极点，只好转过脸去看街景。两旁的街市一晃而过，就如同她到承州后的日子，从眼前一掠而过，只有杂沓混乱的灰影，迷离而不清。

　　等到了车站里，沈家平的人早将站台戒备好了，慕容沣一直送他们上了包厢。他们订了两个特包，静琬十分害怕他说出什么话来，所以进了父亲的包厢里，就坐在那里，并不回自己的包厢。沈家平送上些水果点心，说："这是六少吩咐给尹先生和小姐路上预备的。"

　　尹楚樊连连道："不敢当。"

　　慕容沣说："老先生何必如此见外，以后有机会，还请老先生往承州来，让沛林略尽地主之谊。"他们两个说着客气话，静琬坐在沙发上，只是望着车窗外的站台，那站台上皆是密密麻麻的岗哨，虽是在倾盆大雨中，衣衫尽湿也如同钉子般一动不动，这样整肃的军容，令人不觉生了敬意。慕容宸素来治军严谨，到慕容沣手中，依旧是军纪严明，所以承军向来颇具威名。她想着他的那句话："我要将这天下都送到你面前来。"心中只是划过一缕异样痛楚。他的雄心万里，她知道他定有一日能做到，那时自己再见了他，不知世事又是怎样一种情形。

　　或者隔着十年二十年的烟尘，她亦只能在一侧仰望他的人生罢了。

　　终于到了快要开车的时刻，慕容洋望了她一望，那目光里像是有千言万语，可是最后只是轻轻叹了口气，告辞下车去了。她从车窗里看见他站在站台上，沈家平执伞替他挡着雨，他身后都是岗哨，大雨如注，哗哗的如同千万条绳索抽打着地面。

　　火车微微一阵摇晃，开始缓缓地向前滑动。他立在那里，一动不动，沈家平附耳对他说着什么，他也只是恍若未闻，只是仰面瞧着她。她本来想从车窗前退开，可是不知为何失了力气，动弹不得，竟连移开目光都不能，隔着玻璃与雨幕，根本看不清他的脸色，她茫然地不知在想些什么。

　　温暖的掌心按在她肩上，她回过头去，尹楚樊爱怜地叫了声："孩子。"火车已经在加速，她转回脸，他的身影已经在往后退去，越退越快，越来越远。那些岗哨与他都模糊成一片暗影，再过了一会儿，火车转过弯道，连站台也看不见了，天地间只余了苍茫的一片雨气。

第二篇

兰堂红烛

【十五】

　　静琬本来重伤初愈，路上劳顿极是辛苦，她怕父亲担心，强撑着并不表现出来，只是咬牙忍着。等终于回到乾平，下车之时，已经只余了一种疲倦，仿佛倦怠到了极处，连话都不想多说一句。尹楚樊一路上都担着心，等到从火车上下来，才长长舒了口气，说："终于到家了。"

　　站台上熙攘的人声，她此去承州不过数月，却有种恍若隔世之感，好像这世界皆是隔了一层，头昏沉沉的，强打精神下车，脚踏到实地上，心里却还是一种虚妄的飘浮，没有根底。他们早拍了电报，家里的司机一直接到他们，也才松了口气似的，眉开眼笑说："老爷、大小姐，你们可算回来了，太太早上就催促我出门呢。"

　　静琬只觉得软弱到了极处，也累到了极处，坐在汽车上，只想着快快回家，等到了家里，从车上一下来，忽然就像有了力气，疾步往客厅里一路奔去："妈！妈！"尹太太已经迎出来，她扑到母亲的怀里，像个小孩子，哇的一声就哭出声来。尹太太搂着她，她只是号啕大哭，似乎要将这些日子以来所有的委屈所有的伤心一股脑都哭出来。

　　尹太太也忍不住掉眼泪，说："回来就好，回来就好……"

她抱着母亲的胳膊，就像抱着最后一根浮木，除了哭只是哭。她从来没有这样软弱过，从来没有这样无力过，也从来没有这样害怕过。尹太太拍着她的背，像哄着小孩子一样，她精疲力竭地抽泣着说："妈，我错了。"

尹太太含泪道："孩子，下次可不要这样吓唬妈妈，妈妈可只有你。"

她的眼泪不可抑制地流出来，她的声音几乎微不可闻："妈，我也只有你。"

她这一晚睡得极踏实，人是累到了，心里也只是倦意，总归是回到家中，沉沉地睡了一晚，竟然连梦都没有做一个。睡到中午才起来吃了午饭，尹楚樊离开乾平已久，一回来就去忙着生意了。

尹太太陪着女儿，怎么也瞧不够似的，不外乎问她在承州的种种情形。她怕母亲担心，只拣些不相干的话说，母女二人正絮絮地说着话，忽然吴妈进来说："太太、小姐，许少爷来了。"

静琬只觉得心里一跳，不知道是一种什么滋味，尹太太已经说："快，快叫他进来。"

静琬坐在那里没有动弹，许建彰今日穿着长衫，人倒似瘦下去许多，神色也很憔悴，远远就对尹太太行了个礼："伯母。"

尹太太说："快坐，我去给你们装点心碟子。"她起身便走，静琬嘴角微微一动，想叫母亲留下来，终究还是没有说出口来。

许建彰远远望着她，他们之间不过隔着半间屋子，可是一下子突然遥远起来，仿佛相隔着千山万水一样。他微低着头，静琬侧着脸，窗上是墨绿金丝绒的窗帘，帘楣上垂着华丽的金色流苏，风吹过来，一点耀眼的金光，仿佛太阳照在河流上，水波粼粼，他的眼里却只有黯然。

她心里只是错综复杂的感觉，像是怜悯，又像是怨艾，更像是一种不能去深想的被动，迫得她透不过气来。他终于开了口，声音是沙哑的："静琬，对不起。"

她没有作声，一种奇异的力量支持着她，她的指尖无意识地刮着沙发上的绒面，细而软的绒毛，微痒温热。隔了很久，他又说："我今天来，只是向你赔罪，我对不起你，可是那样的情形下，我也没有旁的办法。我不指望你原谅我，也知道你并不想瞧见我，可是假如我今天不来，这辈子都不会心安。"

风很大，吹得窗帘飘飘拂拂，静琬想到慕容沨的卧室里，也是大幅的西式窗帘，窗帘下面坠着茸茸的小球，她无事时立在窗前，总爱去揪那些小球，茸茸地刷着掌心，一点微痒。她悚然一惊，仿佛惊诧自己怎么会突然回想起这个。她以为承州是自己的噩梦，一辈子也不愿去想起了。她有点迷乱地抬起眼睛，建彰正望着她，眼里只有悔恨与痛楚。她神色有点恍惚，可是她定了定神，说："我并不怪你。"

他站在那里不动弹，声音依旧轻微："可是我怪我自己……"

她有些自欺欺人地扭过头去："这不是你的错，我不怪你。"

他又叫了一声："静琬。"

她说："是我自己不好，怎么能够怪你。"他的脸色苍白得可怕，虽然她离他这样近，可是又如此的遥不可及。她说了这样一句话，自己立刻又后悔了，静静站在那里，只是有几分悲哀地望着他。他想起她小时候闯了祸，或是受了什么委屈，都是这个样子，心下一软，仿佛有温软的泪要涌上来，只是勉力忍住。

她往前走了一步，他伸出手来，她什么都不愿去想了，她也不要想了，再想下去，她真的会发了狂。她是回来了，她是要过回自己的生活了。她扑入他的怀抱里去，就像是害怕某样未知的东西。她要他

114

的安稳，要他给她一贯的熟悉，他身上有最熟悉的烟草香气，可是没有那种夹杂其间极淡的硝味。

她不能再想下去，再想她会害怕，她仰起脸来，眼中闪烁着泪光。他也含着眼泪，她明明知道是回不去了，她再也回不去与他的过往，可是只是绝望般固执，她一定要和原来一样，她一定要继续着自己的生活。

他紧紧搂着她，仿佛搂着失而复得的珍宝，他没有想到可以轻易获得她的原谅，她这样骄傲的一个人，现在却软弱得像是没有了任何气力。他心里隐约有丝害怕，这一切来得太容易，竟不像是真的一样。他以为她一辈子也不会原谅自己了，可她现在就在他怀里。他紧紧搂着她，仿佛只有这样才能证明她的存在，她的身体微微有些发僵，或者因为仍旧在生他的气，他叹息着吻在她的发上："静琬……对不起……"

她神色恍惚，心底撕裂的那个地方又在隐隐作痛，她逼着自己不要再去想，她要的，只是自己应该有的安逸人生。他必会尽其所能地对她好，她也会，对他好，然后忘了一切芥蒂，忘了承州，忘了曾经硬生生搅乱她生命的一切。

乾平七八月间，暑热甚酷，静琬虽然贪睡，但夏日昼长，十点多钟的样子，已经是艳阳高照，满院的花木扶疏，郁郁葱葱，她起得既迟，就没有吃早饭，拿了块蛋糕，一边吃，一边看今天的西文报纸。报纸上还在分析承颖在郑家屯的冲突，说道两军的布防与实力，外国政府从中斡旋……她看到"承军"二字，就不觉生了一种烦躁，将报纸扔到一旁，尹太太见她看报纸，于是问："报上说什么，是要打仗了吗？"

115

她说："还不是那几句话，那个外国的军事分析家说，虽然局势十分紧张，但估计近期不会打起来。"

尹太太说："那就好，一打仗总是兵荒马乱，叫人心里不安。"又说，"你不是和建彰要去逛公园，怎么到现在还不出门？"

静琬看了看钟，说："是去明明轩吃大菜，反正公园隔几天就在逛，和自家花园一样了，还有什么意思。"明明轩是乾山公园内的一间西餐馆子，十分的有名，静琬一直喜欢那里的桃子冻，所以建彰与她久不久就要约在明明轩。

她十一点才出门去，到了公园里，已经快十二点钟了。这天是礼拜天，明明轩里差不多是满座。因为是熟客，西崽满面笑容地迎上来，说："尹小姐来啦，许少爷早就在那边等着呢。"

因为来吃西餐，所以许建彰也换了西服，正中午的阳光猛烈，彩色拼花玻璃的长窗漏进一扇扇五颜六色的光斑，有一块淡黄色的光斑正照在他的脸上，他不觉微微眯起眼睛，他额上乌黑的发线笔直，那笑容温和，叫她心中不由自主觉得温软安逸，含笑问："等了许久了吗？"

他说："也才刚到一会儿。"

刚上了菜不大一会儿，忽然外面一大阵喧哗声嚷进来，餐厅里本来有俄国乐队在那里演奏，那喧哗声连音乐声都打乱了，有人在大声地说着什么，还有人在连声发问，许多客人都情不自禁地张望，西崽匆匆地走过，静琬叫住他问："出什么事了？"

那西崽说："报馆刚刚传来消息，承军宣战了。"

她的心猛然往下一沉，不知道为什么，整个人就像是呆了一样。过了好一阵子，才转过脸去看许建彰，他的眼中掠过一缕悲戚，可是极快就被一种从容给掩盖了过去。他的声音也像是很平静："看来要乱上一阵了。"

静琬也渐渐回过神来，若无其事地说："承颖总有四五年没打过仗了吧。"他们两个人，尽管说着话，可是静琬手里拿着的叉子，已将面前刚上的一份薄饼一点点叉得零零碎碎。

旁边一桌的人大声在议论局势，断断续续的声音飘过来。

一个说："慕容沣此举不智，承军本就势劣，绝占不了便宜去。"

另一个说："颖军刚胜了安国军，士气正高，若不是外国政府居中调停，早就在月前对承军的挑衅宣战了。"

还有一人却持着异议："依我看倒不一定，慕容沣与俄国人刚签了合约，回头就对颖军宣战，这中间定然还有蹊跷。"

他们七嘴八舌，讲个不休，静琬本来不想听，可是一句一句，便如冰冷的小蛇一样，嗖嗖地往耳里钻。她心情烦乱，不知不觉就叹了口气。

许建彰忽然叫了她一声："静琬。"她抬起眼来看他，他的脸色还是那种从容的安详，彩色玻璃的光斑映在雪白的餐台布上，流光飞舞，迷离如绮，微微摇曳的阴影，是窗前的树被风吹过。

餐厅里本来装有许多的吊扇，此时缓缓转着，巨大的扇片如同船桨，慢慢搅动着凝固的空气。她有一种预知的战栗，挺括的餐巾让手心里的汗濡湿，绵软而柔韧，她紧紧地攥着餐巾。

他的神色还是那样子，仿佛小时候要替她去折一枝花，他说："我们结婚吧。"

头顶的吊扇有低而微的嗡嗡声，四面都是轻轻的笑语声，远处有蝉鸣，声嘶力竭。她并不觉得热，可是汗浸透了衣裳，贴在身上。心里只有一种慌，像是小时候醒过来，屋子里静悄悄的，妈妈不在跟前，奶娘也不在跟前，四壁静悄悄的，墙上挂钟嘀嗒嘀嗒地走着，只余了她一个人在屋子里，心慌得厉害。

耳中嘈杂的人声，隐约听到有人在说俄语，这种生硬带弹舌的语调，陌生又熟悉，她定了定神才发现是那个俄国乐队的指挥。乐队重新奏起曲子来，Souvenirs D'enfance，很清晰的钢琴声，每一个音符都像敲在她心上，一下一下在那里敲着。她听到自己很清楚缓慢的声音："好吧。"

订婚礼的一切都是预备好了的，上次因为建彰出了事而耽搁，此时重新布置起来，也不算费事。虽然现在是新式的社会，对婚姻大事，不免还是依着旧俗，两家都置办聘礼与嫁妆。

静琬从来不知道结婚有这么多的事，父母虽然替她操持着，但许多东西还得她自己去挑验。这天一早建彰就亲自开了车，两个人去大安洋行看钻戒。

本来洋行里顾客就很少，尤其是这样的早上，他们两个一路走进去，店堂里只有几个印度伙计在那里，所以招呼得十分殷勤。将各色的钻石拿出来给他们看，又说："如果看不上，我们这里还有裸钻，可以定做戒托。"

因为是结婚所用的东西，所以静琬格外郑重，放出眼光来挑选，那些戒指都是些寻常的样子，选了半响，并没有特别合意的。伙计们就又拿了裸钻出来给他们看，那些钻石都托在黑丝绒底子上，闪闪烁烁如同夜幕上的星光璀璨。

伙计见是大主顾，所以特别巴结，说："我们这里有一颗极好的金丝燕，黄钻本来就罕见，这一颗三克拉的黄钻，更是罕见。"一面说，一面就将一只小小的桃形盒子取出来，打开来给他们看。

静琬看到那颗金丝燕的钻石，不由自主想到慕容沣曾经送她的那只手镯，密密匝匝地镶了金刚钻，那样流光溢彩的光芒，几乎连人的眼睛都要灼痛。脸上的神色不由得呆了一呆，就这么一刹那的工夫，建彰已经看到了她的神情。他也瞬间就记起，她受伤之后，自己初去见她，她手上拢着一只镯子，镶着金丝燕的钻石，灯光下如星辉闪烁，耀眼极了。自己当时只顾着担心她的伤势，并没有多想，可是现在一回忆起来，那只镯子的光芒似乎犹在眉宇间闪烁。

他想起去年刚回国时，她从英文杂志上看到外国的一位王妃戴着那种钻石镯子，很是赞叹。但这种价值连城的稀世珠宝，富商巨贾亦等闲不能，他望着那金丝燕流转的钻石光芒，心直直地往下坠去，心底深处漫卷起寒意来，虽然时值酷暑，但是手却突然一下子冷下去。

静琬微笑着对他说："我倒不喜欢这种黄钻，看着暗暗的，没有寻常钻石出色。"他也就对着她笑了一笑，静琬眼尖，突然发现那伙计手里还有一只盒子，于是问，"这个也是黄钻吗？"

那伙计道："这个是粉红钻，前几天有一位主顾看上，因为嫌镶得不好，改了样子重镶，已经付了定金。"静琬"哦"了一声，伙计已经打开来给他们看，也是三克拉左右一只钻石，镶嵌得十分精致，静琬一见就觉得十分喜欢。

建彰见她喜欢，于是叫伙计取过来，她戴在指上一试，不大不小，伙计笑道："小姐的手指纤长，所以戴这种样式最好看了。"

静琬越看也越是喜欢，建彰说："既然是人家订了的，那么我们照这个样子再订一枚吧。"

那伙计赔笑道："您也知道，这粉红钻如今是有价无市。如今的火油钻、粉红钻都是稀罕极了，据我们所知，国内粉红钻的货紧俏得很，您若是想要，我们拍电报给总行，从国外发货过来，就是麻烦您要付些定金。"

建彰说："定金不成问题，只是时间要多久呢？"

那伙计答："原本可以从铁路进来，现在承颖开战了，得从海上随邮轮过来，快的话，三个月钻石就到了。"

静琬一听，不由得大失所望，他们的婚期定在一个月之后，建彰忙问："不能再快了吗？"那伙计将手一摊，做了个无可奈何的表情。

静琬说："那就算了吧，我再选一个现成的就是了。"取下戒指放回盒中去，那粉红钻一点淡淡的红色，便如玫瑰凝露一样，剔透光亮，叫人总移不开目光去。建彰见她恋恋不舍，忍不住问那伙计："真的没有别的办法吗？"

那伙计一抬头，说："真巧，订这个戒指的人来了，要不二位跟他商量商量？"

许建彰抬头一看，见是位穿西服的年轻人，气度不凡，虽然相貌并不特别俊秀，可是那种从容的风采，教人一见就觉得格外出众。

静琬也看出此人不同寻常，只听那伙计招呼说："程先生。"

建彰见是这么一位人物，很愿意与他商量，于是将事情原原本本讲了。那位程先生是极爽快的人，当下就答应了，说："既然两位急着要用，我当然可以成人之美。"建彰喜出望外，连声道谢，静琬也觉得有几分柳暗花明之喜，所以很是高兴。

那位程先生极是有风度，为人又谦逊。建彰存了感激之意，他走后便对静琬说："听他的口音不像是本地人。"静琬亦觉此人如此出色，非同等闲。

那伙计在一旁插话说："他就是前任财务程总长的胞弟啊。"

壅南程氏乃有名的巨族，不只在壅南，在江南二十一省，亦是赫赫有名，有道是壅南握江南钱粮，程氏握壅南钱粮，江南的二十一省，虽然姜双喜的安国军与李重年的护国军各据一方，但对壅南程氏，都是颇为忌惮的。程氏为江南望族，族中除了遍布江南数省的士绅名流，程家的长公子程允之更做过两任财务总长，虽然只是总长，但因为把持内阁，是极显赫的家声。建彰听说是程家的人，"哦"了一声，恍然大悟，连声道："怪不得，怪不得。"

【十六】

他们连日置办东西，结婚之前忙的都是琐事，这琐事忙起来，一天天过得最快。只是时局动荡，承颖这一仗打得极是激烈，每日报纸上的头条就是前线战况。因为战事酷烈，承军在余家口至老明山一带与颖军鏖战多日，双方死伤枕藉，只是相持不下。

静琬虽然不关心时局，可是尹楚樊偶然看报，咬着烟斗说："瞧这样子，这仗还得打，再这么下去，只怕米又要涨价了。"尹太太说："随便他们怎么打，难道还能打到乾平城下来不成？"尹楚樊喷出一口烟，说："太太，你就不懂得了，不怕一万，就怕万一，屯点粮食，总比没有预备的好。"尹太太听他这么一说，倒真的着了急："如果真打到乾平来了，可怎么办？要不我们先去南边避一避。"

尹楚樊哈哈一笑，说道："慕容沣想打到乾平城下来，只怕还没那么容易。"静琬本来坐在沙发的扶手上，拿着一柄小刀在削苹果，就这么一出神的工夫，差点削到自己手指头。尹楚樊将报纸翻了过来，说道："你瞧，承军失了绵安，又没能攻下吉轸，依我看，承军能否守住余家口，还是个未知呢。"

她本来停了刀，见父亲似是无意望向自己，忙又继续削起苹果来，果皮浅而薄，一圈圈慢慢地从指下漏出来，冰冷的果汁沾在手上，黏黏的发了腻，而她不敢想，只是全神贯注地削着苹果，仿佛那是世上最要紧的事情。

到了八月，婚期渐渐近了，这天本是过大礼的日子，所以尹家一大早就忙开了，静琬也很早就起床了，家里的人都忙忙碌碌，独她一个人反倒像是没有事情做了。吃过了早餐，只好坐在那里看母亲清点请客的名册。

家中里里外外，已经装饰得一新，仆人们正将彩带小旗一一挂起来，所以看上去喜气洋洋的。院子里花木极是繁盛，日光洒在其间，枝叶都似莹莹发亮。

静琬没有事情做，走到院子里去，一株茉莉开得正好，暗香盈盈，那小小的白色花朵，像一枚枚银纽扣，精致小巧，点缀在枝叶间。她随手折了一枝，要簪到鬓边去，吴妈在旁边笑道："今天是大喜的日子，小姐要戴朵旁的花才喜气啊。"静琬一怔，随手将花又摘了下来。

这天虽然没有大请客，可是尹家乃乾平郡望，世家大族，所以家里还是极其热闹。而且虽然他们是新式的家庭，可是这样的日子，女孩子总不好轻易抛头露面，所以静琬独自在楼上。

她听着楼下隐约的喧哗笑语声，心中说不出的烦躁，抱膝坐在床上，只是出神，连自己都不晓得自己在想什么。窗外树上牵满了彩色的小旗，在风中飘飘荡荡，她想到在俄国时，过圣诞节，圣诞树上缀着各式各样的小玩意，琳琅满目的，五彩缤纷的，满满地挤在视野里，那热闹却是叫人透不过气来。

她跳下床拉开抽屉，将一只紫绒盒子打开，那只怀表静静地躺在盒子里。她几乎是不假思索就取出来打开表盖，下意识地用指尖拂过那个名字——沛林，这两个字竟然在唇畔呼之欲出。

表嘀嗒嘀嗒走着，就如同她的心跳一样，清晰得竟然令她害怕。她慢慢地攥紧表盖，她记起初次相逢后的离别，他在黑暗里回过头来，而她睡眼惺忪，根本看不清他的脸，车窗外那样灯火通明的站台，有杂沓的脚步声。他为什么留了表给她，那样惊惧的相遇，他留了这个给她——是上天的意思吗？可是她与他，明明是不相干的，是不会有未来的。

门外是吴妈的声音："小姐，小姐……"她无端端吃了一惊，随手将怀表往枕下一塞，这才问："什么事？"

吴妈进来说："有封信是给小姐你的呢。"她见是一个西洋信封，上面只写了尹静琬小姐亲启，封缄甚固，她一时也没有留神，因为她的同学之间，经常这样派人送信来。

吴妈也以为是封很寻常的信，谁知静琬打开了信一看，脸色唰地变得煞白，伸手抓住吴妈的手腕："送信的人呢？"

吴妈只觉得她的手冰冷，吓了一跳，说："就在楼底下呢。"

静琬一颗心只差要从胸腔里跳出来，强自镇定，"嗯"了一声，说："我还有几句话要托他捎给王小姐，我下去见见他。"她对着镜子理一理头发，只觉得自己的手都在微微发抖。

幸好吴妈以为真是王小姐的信差，于是道："那我去替您拿两块钱来。"

静琬问："拿两块钱做什么？"

吴妈笑道："好小姐，你今天定然是欢喜糊涂了，王小姐差人送信来，应该赏那信差两块钱力钱啊。"

静琬这才回过神来，也就笑了一笑，说："不用了，我这里还有几块零钱。前头客人多，你叫他到后面花厅里等着我。"

吴妈答应着去了，静琬理了理衣服，竭力地镇定，这才下楼去。客人都在前头，花厅里静悄悄的，只有一个陌生的男子独自伫立，那人见了她，远远就恭敬行礼。

静琬说："不必客气。"

那人道："鄙姓严，尹小姐，有样东西，想请你过目。"说完就

123

双手奉上一只锦匣。静琬心中乱成一团，微一犹豫，那人已经揭开盒盖，原来里面竟然是一株天丽。

她嘴角微动，那人已经道："尹小姐想必认识这株兰花，北地十六省，这是独一无二的一株天丽。"那人虽只是布衣，可是神色警醒，显是十分机智敏锐的人物。

她喉中发涩："你有什么事？"

那人口气仍旧极为恭敬："请求尹小姐，看在这株兰花的面子上，能否移步一谈？"

她想了一想，终于下了决心："好吧。"

那人恭恭敬敬地说："我们的车就在外头，小姐若觉得不便，也可以坐小姐自己的车子。"

静琬说："不用。"她并不说旁的话，只走到楼上告诉吴妈说自己要出去一趟。

吴妈说："哎呀，小姐，今天是过礼的大日子啊。"

静琬说："王小姐病得厉害，无论如何我得去见她一面。"吴妈知道她的性子，只好取了她的斗篷和手袋来，打发她出门。

她悄悄从家里出来，因为客人多，所以门外停了许多汽车。她由那位严先生引着，上了一部汽车就走了，倒也无人留意。那汽车却一路开出城去，她心中犹如揣着一面小鼓，只是怦怦乱跳。

窗外的景致一晃而过，车是开得极快，她问："这是去哪里？"

那位严先生道："是去乾山。"她"哦"了一声，便不再问。

乾山位于乾平东郊，乾平城里的富贵人家一般都在乾山置有别墅，学着西洋的做法，逢到礼拜天，举家出城到山间来度假。这天正好是礼拜天，所以出城往乾山的一条路上，来来往往有许多的汽车。

汽车一直开到山上，这一片全是别墅，零零落落坐落在半山间，相距极远，阳光下只看见白色的屋宇、西洋式的红屋顶从车窗外一闪而过。山路蜿蜒，路虽平坦，静琬心里只是静不下来，像是预知到什么一样。只盼着这条路快点走完，可是又隐隐约约盼着这条路最好永远也不要走完。

最终还是到了，院落很深，汽车一直开进去，路旁都是参天的树木，顺着山势上去，转过好几个弯，才看见绿树掩映的西式洋楼。静琬虽然明知这里和乾山其他别墅大同小异，可是心中只是七上八下，一直到下了车，那种挥之不去的不安与犹豫仍旧如影随形。

听差上来替她开了车门，那位严先生在前面引路，洋楼里布置得很舒适，她也没有心思细看，只见客厅里一个人迎出来，那身影颇有几分眼熟，她心中一沉，也不知道是喜是忧，轻轻叫了声："何先生。"顿了顿又说，"原来是你。"

何叙安挥了挥手，那姓严的侍卫也退了出去。何叙安很客气地行了礼，说："尹小姐，因为我们不便露面，所以不得不用这种法子请您过来，失礼之处，还请您原谅。"

静琬微微一笑，说道："承颖如今战事正酣，你甘冒危险潜入乾平，必然是有要事吧，但不知静琬可以帮上什么忙？"

何叙安苦笑一声，接着又长长叹了口气。静琬知道他是慕容沣跟前第一得意之人，见他忧心忡忡，愁眉不展，不觉脱口问："六少怎么了？"

何叙安并不回答，只伸手向走廊那头一间房一指。静琬一颗心狂跳起来，她竟然不敢去想，她慢慢走过去，终于还是推开了房门，只觉得呼吸似乎猛然一室，整个人就像是傻了一样。

她恍惚间只疑自己看错了，可是明明那样清楚。虽然房间里光线晦暗，他不过穿了一件长衫，那样子像是寻常的富家子弟，但再熟悉

125

不过的身形，目光一如往昔，那眼中闪烁着熠熠的光辉，竟似有幽蓝的星芒正在溅出。

排山倒海一样，她的手按在胸口上，因为那里的一颗心跳得那样急，那样快，就像是什么东西要迸发出来，窗外的树叶在山风里摇曳，而她是狂风中的一尾轻羽，那样身不由己，那样被席卷入呼啸的旋涡。她明明知道这一切都是真的，可是四下里安静下来，树的影子印在地板上，疏影横斜，仿佛电影里默无声息的长镜头，而他只是静静地伫立在那里，目光中有不可抑制的灼热与执狂。她痴了一样站在那里。

她的声音远得不像自己："你真是疯了。"

他微笑起来，他的笑容在斑驳的树影里，如同一抹恍惚的日光："我可不是疯了？才会这样发狂喜欢着你。"

这句话他在承州时曾经说过，她的唇上依稀还留着那日他给的灼热，烟草薄荷的香气，淡淡的硝味，那是最熟悉的味道。他距她这样近，这样真，可是仿佛中间就隔着不可逾越的天涯一样，她看着他，声音竟似无力："你不要命了？你是承军主帅，承颖战况如此激烈，你竟然敢到敌后来。如果叫人发现……"

他慢慢收敛了笑容："静琬，我要让你知道，你不能嫁给旁人。我豁出命来见你，我只要你跟我走。"

她软弱到了极点，她一直觉得自己很坚强，可是这一刻，竟然脚在发软，竟似连立都立不稳了。她的声音轻飘而微弱："我不能。"

他攥住了她的手，那手劲大得令她疼痛，可是这疼痛里夹着一丝难以言喻的欣慰，就如同冰面裂开一丝细纹，她不敢面对轰然倒塌的分崩离析。她从来没有这样无力过，从来没有这样茫然过，只是本能一样："你快走吧，我求你快走吧。我就要结婚了。"

他直直地盯着她："静琬，这辈子你只能嫁给我，我要你嫁给

126

我。"他将她紧紧搂入了怀中。熟悉而真切的感觉包围着她，她虚弱地抬起头来，他的眼里只有她的倒影，唯有她。他的呼吸暖暖地拂在她脸上，他的声音嗡嗡地响在她耳畔："静琬，跟我走。"

她残存的理智在苦苦挣扎："你快走吧，如果叫人知道你的身份……"

他的眼里似乎有奇异的神采，如同日光一样耀眼："你担心我？"她并没有担心他，她自欺欺人地摇着头，他猛然狂乱地吻下来，他的吻急迫而迷恋，带着不容置疑的掠夺，辗转吸吮，吞噬着她微弱的呼吸。她呼吸紊乱，全世界唯有他的气息充斥着一切，他的唇如同火苗，他在她心里燃起一把火来。

隔了这么久……仿佛已经与他分别这么久，他是如此思念她，渴望她。而她脸颊滚烫，全身如同在燃烧，她本能地渴望着，这样陌生但又熟悉的狂热，这样可以焚毁一切的狂热。他身子微微一震，旋即更热烈更深入。

他的手心滚烫，就如同烙铁一样，烙到哪里，哪里就有一种焦灼样的疼痛。他汲取着她颈间的芬芳，她襟上一溜细圆扣子，他急切间解不开，索性用力一扯，扣子全落在了地上，嘣嘣咚咚几声响，她猛然回过神来，用力推开他。

他的呼吸仍旧是急促的，她揪着自己的衣领，仿佛揪着自己的心一样，她只有惶恐和害怕，她竟然害怕他，害怕他的任何碰触。她缩在那里，他伸出手来，她本能将头一偏，她生出勇气来，她并不是害怕他，而是害怕他带给她的狂热。这狂热无可理喻，又无可控制，她想到建彰。只是绝望一样，建彰不会给她这种狂热，可是建彰可以给她幸福。她所想要的幸福，她一直知道自己要什么，她从来都可以镇定地把握自己。

她抬起头来，他正望着她，眼中只有激情未退的迷乱与企盼，她的心里麻木地泛上疼痛，可是她的声音镇静下来了，就像是连她自己都要信了："我不爱你，我更不能和你走。"

他不可置信地看着她，几乎看得她都要心虚了，他的声音发着涩："你不爱我？"她的心上有纵横的伤痕，几乎在瞬间就迸发出令人窒息的疼痛。他的音调平平，可是蕴含着可怕的怒气："你仍旧只对我说这么一句？听见说你要结婚，我就发疯一样地到这里来。豁出这条命不管，豁出前线水深火热的战事不管，豁出这半壁江山不管，你就对我说这么一句？"

她固执地别过脸去，静静的笑意淌了一脸："是呵，我不爱你。"

他沉默了好一会儿，才说："你这样说，我也没有法子，可是我……可是我……"他说了两遍，终究没有将后头的话说出来，只是转过脸去。

【十七】

外面起了很大的风。山间的下午，树木的荫翳里，玻璃上只有树木幢幢的影子，如同冬天里冰裂的霜花烙在窗上。他的脸在晦暗的光线里也是不分明的，可是她明明知道他正看着自己。他这样不顾一切地来，她却不能够不顾一切地跟他走。前程是漫漫的未知，跨过这一步，就是粉身碎骨。

他的声音低微得如同梦呓："静琬，天黑下来我就要走了，就这几个钟头，你能不能陪着我？"

她应该摇头，这件事情应该快刀斩乱麻，他应该尽快离开这里，她应该回家去。可是不晓得为什么，他那样望着她，她就软弱下来，终究还是点了头。

她不知道他带了多少人来，可是在乾平城里，颖军腹地，带再多的人来也无异于以卵击石。窗外林木间偶然闪过岗哨的身影，那日光映在窗棂上，已经是下午时分，她的扣子他已经替她一颗颗拾了起来，散放在茶几上，像一把碎的星子。没有针线，幸得她手袋里有几枚别针，但衣服虽然别上了，那一列银色的别针，看着只是滑稽可笑。

她素来爱美，眉头不由得微微一皱，他已经瞧出她的不悦来，心念一动，便将茶几上的茉莉折下来，将一朵茉莉花替她簪在别针上，这下子别针被挡住了，只余了洁白精致的花瓣盛开在衣襟上。她不由得微笑，于是将茉莉一朵朵簪在别针上，他远远地在沙发那端坐下，只是望着她。

茉莉在衣襟上渐次绽放着，仿佛是娇柔的蕾丝，可是明明是真的，幽幽暗香袭人。他微笑说："这样真好看，反倒有了西式衣服的韵味。"

她理了理衣襟，含笑说："我也觉得很好看。"

他随手拿了一枝茉莉，便要替她簪在鬓旁，那白色的小花在他指间，不由自主叫人想到很不吉利的事情。战事那样急迫，她明知他回去后，必然是要亲自往枪林弹雨的前线去督师，她心中忽然微微一酸，说："我不戴了，我不爱这花。"

他含笑道："我都不忌讳，你倒比我还封建。"到底将花轻轻地替她插入发间。

她慢慢用手指捏着自己的一条小手绢，茉莉的香气氤氲在衣袖间，下午三四点钟的光景，因为在山里，日光淡白如银，窗外只有沉沉的风声，滚过松林间如同闷雷。她微笑说："我倒饿了。"

慕容沨怔了一下，双掌一击，许家平便从外面进来，慕容沨就问他："有没有什么吃的？"

许家平脸上浮起难色来，他们虽然精心布置了才来，可是因为行动隐蔽，而且这里只是暂时歇脚之处，厨子之类的下人一早就遣走了。静琬起身说："我去瞧瞧有些什么，若是有点心，吃一顿英式的下午茶也好啊。"

慕容沣一刻也不愿意她离开自己的视线，说："我陪你一块儿去。"

这里本来是一位外国参赞的别墅，厨房里样样很齐备。她虽然是一位千金小姐，可是因为曾经留过洋，倒颇有些亲切之感。静琬随手取了碗碟之类的出来，又拿了鱼子酱罐头，对慕容沣说："劳驾，将这个打开吧。"

许家平就在门外踱着步子，慕容沣却不想叫他进来，自己拿了小刀，在那里慢慢地撬。他甚少做这样的事情，可是现在做着，有一种极致的快乐，仿佛山外的事情都成了遥远的隔世，唯一要紧的，是替她开这一个罐头。

西式的厨房并不像中国厨房那样到处是油烟的痕迹，地面是很平整的青砖，墙上也和普通的屋子一样，贴了西洋的漆皮纸，而且厨房正好向西，太阳的光照进来，窗明几净，并不让人觉得特别热。她低头在那里切萝卜，因为没有做过这样的事，深一刀，浅一刀，隔好一会儿，刀在砧板上落下"嗒"的一声轻响。

斜阳的光线映在她的发际，微微一圈淡金色的光环，有一缕碎发落在她脸侧。外面的风声呜咽，屋里只听得到静静的刀声，她手指纤长，按在那红皮的萝卜上，因为用力，指甲盖上是一种淡淡的粉色，手背上有四个浅浅的小窝，因为肤色白皙，隐约的血脉都仿佛能看到。

他放下罐头，从她身后伸出手去按在她手背上，她的身体在微微发抖，她的颈中有凌乱短小的细发没有绾上去，发间有茉莉幽幽的香气，他竟然不敢吻下去。她的身子有些僵硬，声音倒像是很平静："我就弄好了，罐头打开了吗？"

远处有隐约的风声，他恍惚是在梦境里，这样家常的琐事，他从前没有经历，以后也不会有经历，只有这一刻，她仿佛是他的妻子，最寻常不过的一对夫妻，住在这样静谧的山间，不问红尘事。

他没有开过罐头，弄了半晌才打开来，她煮了罗宋汤，用茄子烧了羊扒，都是俄国菜，她微笑说："我原先看俄国同学做过，也不晓得对不对。"

自然是很难吃，他们没有到餐厅里去，就在厨房里坐下来吃饭。他虽然并不饿，可还是吃得香甜，她只喝了一口汤，说："太酸了，好像酸忌廉放太多了。"

他微笑说："不要紧，喝不完给我。"她将剩下的半碗汤倒给他，她身上有忌廉与茉莉的香气，这样近，又这样远。

太阳一分一分落下去，落到窗棂的最后一格。他转过脸对她说："我们去后山看日落吧。"

走出屋子，山中空气凉爽，虽是八月间，已经略有秋意。四面都是苍茫的暮色，渐渐向大地弥漫开来，一条蜿蜒的小路直通往后山，他与她默默走着，不远处许家平与几个侍卫遥遥相随。

山路本来是青石铺砌，因为不常有人走，石板间生了无数杂草，她穿一双高跟的漆皮鞋，渐渐走得吃力起来。他回身伸出手，她迟疑了一下，终于还是将手交到他手中。他的手粗糙有力，带着一种不可置疑的力道，他虽然走得慢，她额上也渐渐地濡出汗来。

山路一转，只见刀劈斧削一般，面前竟是万丈悬崖，下临着千仞绝壁。而西方无尽的虚空，浮着一轮落日，山下一切尽收眼底。山脚下的平林漠漠，阡陌田野，极目远处暮霭沉沉，依稀能看见大片城郭，万户人家，那便是乾平城。四面都是呼呼的风声，人仿佛一下子变得微茫如芥草，只有那轮落日，熠熠地照耀着那山下遥远的软红十丈。

他望着暮色迷离中的乾平城，说："站得这样高，什么都能看见。"她却只是长长叹了口气，他抽出手帕铺在一块大青石上，说，"你也累了，坐下休息一会儿吧。"

她顺从地坐下来，她知道余时无多，太阳一落山，他就该走了，从此之后他与她真正就是路人。他曾经出人意料地闯入她的生命里来，可是她并没有偏离，她终究得继续自己的生活。他就在她身边坐下，太阳正缓慢地坠下去，像玻璃杯上挂着的一枚蛋黄，缓缓地滑落，虽然慢，可是一直往下坠，缓慢地、无可逆挽地沉沦下去。

他手中擎着只小小金丝绒的盒子，对她说："无论怎么样，静琬，我希望你过得快乐。今后……今后咱们见面的机会只怕少了，这样东西是我母亲生前留下的，我一直想送给你。"

她既不接过去，也不说话，他就慢慢地打开盒盖来，瞬间盈盈的淡白宝光一直映到人的眉宇间去，这种光芒并不耀眼，相反十分柔和。她知道他既然相赠，必是价值连城之物，可是这样一颗浑圆明珠，比鸽卵还要大，那一种奇异的珠辉流转，直令人屏息静气。

半天的晚霞流光溢彩，天空像是打翻了颜料碟子，紫红、明黄、虾红、嫣蓝、翠粉……他身后都是绮艳不可方物的彩霞，最后一缕金色的霞光笼罩着他，他的脸在逆光里看不清楚，但他手中的珠子在霞光下如同明月一样皓洁，流转反映着霞光滟滟："这是乾隆年间合浦的贡物，因为世所罕见，所以叫'玥'，以为是传说中的神珠。"

她说："这样贵重的东西，我不能要。"

他脸上仿佛是笑，语气却只有淡淡的怅然："静琬，这世上万物于我来讲，最贵重的无过于你，这颗珠子又能算什么？"她心下恻然，自欺欺人地转过脸去，终究将盒子接了过去，他说："我替你戴上。"

那项链是西式的，他低着头摸索着，总也扣不上去。她的发间有幽幽的茉莉花香，他的手指上出了汗，小小的暗扣，一下子就滑开了。她的气息盈在他的怀抱里，她突然向前一倾，脸就埋入他襟前，他紧紧搂着她，她的发轻轻擦着他的下巴，微痒酸涩，不可抑制的痛楚，他说："跟我走。"

她只是拼命摇头，仿佛唯有如此才能保证自己不说出什么可怕的话来。她的家在这里，她的根在这里，她的父母家人都在这里，她所熟知的一切都在这里。她一直以为自己勇敢，如今才知道自己根本很怯懦，她不敢，她竟然不敢。如果她不惜一切跟他走了，如果他不再爱她了，她就会落入万丈深渊，她就会永世不得翻身。因为她是这样的爱着他，因为她已经这样地爱他，如果他将来不爱她了，如果他要抛弃她，她就会一无所有。到了那时，她将情何以堪？

冰冷的眼泪漫出来，他的声音很轻微："太阳落了。"

迷离的泪光中，大地正吞噬最后一缕余晖，天地间苍茫的黑暗涌上来，时方盛夏，她的身上却只有冰冷的寒意。

因为要赶在关城门之前回乾平去，所以汽车开得极快。月亮正升起来，明亮的一轮，挂在山弯的树梢上。仍旧是那位严先生送她回去，她一路上都是沉默的，车子行在山间的碎石路上，碾得石子唰唰地轻响。她一直出着神，也不知过了多久，车子突然一颠，旋即司机将汽车停了下来，下车去看了，只是气急败坏："真要命，轮胎爆了。"

那位严先生也下车去查看，问那司机："将备用轮胎换上得多久？"

司机答："起码得一个钟头吧。"他心中焦急，向她说明了情况，她也着急起来，如果不能及时赶回去，城门一关，只有待到明天早上才能进城，如果自己一夜不归，家中还不翻天覆地？

133

正在着急的时候，只见两道光柱射过来，原来是另一部汽车从山上驶下来，山路崎岖，那汽车本来就开得不快，经过他们汽车时，车速更加减慢下来。已经驶了过去，忽然又缓缓停下来，一个司机模样的人下车来，似乎想要问问他们怎么回事。那位严先生见着那司机，轻轻"咦"了一声，那司机也像是认出他来，转身就又回到汽车旁去，对车内的人说了几句什么。

静琬只见一个人下车来，瞧那样子很年轻，明明是位翩翩公子，严先生抢上一步，行了个礼，含糊称呼了一声，却并不对他介绍静琬，只说："我们小姐赶着进城去，能不能麻烦载我们一程？"

那人道："当然可以的，请两位上车。"他的声音极是醇厚悦耳，却不是本地口音。静琬并没有在意，上车之后先道了谢，那人相当的客气，"举手之劳，何足挂齿。"车里本来顶篷上有一盏小灯，清楚地照在那人脸上，她只觉得十分眼熟，忽然想起来，原来竟是那日相让戒指之人。那人看清她的模样，眼中闪过一丝诧异，旋即便又是那种很从容的神色。

虽然那位严先生似乎与这位程先生认识，可他们在车内并不交谈，静琬本来就心事重重，只是默不作声，好在汽车开得极快，终究赶在关城门之前进了城。乾平市坊间已经是万家灯火，那位严先生再三向程先生道了谢，他们就在内东门下了车。那位严先生做事十分周到，替她雇了一部黄包车回家去，自己坐了另一部黄包车，不远不近地跟在后头护送她。

家里大门外依旧停着七八部汽车，一重重的灯一直亮到院子里面去，看样子客人都还没有走，那姓严的侍卫远远就下了车，见无人留意，低声告诉她："这阵子我都会在乾平，小姐府上我不便常去，小姐如果有事，可以直接到南城三槐胡同 21 号找我。"

静琬点了点头，她本来怕回家晚了，父亲要发脾气会节外生枝，客人果然都还没有走，上房里像是有好几桌麻将，老远就听到哗哗的洗牌声。父亲正陪几位叔伯打牌，见她回来，只问了句："王小姐的病好些了吗？"

她胡乱点了点头，借口累了就回自己房里去，她本来就是心力交瘁，全身都没有了力气，往床上一躺，只说休息一会儿，可是不知不觉就睡着了。蒙眬里像是已经到了婚礼那一日，自己披了大红色的喜纱，穿了红色的嫁衣，站在广阔的礼堂里，四周都是亲戚朋友，在那里说着笑着，可是自己心里却是难过到了顶点。

听着赞礼官唱："一鞠躬、二鞠躬……"身边的许建彰躬身行礼，她却无论如何不愿弯下腰去，心里只在想，难道真这样嫁了他，难道真的嫁给他？

她一惊就醒了，只觉得手臂酸麻，身上却搭着薄薄的毯子，想是吴妈替她盖上的。她不知道自己睡着了多久，看那窗外天已经渐渐发白，本来夏季夜短，已经快天亮了。

她就坐起来，衣襟上却滑落了几星花瓣，她拾起来看，那茉莉虽然已经枯萎，但犹有残香。她突然想起来自己还戴着那颗"玥"，下意识地向颈中摸去，不想一下子摸了个空，心陡然一沉，几乎瞬间就生出一身冷汗来，只想：珠子到哪里去了？

她一着急，连忙起床梳洗，心想那珠子定是昨晚遗落了，如果不是在自己坐回家的黄包车上，就应该落在了汽车上，为今之计，得赶快去找。她本来是很贪睡的人，连吴妈都很惊诧，说："小姐怎么起得这样早？"

尹太太见她下楼，也心疼地说："怎么不多睡一会儿，后天就是吉期了，明天只怕半夜里就得起来预备，到时候很累人的。"

135

静琬"嗯"了一声，尹太太只她这一个女儿，很是偏宠，见她心不在焉，于是问，"是不是哪里不舒服？别不是这两天累着了吧。"

静琬只是随口敷衍着母亲，只想着首先要去三槐胡同告诉严先生，他与程先生认识，可以先叫他去问是否落在那位程先生车上了，如果没有，那可就麻烦了。

正在这样盘算着，福伯来通报说有客人拜访她，因为她平常也有许多男同学来往，所以尹太太没有介意。静琬拿起名片一看，见是"程信之"三个字，心中一喜，想着莫不是那位程先生，忙叫福伯请到小客厅里去。

果然是那位程先生，远远就行了西式的鞠躬礼，开门见山说道："这样贸然来拜访小姐，本来十分不应该，但小姐昨天将一样很贵重的东西遗忘在了我的汽车上，所以我十分冒昧地前来奉还。"

静琬心下窘迫，心想他出身世家，见识广博，这样一颗明珠的来历，只怕早就识得，怪不得昨晚在车上乍然一见，神色间自然而然就有所流露。自己当时只顾想着心事，竟然没有半分觉察。不知道他到底知道多少，心中只是七上八下，那位程先生却若无其事，说道："舍妹对于这种东西很是喜爱，所以上次我才在洋行替她订了那枚戒指，小姐的这颗明珠，只怕也是从东瀛来的养珠吧。"

静琬听他故意为自己解围，心下一松，含笑答："是啊，这是养珠。"

那位程先生道："这样出色的珍珠，唯有小姐这样出色的人来佩戴，才是相映生辉。"虽然这样一句恭维话，可是由他口中说出来，却极是自然，并不给人客套之感。

【十八】

静琬送走程信之，一颗心才算放下来。到了第二日，因为吉期近在眼前，所以尹氏夫妇都忙着预备婚礼事宜，家中人多事杂，好几位表姐妹都来了，在楼上陪着静琬，一群人说说笑笑，忽听福伯从外头一路嚷进来，手里扬着报纸说："大捷！大捷！打了大胜仗了！"

静琬急急地迎上两步，果然见到报纸上套红的大标题："余家口大捷"，她不及多想，只顾往下看，激战十余日，承军终究不敌颖军，从东侧全线溃败，静琬看到"颖军攻占余家口"这几个字，脑中竟然"嗡"一声，定了定神才想，余家口为承军首要之地，余家口之后就是永新，永新为承军南大营驻地，扼承颖铁路咽喉，如今竟然失了余家口，永新只怕危在旦夕。她怔怔地站在那里出神，明香忙接过报纸，又给她倒了一盏热茶。

一位表姐就笑道："我们静琬从小就像男孩子一样，所以巾帼不让须眉，时时关心国事新闻，只怕日后建彰还要对她甘拜下风呢。"

另一位表妹就说："报纸有什么看头，天天不过讲打仗，不过我听爸爸说，这仗只怕马上就要打完了。今天报纸上登的头条，说是俄国对承军宣战了。爸爸说，承军这次是腹背受敌，准得一败涂地。"

只听"哐当"一声，却是静琬手中一盏热茶跌得粉碎。

明香吓了一跳，连声问："小姐烫着了没有？"

静琬脸色雪白，那样子倒还镇定："没有。"

明香连忙收拾了碎瓷片，嘴里还念："落地开花，富贵荣华。"

静琬一手按在胸口，脸上恍惚在笑，喃喃道："你跟谁学的，这样啰唆。"

明香将嘴一撇："还不是吴妈，说家里办喜事，吉利话一定要记着。"

几个表姐妹看她的妆奁，一样样的首饰头面都取了出来，拿一样便赞叹一声，本来年轻的女子聚在一块儿，就极热闹，何况是在看首饰，这个说这个精巧，那个夸那个贵重，静琬额上都是涔涔的冷汗，满屋子的笑语喧哗，在耳中却是忽远忽近，带了一种嗡嗡的蜂鸣声。

她定了定神，因为办喜事，这间屋子里都牵起喜幛与彩花来，四处都是很绚丽的颜色，屋子里堆着锦缎箱笼之类，都是预备明天一早抬过去的嫁妆，梳妆台上一只小小的西洋座钟，钟下悬着的水晶球旋个不停，一下子转过来，一下子转过去，她望得久了，生了一种眩晕，仿佛整间屋子都天旋地转。

尹氏夫妇忙着招呼亲友，到了下午三四点钟，尹太太才抽出空上楼见女儿，一众同龄的姐妹们都下去听戏了，静琬一个人坐在那里，怔怔地发着呆。

尹太太爱怜地说："听吴妈说你中午都没吃什么，脸怎么这样红？"

静琬伸手摸了摸脸，那脸颊上滚烫的，像是在发烧一样，可她心底有更烈的一把火在烧着，她的眼底带着一种迷离的神气，轻轻叫了声："妈。"

尹太太温柔地抚摸着她的鬓发，她忽然眼中泛起泪光来："妈，我好害怕。"

尹太太怔了一下，旋即笑道："傻孩子，这有什么好怕的，姑娘长大了，都要嫁人的啊。"静琬却像是要哭出来了，紧紧咬着下唇，忍着眼泪。尹太太心底不由得着了慌，忙道："好孩子，许家上上下下，你都是很熟悉的，就像是咱们自己家里一样，而且都在这城里，以后你要回来，也方便得很啊。"

静琬却终究忍不住，那眼泪就涌了出来，尹太太见了她的样子，自己也不晓得为何十分伤感起来，伸手将女儿搂入怀中。

静琬声调犹带呜咽："妈妈，对不起。"

尹太太拍着她的背："傻话，你有什么对不起妈妈的，只要你快快活活，妈妈就高兴极了。"又道，"你一向懂事，今天可要高高兴兴的，这是大喜事啊"。

静琬"嗯"了一声，将脸埋在母亲怀中，紧紧抱住母亲的腰，久久不愿松开。尹太太想着就这么一个独生女儿，明天就要嫁到别人家里去了，心中也是一千一万个不舍，所以絮絮地叮嘱着些为人新妇的道理，又说了许多话来安慰女儿。

按照礼节，结婚之前，建彰与她是不能见面的，所以这天黄昏时分，打了一个电话来。静琬接到电话，那一种百味杂陈，竟然不知道该对他说些什么，建彰只当她是累了，与她说了几句明天婚礼上的事，最后叮嘱说："那就早些睡吧。"

她"嗯"了一声，他正要将电话挂断，她忽然叫了声："建彰……"

他问："怎么了？"

听筒里只有电流嘶嘶的声音，他的呼吸声平稳漫长，她柔声说："没什么，不过就想叫你一声。"

她偶然露出这种小女儿情态，建彰心中倒是一甜："早点休息吧，明天就可以见面了。"

静琬长久缄默着，最后方说："你也早些休息，再见。"

她将电话收了线，站了起来。前面搭了戏台在唱堂会，隐约的锣鼓声一直响进来。喊儿锵喊儿锵……她的一颗心跳得比那鼓点还要快，一一地检点手袋中的东西：父母与自己的一张合影相片、两大卷厚厚的钞票、一把零钱，还有那只金怀表。她想了一想，将"玥"拿手绢包了，掖在手袋最底下。

客人们大都在前面听戏，她悄悄地下楼来，因为马上要开席了，下人们忙得鸦飞雀乱，一时也无人留意到她。她从后门出了花园，园中寂然无人，只有树上挂了西洋的小七彩旗，迎风在那里飘展着，"哗哗"一点轻微的招摇之声，前面的锣鼓喧天，她依稀听出是《玉莲盟》，正唱到"我去锦绣解簪环，布裙荆钗，风雨相依，共偕百年"。那一种咬金断玉的信誓之声，仿佛一种异样的安慰，令她并不觉得十分害怕，只是脚步忍不住有些发虚，幸得一路上无人撞见。

后门本来没有上锁，门房里的老李坐在藤椅里，仰头大张着嘴坐在那里，原来趁着凉风已经睡着了，老李养的那条大黄犬，见着她只懒懒地摇了摇尾巴，她悄悄就走出门。

从巷子口穿出去，就看到好几部黄包车在那里等客，她随便坐上一辆，对那车夫道："去南城，快拉。"

那黄包车见她的模样，知道是位富贵人家的小姐，而且又不讲价，明明是位大主顾，当下抖擞了精神，拉起车来就一阵飞跑，不一会儿就将她送到了南城。

她知道自己此举，当真是惊世骇俗，连那位严先生见了她，也吃了一大惊。她并无旁的话说，只简单道："我要去永新。"

那位严先生极快就镇定下来，眼中忍不住流露出钦佩之色，口中却道："现在两军战事激烈，交通断绝，小姐不能这样冒险。"

静琬固执起来，只将脸一扬："他既然能来，你必然就有办法叫我去。城门马上就要关了，如果今天走不成，可能我这辈子就没法子走了。"

那严先生沉吟道："小姐乃千金之体，前线烽火，并不是旁的事。路上万一有闪失，我严世昌何颜去见六少？"

静琬将脚一跺："我都不怕，你怕什么？"

严世昌考虑半刻，终于下了决心，抬起头来道："那么请小姐在此稍候，容我去安排一二。"

他办事极是敏捷，去了片刻即返，两个人乘了汽车出城去，城外有人早早套了一辆大车在那里接应，天色已晚，他们坐了大车颠簸走了数十里地。静琬一半是紧张，一半是害怕，夹着一种说不清道不明的欢喜，坐在那黑咕隆咚的大车里，心中只怀着一种不可抑制的热切。

这一走几乎走了半夜，从颠簸的小路上转入更窄的一条路，最后转入一个院落，静琬借着车头马灯依稀的亮光，隐约瞧出像是寻常不过的一户庄户人家。

严世昌先下了车，再替她掀起车帷，低声说："小姐，今天就在这里打尖，明天一早再赶路。"

静琬虽然胆大，可是到了这样人生地不熟的地方，还是禁不住有几分怯意。心中只在记挂父母，到了这个时候，他们一定急得要发狂了，可是自己义无反顾地出来，只有待日后再去求得他们原谅了。

主人是一对夫妇，笑嘻嘻地迎出来，这里并没有电灯，依旧点的煤油灯，静琬见着女主人，才情不自禁微松了口气。昏暗的灯光下只瞧见屋子里收拾得很洁净，那主妇早早替她挑起里屋的帘子，里面也是大炕。静琬路上奔波这半夜，看那炕席整洁，也就先坐了下去。

严世昌说："明天只怕还要委屈小姐。"他将全盘的计划一一对她讲明，"前线虽然在打仗，但这里离旗风岭很近，我们已经预备下牲口，明天一早就动身，从山上抄小路过去，预备路上得要四五天时间，只要到了旗风岭境内，那就是我们可以控制的了。只是这一路，都是翻山越岭的小路，并没有多少人家，只怕小姐吃住都得受很大的委屈。"

静琬道：“不要紧，我既然出来，就有着吃苦的准备。”

那严世昌与她相交不过寥寥数面，心中很是担心，她这样一位娇滴滴的大小姐，只怕路上很不易照料。等到第二天一早，静琬换过主妇的一身旧衣服，拿蓝布将头发全围了起来，陡然一看，很像是庄户人家的闺女了。她到底年轻，虽然满腹的心事，明知前路坎坷，临着水缸一照，还是忍不住“哧”地笑出声来。

严世昌也换了一身旧布衣，主人家替他们预备下两匹大走骡，又叫自己的一个侄儿，年方十四唤作剩儿，替静琬牵着牲口。静琬虽然骑术颇佳，可是还从来没有骑过骡子，站在门口的一方磨盘上犹豫了半晌，终究大着胆子认镫上鞍，严世昌本来也甚为担心，见她稳稳地侧坐在了鞍上，这才松了口气。

那骡子骑得惯了，走得又快又稳。山中八月，稼禾渐熟，静琬折了一大片蒲葵叶子遮住日头，她原来的皮鞋换了主妇新纳的一双布鞋，那鞋尖上绣着一双五彩蝴蝶，日头下一晃一晃，栩栩如生得如要飞去。

她侧着身子坐在骡背上，微微地颠簸，羊肠小道两旁都是青青的蓬蒿野草，偶尔山弯里闪出一畦地，风吹过密密实实的高粱，隔着蒲葵叶子，日光烈烈地晒出一股青青的香气。走了许久，才望见山弯下稀稀疏疏两三户人家，碧蓝的一柱炊烟直升到半空中去。那山路绕来绕去，永远也走不完似的。

静琬起先还担心父母，不时闪过愧疚之心，到了这时候也只得硬生生抛开，只想事已至此，多想无益。唯有一心想着见着慕容沣的那一日，满心满意里都漫出一种欢喜，虽然从来没有走过这样崎岖的山路。

剩儿只顾埋头走着路，静琬本来心中有事，想要打岔分神，于是一句句地问他话，几岁了，家里有什么人，念过书没有，除了村里去过哪里……严世昌本来担着老大一颗心，看她如今的样子，心里一块大石终于渐渐放下来。静琬甚少到这样的山岭中来，见到什么都觉得稀罕，剩儿起先问一句才答一句，经不住她问这个是什么树，那个是什么花，也渐渐地熟悉起来。

秋凉渐起，风吹过树梢哗哗轻响，草丛中虫声如织，这边在唱，那边在吟，唧唧唧唧此起彼伏，剩儿眼明手快，随手就逮住路旁草上一只大蝈蝈，拿草叶系了，递给静琬。静琬满心欢喜接过去，将草叶系在葵叶上，拿草尖逗那蝈蝈玩，不觉就流露出一种孩子气来，严世昌见了，也禁不住露出一丝微笑。

这样路上一直走了三四天，他们走的这条路十分僻静，除了本地人，甚少有人知道。所以虽然一路行来极是辛苦，但颇为平静顺利。严世昌对静琬已是极为敬佩，说："小姐当真是不让须眉。"

静琬笑着说："你将我想成千金大小姐，当然有几分瞧不起我。"严世昌连声道"不敢"，静琬"哧"地一笑，"你别老这副唯唯诺诺的样子啊，你虽然是六少的下属，可并不是我的下属。"

严世昌道："世昌奉命保护小姐，所以眼下就是小姐的下属。"

静琬笑道："这一路上多亏你，你要是再这样唯唯诺诺，我可要罚你了。"严世昌脱口又应了个"是"，这下连剩儿也笑起来了，静琬说，"刚刚才说了，又明知故犯，罚你唱歌！"

严世昌自幼跟随慕容沣，上马管军，下马管民，于枪林弹雨里闯到如今，日常相处的同袍，都是豪气干云的大男人，素来不待见娇滴滴的女人，可是和这位尹小姐一路行来，只觉得她心性豁朗，平易可亲，不仅没有半分架子，而且有着寻常男子也并不常有的韧性。

最难得是这样一位大家千金，一路上吃干粮喝凉水，手脚都磨出水泡来，也并不皱一皱眉。他心中尊敬她，听她说要罚唱歌，心下为难，竟然前所未有地红了脸："我可不会唱歌。"

静琬拍手笑道："骗人，这世上的每个人都是会唱歌的，快唱一首来，不然我和剩儿都不依。"

严世昌无可奈何，他所会唱的歌十分有限，只得唱了一首家乡小调："山前山后百花儿开，摘一朵花儿襟上戴，人前人后走一回看一看，有谁来把花儿爱花儿爱……"他嗓子粗哑，可是见静琬含笑极是认真地听着，于是一句接一句地唱下去，"山前山后百花儿开，摘一朵花儿襟上插，人前人后走一回看一看，有谁来把姐儿睬姐儿睬，粉蝶也知道花娇媚，飞到我姐儿的身边来，难道哥儿就那样呆，那样呆，还要我往他的手里塞，手里塞……"

骡蹄踏在山路的石板上，足音清脆，远处惊起几只小鸟，扑腾腾飞到半空中去。他以前过的日子，要么是在枪底刀头上舐血，要么是与同袍吃酒赌钱，要么是在胡同娼馆的温柔乡中沉醉，万万没有想过，自己会在这样的山间放声唱歌，可是见着她眉梢眼角都是笑意，心中无论如何不忍拂她的意。

一首歌唱完，静琬笑道："唱得这样好，还说不会唱歌。"

严世昌手中一条软藤鞭子，早叫手心里的汗濡得湿了，缄默了数秒钟，笑道："六少嗓子那才叫好，偶然听他叫一声板，比名角儿都响亮。"

静琬笑吟吟地说："我还真不知道呢，下回一定要他唱。"随口问他，"你们六少，小时候是什么样子？"

严世昌笑着说："原先大帅在的时候，六少也是顶调皮的，大帅恼起来，总拿鸡毛掸子揍他，不打折了掸子，绝不肯放过。那时六少不过十来岁，有回在外头闯了祸，知道大帅要打，所以先拿小刀将那簇新的鸡毛掸子勒了七八分深的一个口子。

大帅一回来，果然随手抽了掸子就打，才不过两下就打折了掸子，大帅倒是一怔，说：'如今这掸子怎么这样不经使？'上房里的人都知道是六少弄鬼，个个捂着肚子笑着躲出去。"

静琬脸上也不由得带出微笑来，眼睛望着前方山路，像是出了神，其时日落西山，余晖如金，严世昌只觉得她一双明眸如同水晶一样，比那绚丽的晚霞更要熠熠生辉。

她转过脸来，那颊上如同醉霞一样，浮着淡淡的红晕，说："严大哥，后来呢？"她这一声"大哥"叫得极自然，严世昌不敢答应，就这么一踌躇的时候，只听她又说："可怜他从小没有娘，唉！"这么一声轻叹，幽幽不绝如缕，直绕到人心深处去。

严世昌竟然不敢抬头再看她，隔了一会儿才说："小姐，明天就到何家堡了，那里与旗风岭只是一山之隔，虽然颖军在何家堡没有驻兵，但游兵散勇只怕是难免。所以明天一天的行程，都十分危险，到时候如果有什么情况，小姐务必和剩儿先走，他认得路，知道怎么样到旗风岭。"

静琬心中虽然有三分害怕，可是很快鼓起勇气来，说："严大哥，不要紧的，咱们三个定然可以一块儿平安到旗风岭。"

严世昌也笑道："我不过说是万一，小姐乃福慧双修之人，定然可以平平安安、顺顺心心地见到六少。"

【十九】

他们这晚依旧借宿农家，因为路上辛苦，静琬睡得极沉，到了早晨醒来，才觉得微有凉意，到窗前一看方知是下雨了。这么一下雨，山路更是泥泞难行，严世昌本来打算等雨停了再走，但秋天里的雨，时断时续，到了近午时分，依旧淅淅沥沥下个不停。在路上耽搁的时间越长，也就越危险，好在午后雨势渐弱，于是冒雨上路。

静琬穿了油衣，一顶斗笠更是将脸挡去了大半，她从来没有穿过油衣，只觉得那种桐油的气味很是呛人。走了数十里路，那雨又下得大起来，油衣又湿又重，内里的衣服也濡湿了大半，湿寒之气如腻在皮肤上一样，她情不自禁就打了两个喷嚏。

严世昌极是焦急，可是雨中山路打滑，骡子行得极慢，也是无可奈何。到了黄昏时分，从山路上远远就眺望见山冲里大片的人家，雨意朦胧里像一幅烟云四起的水墨画，严世昌指给她看："那就是何家堡，翻过那边的山头，就是旗风岭了。"

静琬打起精神来，笑着说："可算是要到了。"

山路弯弯曲曲，看着近在眼前，走起来却很远，一直到掌灯时分他们才下了山路，一条笔直的青石板官道，是往何家堡去的。因为天下雨，只有路人寥寥。他们并没有进镇子，就在镇边歇了歇脚，买了些窝窝头做干粮。

严世昌戴着斗笠，穿着一件半旧油衣，又说一口本地话，那小店的老板不疑有他，一五一十对他讲："晚上可不要行路，这年月地方不平静，一会儿这个军打来，一会儿那个军打来，你们不如在镇上歇一晚，明天一早赶路。"

严世昌问："堡里不是有安民团吗？"

老板说："听说山上有颖军的一个连调防过来了，也就是这么听说，山里那么大，谁晓得那些兵爷们藏在哪里。"

严世昌心中忧虑，抱着裹窝窝头的蒲叶包，深一脚浅一脚走回静琬身边，低声与她商量片刻，终究觉得留在镇上更危险，还是决定连夜赶路。

谁知入了夜，雨反而越下越大，他们不过走了数里地，那雨如瓢泼一样，哗哗地从天上浇下来，浇得人几乎连眼也睁不开。四下里静悄悄的，连小虫也听不见鸣叫，唯有哗哗的雨声，四周只是墨一样的黑，黑得如同凝固的墨汁一样。静琬心中虽然害怕，可是紧紧咬着嘴唇，并不吭一声。

严世昌手里的一盏马灯，只能照见不过丈余远，白白的一团光晕里，无数雨柱似乎直向着马灯撞过来。他知道不宜再赶路，于是对静琬说："现在就算折回镇上去也十分危险，我记得前面有座关帝庙，要不今晚先到那里避一避，明天一早再赶路。"

静琬只觉得湿衣沾在身上寒意侵骨，连说话的声音都似在颤抖："我听严大哥的。"

他们冒雨又走了里许，才见着小小一座破庙。庙中早就没了和尚，因为往来路人经常歇脚，庙堂中倒还干净。严世昌放下马灯，找了块不漏雨的干净地方让静琬坐下，静琬脱了油衣，只觉得夜风往身上扑来，更加冷了。

严世昌见墙边堆着些枯枝乱草，迟疑了一下，因为山中形势不明，如果生火只怕会引得人来。但见那马灯一点亮光照在静琬脸上，她的脸色苍白没有一丝血色，嘴唇已经冻得乌紫，整个人都在微微发颤。他只担心她再穿着湿衣会受寒生病，心中不由得抱着一丝侥幸，觉得这样的大雨夜里，就算山中有颖军，亦不会冒雨夜巡。他于是抱了一堆枯枝过来，生起火来。

静琬拿了块窝窝头，半晌咽不下去，她的衣服都是半湿，叫火烘着，慢慢腾出细白的水汽，因为暖和起来，人也渐渐地缓过劲来。剩儿也累极了，一边烘着湿衣，一边靠在墙上打起盹来。外面风雨之势渐小，严世昌说："等到天亮，这雨大约也就停了。"

静琬微笑说："但愿如此吧。"

严世昌胡乱吃了几个窝窝头，正拾了些枯叶往火中添柴，忽然腾地就站起来，侧耳细听外面的动静。

静琬吓了一跳，见他脸色凝重，不由自主也紧张起来。她努力地去听，也只能听到雨打在庙外树木枝叶间，细密的簌簌有声。严世昌突然转过身来，捧了土就往火堆中掷去，静琬这才回过神来，忙帮忙捧土盖火。

火焰熄灭，庙中顿时伸手不见五指，静琬只听到严世昌轻微的呼吸之声，两匹骡子原本系在庙堂中间的柱子上，此时突然有匹骡子打了个喷鼻，她心中害怕，却听严世昌低声唤："剩儿？"剩儿一惊就醒了，只听严世昌低声说，"你晓得下山的路吗？"

剩儿低声说："晓得。"

静琬努力地睁大眼睛，屋顶瓦漏之处投下淡淡的一点夜空的青光，过了好久她才能依稀瞧见严世昌的身影，他静静站在那里，可是她听不出外面有什么不对。他突然伸手过来，往她手中塞了一个硬物，低声说："来不及了，不知道对方有没有前后包抄，六少曾经教过小姐枪法，这支枪小姐拿着防身。"

他手中另有一支短枪，黑暗里泛着幽蓝的光，她害怕到了极点，只觉得手中的枪沉得叫人举不起来。这时才仿佛听见外面依稀传来马蹄声，越来越近，那蹄声杂沓，显然不止一人一骑，隐约听着马嘶，似乎是大队的人马。

他们三个人都紧张到了极点，屏息静气，听那人马越走越近，静琬一颗心就要从口中跳出来一样，外面有人道："刚才远远还看着有火光，现在熄了。"

跟着有人说："进去看！"

静琬的身子微微发抖，紧紧握着那把手枪，手心里已经攥出汗来，听着密集的脚步声急乱地拥过来，接着有人"砰"一声踹开了庙门。

数盏马灯一拥而入，那骤然的明亮令静琬眼睛都睁不开来，只听有人喝问："是什么人？放下枪！"紧接着听到哗啦啦一片乱响，都是拉枪栓的声音，她知道反抗徒劳无益，慢慢地将手垂下去，脑中念头如闪电一亮：完了！

她怕到了极点，只想，如果受辱于乱兵，还不如就此去死。正是恨不如死时，忽听身侧严世昌的声音响起，又惊又喜骂道："祝老三，小兔崽子！原来是你们！吓死老子了！"

慕容沣在睡意蒙眬里，依稀听到仿佛是沈家平的声音，压得极低："六少才睡了，通宵没有睡，今天上午又去看布防，到现在才抽空打个盹。"

另一个声音好像是秘书汪子京，略显迟疑："那我过一会儿再来。"他一下子就彻底清醒了，天阴沉沉的，虽然是下午，仍旧仿佛天刚蒙蒙亮的样子，天是一种荫翳的青灰色，隐隐约约的闷雷一样的声音从远处传来，这种声音他再熟悉不过，知道那并不是雷声，而是前沿阵地上的炮火声。

他抓过枕畔的手表来看，是下午三点多钟，原来自己这一觉，还不到一个钟头，那种疲倦之意并没有尽去，反而有一种心浮气躁的焦虑。

他问："谁在外头？"

果然是汪子京，听见他问连忙走进来，他已经下床来，就拿那架子上搭着的冷毛巾擦一擦脸，问："什么事？"

汪子京含着一点笑意，说："是好消息，第九师与护国军的第七团、第十一团已经完成合围，我们的骑兵团已经到了月还山，护国军

149

的先锋营也抵达轻车港，颖军高柏顺的两个师还蒙在鼓里呢。"

慕容沣掷开毛巾，问："东线呢？"

"第四师的炮兵还在牵制。"汪子京很从容地说，"几乎要将历城轰成一片焦土了，钱师长刚发来的密电，已经抵达指定的位置，单等着瓮中捉鳖，出这些天来憋着的一口气。"

慕容沣哼了一声，说："我军弃守余家口不过十余日，那些外国报纸就指手画脚地胡说八道。亏他们还敢引用《孙子兵法》，这次我送他们一出好戏，叫他们好生瞧着，什么叫《孙子兵法》。"

他既然起来了，就陆续处理一些军务，他的临时行辕设在南大营的驻地里，会议开完已经是好几个钟头之后。慕容沣心情颇好，笑着对一帮幕僚说："这些日子来诸公都受了累，今天我请大家吃饭。"军中用餐例有定规，每人每日份额多少，所以他一说请客，几位秘书都十分高兴，簇拥着他从屋子里走出来。天色正渐渐暗下来，太阳是一种混沌未明的晕黄色，慢慢西沉，远远望见营房外有汽车驶进来，门口的岗哨在上枪行礼。

慕容沣本以为是江州统制贺浦义来了，待认出那部再熟悉不过的黑色林肯汽车正是自己的座车，心下奇怪，转过脸问侍卫："谁将我的车派出去了？沈家平呢？"

那侍卫答："沈队长说有事出去了。"

慕容沣正待发作，那汽车已经停下，车上下来一个人，正是沈家平，远远就笑着："六少，尹小姐来了。"

慕容沣仿佛犹未听清楚："什么？"

沈家平笑逐颜开，说："尹小姐来了。"

慕容沣猛然就怔在了那里，只见一个年轻女子下车来，虽然是一身寻常布衣，可是那身形袅袅婷婷，再熟悉不过，正是静婉。她一个韶龄弱女，一路来跋山涉水，担惊受怕，吃尽种种苦，可是远远一望见他，心中无可抑制地生出一种狂喜来，仿佛小小的铁屑见着磁石，那种不顾一切的引力，使得她向着他远远就奔过来。

慕容沣几步跨下台阶，老远就张开双臂，她温软的身子扑入他怀中，仰起脸来看他，眼中盈盈泪光闪动，脸上却笑着，嘴角微微哆嗦，那一句话却怎么也说不出来。

他紧紧搂着她，只觉得恍如梦境般不真实，仿佛唯有这样用手臂紧紧地箍着她，才能确信她是真的。他忽然大叫一声，抱起她来就转了好几个圈子，那一种喜出望外，再也抑制不住，一颗心像是欢喜得要炸开来一般。她只觉得天旋地转，天与地都在四周飞速地旋转，耳边呼呼有声，却只听见他的朗朗笑声："静琬，我太快活了！我太快活了！"

他少年统率三军，平日在众人面前总是一副十分老成的样子，此时欣喜若狂，忽然露出这样孩子气的举止，直将一帮秘书与参谋官员都看得傻在了那里。

静琬的笑从心里溢出来，溢至眉梢眼角，他一直抱着她转了好几个圈子，才将她放下来，她这才留意营房那边立着数人，都笑嘻嘻地瞧着自己与慕容沣，她想到这种情形都让人瞧了去，真是难为情，忍不住脸上一红。慕容沣仍旧紧紧攥着她的手，突然之间又像是想到什么一样，将脸一沉："严世昌。"

严世昌自下车后，就有几分惴惴不安，听到他叫自己的名字，只得上前一步："在。"

慕容沣想到静琬此来路上的风险与艰辛，心疼中夹着担心，本来要发脾气拿他是问，可是转脸瞧见静琬笑吟吟地瞧着自己，脸上绷不住，终究哈哈一笑，对严世昌说："算了，你也辛苦了，先下去休息吧。"

151

他依旧和秘书们一块儿吃晚饭，菜肴也算是丰盛了，只是军中不宜饮酒，而且这些秘书，哪个不是人精？一边吃饭，一边互相交换着眼色，胡乱吃了些饭菜就纷纷放下筷子，道："六少慢用。"

慕容沣道："你们怎么都这么快，我还没吃饱呢。"

何叙安首先笑嘻嘻地道："六少，对不住，前线的军报还压在那里没看呢，我得先走一步。"

另一位私人秘书一拍脑门："哎呀，今天晚上是我值班，得去电报房了。"

还有一人道："李统制还等着回电呢。"如此这般，几个人扯了由头，全都告辞走掉了。

慕容沣心中确实惦记静琬，见秘书们一哄而散，心下隐约好笑。本来他每晚临睡之前，都是要去值班室里先看一看前线的战报，有时战况紧急，常常通宵不眠。但今天因为秘书们大包大揽，将事情都安排好了，于是先去看静琬。

静琬刚刚梳洗过，这一路上风尘仆仆，洗漱不便，她素爱整洁，自是十分难受。到这里终于洗了个热水澡，整个人便如蜕去一层壳一样，分外容光焕发。她连换洗衣物都没有，沈家平只得派人临时去永新城中买了几件，一件醉红海棠旗袍太大，穿在她身上虚虚地笼着，那长长的下摆一直落到脚面上去，倒像是有一种异样的婀娜。她的头发本来很长，此时洗过之后披在肩上，宛若乌云流瀑，只用毛巾擦得半干，发梢上无数晶莹的小水珠，在电灯下莹莹细密如水钻。

静琬因为洗过澡，本来就脸颊晕红，见他仔细打量，讪讪地解释说："没有电吹风，所以头发只好这样披着。"她说话之时微微转脸，有几滴小小的水珠落在他手背上，迅速地干去，手上的皮肤发了紧，一分一分地绷起来。

他心中不自在起来，转脸打量室中的陈设，虽然是仓促布置起来的，但外面这间屋子里放着一对绒布沙发，并有茶几。走进里面房间，屋子那头放着一架西洋式的白漆铜床，床上的被褥都是簇新的，另外还有一架西洋式的带大玻璃镜子的梳妆台。梳妆台上搁着一只细瓷花瓶，里面插了一把菊花。

在行辕里，一切都因陋就简，这一束银丝蟹爪，虽不是什么名贵花种，但是洁白娇艳，十分引人注目。他日日所见都是烽火连天，这样整洁的屋子，又带着一种闺阁特有的安逸舒适，不觉令人放松下来。

他说："现在菊花已经开了。"停了一停又说，"回头叫他们在我的房里也搁这么一瓶"。

静琬随手将那菊花抽了一枝出来，说："这花好虽好，可惜开在秋天里。"

她随口这么一句，慕容沣忽觉有一丝不祥，但他心中正是欢喜，于是岔开话问："这一路上怎么来的，必然十分艰险吧？"

静琬怕他担心："还好啊，一路上都很顺利，就是最后在何家堡受了点惊吓。"

慕容沣果然一惊，忙问："伤着哪里没有？"

静琬摇了摇头，眸光流转，笑吟吟地道："连严大哥都没想到，六少用兵如神，第四师的骑兵团冒雨行军去奇袭颖军，差点将我们三个人当颖军的奸细捉住枪毙。"

她话说得极俏皮，眼中露出一种孩子气的顽皮来，慕容沣含笑望着她，只觉得她整个人都熠熠生辉，散发出一种绚丽的光彩来，和前不久见着她那种黯然的样子截然相反。他们两个人虽然十来天前刚刚见过一面，可是此番重逢，两个人都有一种恍如梦境的感觉。这才知道古人所谓"今宵剩把银照，犹恐相逢是梦中"是怎么样一个心境。

他们两个这样坐着，都不愿说话似的，虽然并不交谈，但两个人心里都有一种沉静的欢喜，仿佛都愿意就这样两两相望，直到天长地久。最后夜已经深了，他只得起身说："我先回去，明天再来看你。"

静琬送他出去，长旗袍拂在脚面上，她穿惯了西式的衣服，这样不合身的旗袍，襟上绣着一朵朵海棠，最寻常不过的图案却有一种旧式的美丽。衣裳的颜色那样喜气，她自己也觉得红艳艳的一直映到酡红的双颊上来。脚上一双软缎绣花鞋，极浅的藕色夹金线，步步生莲。走了这么远的路，终于见着了他，连新鞋穿在脚上都有一种踏实的安稳，虽然未来还是那样未卜，但终究是见着了他，她有一种无可名状的喜悦。

他在门前停下，说："我走了。"离得这样近，他身上有好闻的香皂香气、干燥的烟草香气，混着薄荷的清淡、硝药的微呛，他的眼中只有她的身影，如同被蛊惑一样，她的声音低低的："晚安。"他答了一声"晚安"，她见他打开门，也就往后退了两步，目送他出去。

他手扶在门把上，突然用力一推，只听"咔嚓"一声那门又关上了。静琬犹未反应过来，他的吻已经铺天盖地般地落下来，又急又密，她透不过气来，只得用手去揪他的衣领。她像是垂死的人一样无力地挣扎："不，不行……"可是他不顾了，他什么都不顾了，唯有她是真切的，是他渴望已久的。他差一点失去，可是奇迹般夺了回来。他的呼吸急促地拂过她耳畔，有一种奇异的酥痒，她的身体抵在他的怀中，四处都是他的气息，都是他的掠夺。

菊花的香静静的，满室皆是清逸的香气，他想到菊花酒，那样醇的酒里，浸上干的黄山贡菊，一朵朵绽开来，明媚鲜活地绽开来，就像她一样，盛开在自己怀中。

【二十】

前线最后的战报到下午时分才呈达。承军佯败之后，颖军果然中计入伏。此时经过昼夜的激战，承军重新夺回余家口，并且攻下紫平、奉明，而西线则攻克彰德，夺得对承颖铁路的控制权。颖军既失奉明关，只得后撤数十里，退守晋华。此时战局急转直下，承军乘胜追击，越过老明山进逼晋华，而晋华后的防线即是军事重镇阜顺，阜顺乃乾平门户，所以这一仗已经动摇到颖军的根本。立时中外震动，连外国的舰艇都从北湾港南下，远远游弋观察战局。

慕容沣拿到大捷的战报，倒也并没有喜出望外，因为这一次布置周详，历时良久，而且东西夹击，与护国军合围聚歼，实在没有败的道理。秘书们忙着各种受降、安置俘虏、缴获军械辎重事宜的安排。虽然依旧忙碌，只是这种忙碌里头，已经有了一种胸有成竹的从容。

慕容沣开完会议回到自己的办公室，因为西线的战报又陆续到来，所以先在那里看着。何叙安虽然只是他的私人秘书，但参与军政，亦是一位重要的幕僚。此时听闻一件要事，所以赶过来见他，他有满腹的话要说，见慕容沣低头注视桌子上铺的一大张军事地图，于是先只叫了声："六少。"

慕容沣"嗯"了一声，并没有抬起头来，何叙安知道他的脾气，不敢开门见山，远远先兜了个圈子："如果战事顺利，最迟下个月，我军便可以轻取颖州，彼时这江北十六省，皆入六少囊中。"

慕容沣抬起头来望了他一眼，说："想说什么就说吧。"

何叙安道："六少难道真的打算与昌邺政府划江而治，只安于这半壁天下？"

慕容沣道："永江天险难逾，再说这一场大仗打下来，我们的元气也得好一阵子才能缓过来。昌邺政府就是看准了这一点，才与我讨价还价。"顿了顿又道，"当日在乾平，程信之代表程家和我谈判时，我就答应过他，会遵守立宪，承认昌邺政府，接受昌邺政府的授衔。这表面的文章，唱戏还得唱足。"

何叙安沉吟道："如果程家肯支持六少，那么昌邺内阁其实形同虚设。"

慕容沣笑道："雍南程氏乃豪商巨贾，程充之又是再滑头不过，最会算计利益得失，岂肯弃昌邺而就我？"

何叙安心中有着计划，但素知慕容沣年轻气盛，又最爱面子，向来吃软不吃硬，所以又将话先扯开去，两个人讲了一会儿局势，转又商议战时物资的供给。他正渐渐地设法往那话题上引，忽然沈家平敲门进来，对慕容沣附耳低语了一句什么。慕容沣就问："怎么回事？"沈家平显出十分为难的神色来，慕容沣明知他亦是无可奈何，起身从那文件柜里取了一卷文书拿在手中，道，"那我去瞧瞧。"

何叙安见机不对，忙道："六少，我还有话说。"

慕容沣已匆匆走到门口，远远回头说："等我回来再说。"

何叙安追上几步，道："六少，请留步，叙安有几句要紧话说与六少听。"

慕容沣挥一挥手，示意他回头再说，人已经由侍卫们簇拥着去得远了。何叙安只得立在了当地，扯住沈家平问："是不是尹小姐那里有事？"

沈家平笑道："可不是。"何叙安心中本来就有一篇文章，现在见了这种情形，只是默默想着自己的心事。

慕容沣走进屋子里，只见外间的茶几上放着一只红漆食盒，里面几样饭菜都是纹丝未动，里间的房门却是虚掩着的。他推开门走进去，只见静琬依旧和早晨一样，蒙头向里睡在那里，一动未动，似乎连姿势都没有改变一下。他放轻了脚步，一直走到床前去，伸手去摸她的额头，她却将脸一偏躲了过去，他笑着说："我以为你睡着了呢。"她恍若未闻，依旧躺在那里，他便坐在床侧，伸手轻轻将她一推，"好啦，就算是我的不是，你也生了整整一天的气了，别的不说，饭总是应该吃的。"

她脊背绷得发紧，仍旧不理不睬。他沉默了一会儿，说："你到底是不相信我，那么神明在上，我若负了你，就叫我锉骨扬灰，不得好死。"

她待要不理他，可是实在忍不住，翻身坐起："领兵打仗的人，怎么不知道半分忌讳。"

口气虽然依旧冷淡，慕容沣却笑起来："你若是真的一辈子不睬我，我还不如死了好。"

静琬怒道："你还说，你还说。"

他却笑逐颜开："原来你还是怕我死的。"

静琬被他这一激，恼上心头，将脸一扬："谁怕你死了，你就算死一万次，也不干我的事。"

他笑道："我可舍不得死，我死了你怎么办？"

静琬哼了一声，说："厚颜无耻。"

他依旧笑道："对着你嘛，我宁可无耻一点。"

他这么一老实承认，静琬出于意外，怔了一怔，过了片刻才说："呸，也不怕别人听见。"

他揽住她的腰，微笑道："除了你之外，谁敢听见？"静琬极力地绷着脸，慕容沣道："忍不住就笑出来嘛，为什么要憋得这样辛苦？"

静琬斜睨了他一眼，说："谁说我想笑？"虽然这样说，到底那笑意已经从眼中漫出来了，只将他一推，"走开去，看见你就讨人厌"。

　　慕容沣笑道："我这样忙还抽空来瞧你，你还嫌我讨厌——我倒打算一辈子让你讨厌下去呢。"

　　静琬道："你要再油腔滑调，我可真要恼了。"

　　他笑道："我可是说正经的。"他将那卷纸打开来给她瞧，原来竟是一式两份的结婚证书。上面证婚人、主婚人的名字都已经签好，用了私印，皆是永新城里几位德高望重的父执辈将领，下面男方签名处，他也已签字用印，只有女方签字的地方，还留着空白。

　　她的指尖冰凉，他的手心却是滚烫的，紧紧攥着她的手，他一句句念给她听："慕容沣、尹静琬签订终身，结为夫妇，愿琴瑟在御，莫不静好。"他念得极慢，一个字一个字，那声音里漫着一种喜悦，她每一个字都听得那样清楚，又像是都没有听清楚，只是浑身的力气都被抽空一样，唯有软弱地依靠着他。而他紧紧用手臂环着她，似乎怕一松手，她就会消失似的。

　　他的出生年月日、籍贯姓名，她的出生年月日、籍贯姓名，证婚人的名字、介绍人的名字、主婚人的名字……密密麻麻的端正小楷，写在那粉色的婚书上。她向来觉得这样的粉色很俗艳，但今天这粉色柔和得如同霞光一样，朦胧里透出一种温暖光亮，她心里也说不出是一种什么感受，欢喜到了极处，反倒有一种悲怆，总觉得这一刻恍惚得不太真实。她紧紧攥着那证书的一角，他微笑道："你可要考虑好，一签字，你可就姓慕容了。"

　　她抬起头来看他，他的眼里唯有一种温柔如水，凝望着她，千山万水一路走来，两个人都是千辛万苦，他等了她这样久，她也茫茫然寻了这么久，如今才知道原来是他，这一生原来是他。

她将脸埋到他怀中去，他紧紧地箍着她，就像重逢的那一刻，可是这一刻更甜蜜、更笃定。这么久，这么远，从初次相遇到如今，隔了这么久，中间那样多的人，那样多的事，他到底是等到了她。

他的声音像是梦呓一样："静琬，你还记不记得……"她"嗯"了一声，他没有说下去，她也并不追问，其实与她的一切都像是在梦境，哪怕是现在明明相拥，可是因为等了太久，总觉得甜美得如同梦境一样。但这梦境如此甜蜜沉酣，他哪里舍得去多想。一颗心安逸踏实，因为明明知道她是他的，明明知道这一生一世，她都会是他的。她的笑颜那样甜美，黝黑纯净的瞳仁里，唯有他脸庞的倒影。她的唇上有甜美的气息，他吻在她的嘴角："等仗打完了，我要给你最盛大的婚礼，我要让全天下的人都知道，我们两个有多幸福。"

何叙安本来性格极沉着，今天不知为何，只是坐立不安，负着手在屋子里徘徊，走了好几趟来回，又看看墙上挂着的钟。这间大的办公室是慕容沣日常处理军务的地方，墙上挂了好几幅军事地图，桌子上堆着小山一样的军报、电报、往来文书，另外还搁着好几部电话。那种杂乱无章的摆设，更叫人看了心中添堵。

他坐了一会儿，起身又踱了几步，听着墙上的挂钟嘀嗒嘀嗒的声音，心里越发烦躁。想了一想，终于走出去，顺着走廊一直往后。后面小小一所跨院，天色已晚，那院子里小小一个花园，园中花木葳蕤。沈家平正坐在那里哼着小曲儿剥花生米吃，见着他打了个招呼，何叙安往后望去，后面又是一重院落，门口的岗哨站在那里，隐约可以看见里面巡逻的侍卫走动。他问沈家平："这么早六少就休息了？"

沈家平说："才刚吃了晚饭，说是过一会儿要陪尹小姐上街买东西。看来这年内，真的会办喜事了。"

何叙安听了这句话，不禁深有感触，长长叹了口气，用手将那花生的壳子，一只只按着，咔嚓咔嚓，按得瘪平。最后拍了拍手，拂去碎屑，说："没想到这位尹小姐可以修成正果。"

沈家平笑道："六少的年纪，早该结婚了，几位老姨太太总是念叨，只是他不耐烦听。上次去乾平见程家的人，那样危险的境地，却非得要见一见尹小姐，你不就说六少是认真闹恋爱吗？"

何叙安笑道："恋爱归恋爱，结婚归结婚，这是两码事。"

沈家平哈哈一笑，说："按照法律，他们已经算是结婚了啊。"

何叙安随口道："现在是民主社会，法律嘛当然是要讲的。"他本来心情十分不好，可是现在像是突然有了点精神："尹小姐来了也好，六少起居本来就乏人照料，女人家心细，比成班的侍卫都要强。大帅当日不总是夸四太太是'随军夫人'吗？再说六少平日总是惦记她，现下终于在一起，六少也省心不少。"

沈家平因为慕容沣脾气不好，而近来军务繁忙，自然性子更是急躁，所以侍卫们老是挨骂，自从静琬来了之后，沈家平还真觉得松了口气一样。何况静琬虽然是女流之辈，但在军中丝毫没有骄矜之气，常常穿男装伴随慕容沣左右。

承军南北两线同时作战，自是十分艰苦，而她随着慕容沣辗转各行辕，千里奔波，矢林箭雨中不离不弃，所以慕容沣身边的不少将领先是侧目，而后狐疑，到了后来，一提到"夫人"，总忍不住赞一声，钦佩不已。连外国的记者，也在西文报纸上刊登慕容沣与她的合影，称赞"慕容夫人亦英雄"。

所以这天跟随静琬的侍卫孙敬仪来告诉沈家平："夫人不知道为了什么事，在那里掉眼泪呢。"

沈家平说："胡扯，夫人怎么会哭！"话一出口，又觉得她虽沉毅坚强，但终归是个女人，自己这句话也太武断了，于是问："是为什么在哭？"

孙敬仪道："前天攻克了阜顺，缴获了许多东西，都堆在仓库里。夫人这几天正说闷得慌，我就去仓库里随便拿了两本书和几份报纸给她看，不晓得为什么，刚才我见到她一个人坐在那里默默掉眼泪。"

沈家平素知静琬的性子十分坚韧，有次从马背上摔下来，也没见她红过眼圈，所以听孙敬仪这么一说，心里还真有几分惴惴不安。想了想说："六少还在开会，我去看看夫人有什么吩咐。"

大军南下，此时行辕设在距阜顺不过三四里的一个小镇清平，因为驻防地方不够，所以征用当地缙绅的民宅设立行辕。清平镇虽然不大，但自古便是驿路要道，所以虽是民宅，但九进天井，数重庭院，极是宽敞精致。

静琬所住上房之前的庭院中，摆了数百盆菊花，簇拥得花海一样。沈家平远远瞧见静琬立在窗前，默默凝望那锦绣样的花海。他们都素来敬畏静琬，于是一进屋子，在十来步开外就行礼："夫人。"

静琬平日甚少用脂粉，奔波间甚至多穿男装，此时因为在行辕里，不过一袭寻常的墨绿丝绒旗袍，脸上却薄薄扑了些粉，虽然如此，犹能看出眼角微红。他在心里思忖，静琬见他的神色，勉强笑道："我今天有些不舒服，你不要告诉六少。"

沈家平瞧她的样子，像是十分伤心，但他只是侍卫队长，许多事情都不好过分追问，只得道："夫人如果有什么事，可以交给家平去办。"

静琬"嗯"了一声，过了一会儿才问他："依你看，什么时候可以攻克乾平？"

沈家平听她这么一问，大出意外，因为她虽在军中，几乎从来不

161

过问军事，平日多忙的是些慰问伤兵、抚恤眷属之类的琐事。他踌躇着答："前线的事情很难说，总不过这几天吧。"

静琬又"嗯"了一声，沈家平眼尖，瞧见一旁梨花大案上搁着一张报纸，拿起来一看，只见是数日前的一张《颖州日报》，版面上极醒目的粗黑告示："尹楚樊与尹静琬断绝父女关系之声明。"他一目十行，只见语气极为激烈，称："不肖女离家去国，是为不忠；悔婚出走，是为不义；未告之父母，是为不孝。"又称，"不忠不义不孝之人，不见容尹氏宗族，是以声明与其断绝父女关系……"

静琬见他看到报纸，凄然一笑，说道："沛林就快回来了，你将这个拿走，不要叫他看见。"

沈家平自识得她以来，从来未见她有这样的神情，心下恻然，低声道："此事还是告诉六少的好，夫人受了这样的委屈，到时候六少可以出面解释清楚的。"

静琬眼中泪光盈盈，转过脸去，声音低微如同自言自语："连我的父母都不要我了，还有什么值得去解释？"

【二十一】

慕容沨因为去看布防，所以很晚才回到行辕。老房子光线晦暗，虽然厅中点了电灯，白琉璃罩子下，光是晕黄的一团，朦朦胧胧地照着，家具都是旧式的花梨木，雕花的阴影凹凸不平，灯下看去更有一种古静之意。

屋子里寂无人声，外面餐桌正中放着一只菊花火锅，已经烧得快干了，汤在锅底嗞嗞地响着，下面铜炉中的炭火也已经快熄掉。慕容沨见火锅旁的四样小菜都已经冰冷，连一丝热气都没有了，于是径往里去，雕花隔扇上的红绫帐幔在灯下泛出暗暗的紫光，衬出里面床上珍珠罗的帐子，也隐约透出一种粉紫的光来。

静琬等得太久，已经和衣睡着了，慕容沣悄悄将被子展开，想要替她盖上，她却惊醒了，见到他微笑道："我怎么睡着了，你吃了饭没有？"

慕容沣说："我吃过了，下次不要等我了，仔细饿伤了胃。"

静琬说："反正我也不想吃。"

一边说，一边就坐起来，因为发髻微松，两鬓的散发纷纷垂下来，正要伸手去捋，他已经无限爱怜地替她捋上去："饭菜都凉了，你想吃什么，我叫他们去弄。"

静琬说："我想吃蔷薇木的榛子浆蛋糕。"

蔷薇木是承州的一间西菜馆子，清平镇与承州相距二百余里，她说要吃这个，就是和他开玩笑了，慕容沣却略一沉吟，将挂衣架上她的一件玫瑰紫的哔叽斗篷取下来："来，我们去买蛋糕。"

静琬笑道："别闹了，已经快九点钟了，不早一点休息，明天你又半晌不乐意起床。"

慕容沣说："我明天上午没有事。"

将那斗篷替她穿上，静琬被他拉扯着往外走，说："深更半夜的，到底要去哪里啊？"

慕容沣"嘘"了一声："别吵嚷，咱们溜出去。"虽然说是溜出去，一出二门顶头就遇上巡逻的侍卫，见着他们两个，忙不迭"啪"一声地行礼。

慕容沣也不理睬他们，携着静琬径直往外走，等侍卫去报告沈家平，他们已经到了车库之外了。司机见着他们也十分诧异，慕容沣要了车钥匙，静琬不肯上车，说："别闹了，待会儿惊动起人来，又兴

163

师动众。"

慕容沣并不答话，突然将她打横抱起，不等她反应过来，已经被他抱入车内。她又好气又好笑，他已经关上车门，自己坐到司机的位置上，将车子发动了。

车子驶出来，清平镇上还有几家店铺犹未打烊，晕黄的灯光映在青石板的街道上，因为天气冷，那光线也像是凉的。一方一方的淡黄色，仿佛她素日爱吃的柠檬冻子，又像是奶茶里的冰，渐渐地融了开，一丝丝地渗到夜色中去。汽车从灯光中穿梭过去，不久就将整个镇子抛在后头。她回过头去只能看到稀稀落落的灯火，越落越远，不由得惊讶："我们去哪里？"

他笑着说："不是说去买蛋糕吗？"

静琬以为他是说笑，因为日常他也爱自己开了汽车带她出来兜风，于是微笑："转一圈就回去吧。"

汽车顺着路一直往北去，两条孤单的灯柱射在路上，前方只是漆黑一片，过了一会儿走上了公路，川流不息的汽车往来，原来都是运输军需的车辆，十分热闹。静琬因为白日心力交瘁，此时车子又一直在颠簸，不知不觉就睡着了。

她睡了一觉醒来，车子仍在向前驶着，车窗外仍旧是漆黑一片，偶尔有军车与他们相错而过，雪亮的车灯一闪，转瞬即过。她心中诧异，叫了一声："沛林。"

他因为开着车，没有回过头来，只问她："醒了？冷不冷？"

她说："不冷。这是在哪里？"

他温言道："已经过了季安城，再有两个钟头，就可以到承州了。"

静琬大吃一惊，半晌说不出话来，他终于回头瞥了她一眼："夫人，我开了这么大半夜汽车，应该有赏吧？"

她心中柔情万千，倾过身子去吻在他脸上。他缓缓将汽车停在路畔，将车子熄了火，扶过她的脸温柔地吻下去，许久许久才放开。她的呼吸略有些急促，双颊滚烫，手仍紧紧攥着他的衣襟，他的眼睛在黑暗中亦是熠熠生辉。

她的脸依偎在他胸前，他的心扑通扑通地跳动着，温柔得如同世上最好听的声音。她的声音低低的，如同梦呓："沛林，我只有你了。"

他吻着她的发，他的呼吸温暖地拂着她的脸。他说："我也只要你。"

路两侧都是一望无垠的野地，暗沉沉并无半分人家灯火，满天碎的星子，像是一把银钉随意撒落，直要撒到人头顶上来一样。远远听到汽车驶近，叭叭地鸣着，最后车灯一闪，呜一声从他们汽车旁驶过去了。听着那汽车渐去渐远的声音，满天的星光似乎都渐渐远去，唯有一种地老天荒的错觉，仿佛整个世界只余了他们这一部汽车，只余了他与她。

天未明他们就到了承州，因为城门还没有开，他将汽车停在城墙下避风处，静琬见他神色疲惫，说："你睡一觉吧。"将自己的斗篷给他，他开了这么久的车，也实在是累了，几乎是头一歪就睡着了。静琬替他盖好斗篷，自己在车上静静守着。

东方渐渐泛起鱼肚白，有乡下人架了车子预备进城去卖菜，吱扭吱扭的独轮车，驮着满满的瓜菜，南瓜上带着粉霜，圆滚滚的果子洗得极干净，高高地堆了一筐，她远远望去还以为是苹果，后来一想才知道是红皮萝卜。一个四五岁的小女孩坐在那独轮车的前架子上，因为天气冷，已经穿上了花布棉袄，一张小脸冻得通红，乌溜溜的眼睛只管望着她。她冲着那孩子微微一笑，那孩子也不由得对着她笑起来，扭过头去指给自己的父亲看："汽车。"

165

太阳快要升起来了，城外稀稀落落都是赶早市进城的人，赶车的、推车的、挑担子的，与她只隔着一层车窗玻璃，遥遥就能望见市井平凡的喜悦。

慕容沨睡得极沉，虽然这样子在车上并不舒服，可是他眉宇舒展而坦然，她想伸手去抚摸他浓浓的眉头，就像每天早上叫他起床前一样，可是今天不行，外面的人也许会看见，车内只有他呼吸的声音，平稳漫长，这声音如此令人觉得安逸，她几乎也要睡着了。

城门缓慢而沉重地发出轧轧的声音，独轮车吱呀吱呀地从他们汽车旁推过去了，那小女孩远远回头冲着她笑。太阳也已经升起来了，透过挡风玻璃照在他脸上，秋天里的日头，淡薄得若有若无，经过玻璃那么一滤，更只余了一抹暖意。他睡着时总有点稚气，嘴角弯弯地上扬，像小孩子梦见了糖。她有点不忍心，轻轻叫了他一声："沛林。"见他不应又叫了一声，他才"嗯"了一声，含糊地咕哝道："叫他们先等一等。"

她心中隐约好笑，伸手推他："醒醒，这不是在家里呢。"

他这才欠身坐起来，先伸了伸懒腰，才回过头来对她笑道："谁说这不是在家里，我们这不就要回家去了？"话虽这样说，他们去蔷薇木吃了早餐，又将蛋糕打包了两份，因为时间紧急，来不及回大帅府去，只给汽车加了油，就赶回清平去。

慕容沨对她说笑："咱们这也算是过家门而不入吧。"她自从与他结发之后，并未曾过门成礼，听到他这样说，心中微微一动，说不清是喜悦还是感叹。他说："等仗打完了，我们就可以回家了。"

她心中只有一种怅然，说："这么远赶回来只为吃榛子浆蛋糕，真是傻气。"

他腾出一只手来握她的手："和你在一块儿，我就喜欢做这样的傻事。"

这句话这样耳熟，她脸上恍惚地笑着，想不起来曾在哪里听过，含笑抽出手来："专心开车吧，将车开得这样快，还只用一只手去扶。"

早晨路上车辆稀疏，唯有军需的车队轰隆隆不时驶过。远处沃野千里，晨霭漠漠，秋天的早晨有薄雾，车窗外偶尔闪过村庄农家，房前屋后的枣树已经在星星点点地泛起红光。大堆的麦草堆在地头，高粱秸秆堆得小山似的。偶然有村里的孩子牵了牛，怔怔地站在田间看路上的汽车。

这一路风光看下来，虽然都是很寻常的景色，但因为两个人都知道是难得的偷闲，所以心里有一种犯法的快乐。她说："清平行辕那边准已经乱了套。"

他笑着说："管他呢，反正已经尽力赶回去了，大不了听他们啰唆几句。"

结果他们刚出了季安城不久，老远就看见前面设了路卡，大队的卫兵持枪直立，正在盘查过往的车辆，那卫兵的制服是藏青色的呢料，远远就认出是卫戍近侍。慕容沣笑道："好大的阵仗，不知是不是在收买路钱。"

静琬斜睨了他一眼："亏你还笑得出来，准是找我们的。"慕容沣哈哈大笑，将车子减慢了速度停下来。

果然是沈家平亲自率人在这里等候，因为他们一路追寻过来，知道是往承州方向去了，但没想到他们竟然走得这样远，所以只在这里设卡。

慕容沣见朱举纶也来了，不由得对静琬说："真糟糕，朱老夫子也来了，准得受他一番教训。"原来那朱举纶虽是挂着秘书的职名，其实慕容沣自幼跟着他学习军事谋略，虽未正式授业，亦有半师之分。

一直以来他为幕僚之首，说话极有分量，慕容沣对他也颇为敬畏，所以慕容沣嘴上称呼他为老夫子，其实心里已经老大过意不去。

沈家平早已打开了车门，慕容沣下车来，笑着对朱举纶说："朱先生也来了。"心里想他定然会有长篇大论要讲，自己此番行事确实冲动，只好硬着头皮听着罢了。

谁知朱举纶神色凝重，只趋前一步道："六少，出事了。"

慕容沣心里一沉，因为前线大局已定，几乎已经是十拿九稳，不会有多大的变局，所以他才一时放心地陪静琬去了承州。不想一夜未归，朱举纶这样劈面一句，他不由得脱口就问："出了什么事？颖军克复了阜顺？还是护国军失了德胜关？"他虽然这样问，但知道战局已定，这两桩都是不可能的事情，但除了这两桩之外，旁的事又都不能关乎大局。

果然朱举纶摇一摇头，神色间大有隐忧："不是颖军——请六少上车，我再向六少报告。"静琬也已经下车来，见慕容沣眉头微皱，不由得十分担心。他回头也望见了她，对她说："你坐后面的车子，我和朱先生有事。"

她点了点头，司机早就开了车过来，她望着慕容沣与朱举纶上了车，自己也就上了后面的汽车。卫兵们的车子前呼后拥，簇拥着他们回去。

他们在中午时分就赶回到清平镇，静琬路上劳顿，只觉得累极了，洗过澡只说晾头发，谁知坐在沙发上，不知不觉就睡着了。醒来时天色已晚，屋子里漆黑一片，她摸索着开了灯，看了看钟，原来已经是晚上十点钟了。她走出去问了孙敬仪，才知道慕容沣回来后一直在开会，孙敬仪道："夫人还没有吃晚饭，我叫厨房做点清淡的菜吧。"

她本来身体一直很好，这两天却总是听见吃饭就觉得没胃口，只得打起精神说："就叫厨房下点面条吧。"

孙敬仪答应着去了，过不一会儿，就送来一碗热气腾腾的面条，一海碗黑沉沉的汤汁，另外还有四碟酱菜。她坐下来才看出那汤汁是卤汁，北方所谓的打卤面，就是将面条下好了，另外预备卤汁浇上去。那卤汁里面除了鸡脯丝、里脊肉丝、鳝丝、云腿，还有蜇皮海参之类，那海味的腥气扑鼻，她只觉得胸口堵住一样，一口气透不过来，只是要反胃，连忙将勺子撂下，将那卤汁海碗推得远远的，起身走过去开了窗子，夜风清凉地吹进来，才觉得好受了些。

这么一折腾，最后只就着酱菜吃下半碗面条去，草草收拾了上床睡觉去。她惦记着慕容沨，所以睡得并不踏实，总是迷迷糊糊刚睡着就又惊醒，最后到天亮时分，才沉沉地睡去了。

慕容沨到第二天下午才回来，因为前一夜没有睡，这一夜又熬了通宵，眼睛里尽是血丝。那样子像是疲倦到了极点，回来后饭也没有吃，往床上一倒就睡着了。静琬听着他微微的鼾声，只是心疼，弯腰替他脱了鞋，又替他盖好了被子，自己在窗下替他熨着衬衣。

她几件衬衣还未熨完，孙敬仪就在外面轻轻叫道："夫人。"

她连忙走出去，原来是何叙安来了，他日常对她总是很礼貌，行了礼才说："麻烦夫人去叫醒六少。"自然是有紧急的军事，她略一迟疑，他已经主动向她解释，"我们一个友邦大选中出了意外，现在上台执政的一方对我们相当不利，只怕今后北线的战局会十分艰难。如果从南线撤军，那么实在是功亏一篑，现在他们的通电已经到了……"

她心下奇怪，正欲发问，内间慕容沨已经醒了，问："外头是谁？"

她答："是何先生来了。"他本来就是和衣睡的，趿了拖鞋就走出来，他们说话，她一般并不打扰，所以退回里面去。不晓得为什么，

169

她只是心神不宁，想着何叙安的话，怔怔地出了好一会儿的神，突然闻到一阵焦煳味，才想起来自己还熨着衣服。手忙脚乱地收拾，那熨斗烧得烫热，她本来就不惯做这样的事，急切想要拎开去，反倒烫到了手，失声"哎哟"了一声，熨斗早就滚翻在地上，慕容沣在外面听见她惊叫，几步就冲了进来，见她手足无措地站在那里，连声问："怎么了？"

她手上剧痛，强忍着说："没事，就是烫了一下。"

他捧起她的手来看，已经鼓起一溜晶亮的水泡，那样子竟似烫得不轻，他回头大声喊："孙敬仪，快去拿貂油来。"见旁边洗脸架子上搭着毛巾，连忙打湿了替她敷在手上。冷的东西一敷上去，痛楚立减，等孙敬仪取了貂油来涂上，更是好了许多。

她十分赧然："我真是笨，一点小事都做不来。"

他说："这些事本来就不用你做，你自己偏要逞能。"话虽然是责备的意思，可是到底是心疼埋怨的语气。

她心中一甜，微笑对他道："何先生还在外面等着你呢，快出去吧，别耽搁了事情。"

他"嗯"了一声，又叮嘱她道："可别再逞能了。"

她将脚一跺："成日嫌我啰唆，你比我还啰唆。"

他本来因为局势紧迫，一直抑郁不乐，见着她这么浅嗔薄鬟，那一种妩媚娇俏，动人心弦，也禁不住微笑起来。

【二十二】

因为入了冬，战事越发地紧迫起来。承军虽然打到了乾平城下，但因为外国政府出面，所以不得不暂缓开战，只是围住了乾平，由外

170

国政府调停，开始谈判。

慕容沣因为那一国的友邦转为支持昌邺政府，十分头痛，所以谈判的局势就僵在了那里。虽然乾平唾手可得，但却因为受了内外的挟持，动弹不得。不仅南线如此，北线与俄国的战事，也因为有数国威胁要派出联军，不得不忌惮三分。

所以不仅是慕容沣，连同一帮幕僚们心里都十分焦急。这天会议结束之后，秘书们都去各忙各的，唯有何叙安与朱举纶没有走。慕容沣本来就不耐久坐，此时半躺半窝在那沙发里，将脚搁在茶几上，只管一支接一支地吸烟，一支烟抽不到一半就掐掉，过不一会儿又点一支，不一会儿那只水晶的烟灰缸里就堆起了满满的烟头。

何叙安咳嗽了一声说："六少，叙安有几句话，不知当讲不当讲。"

慕容沣说道："我看这几天你都是吞吞吐吐的，到底有什么事？"

何叙安道："如今虽然形势并不见得怎么坏，可是老这么僵下去，实在于我们无益。就算打下了乾平，大局上还得听昌邺政府节制，实在是无味得很。"

慕容沣"嗯"了一声，说："昌邺内阁由李重年把持，老二傀子跟我们积怨已久，如今只怕在幸灾乐祸。"他心中不耐烦，直用脚去踢那茶几上的白缎绣花罩子，他脚上一双小牛皮的军靴已经被缎子擦得锃亮，缎子却污了一大块黑乌，连同底下缀的杏色流苏，也成了一种灰褚之色。朱举纶是个老烟枪，坐在一侧只吧嗒吧嗒地抽着烟袋，并不作声。

何叙安道："内阁虽然是李重年的内阁，可离了钱粮，他也寸步难行。假若壅南程家肯为六少所用，不仅眼前的危机解了，日后的大事，更是水到渠成。"

慕容沣本来就不耐烦，脚上使劲儿，将茶几蹬得"咔咯"一响：

"别兜圈子了，你能有什么法子，游说程允之投向我？"

何叙安身子微微前倾，眼里却隐约浮起奇异的神采："六少，程家有一位小姐待字闺中，听说虽然自幼在国外长大，可是人品样貌皆是一流，更颇具才干，程家虽有兄弟四个，程允之竟称许这位年方及笄的小姐为程家一杰……"他话犹未完，只觉得慕容沣目光凌厉，如冰似雪一样盖过来，但他并未迟疑，说道，"六少，联姻为眼下最简捷的手段，如果与程家联姻，这天下何愁不尽归六少？"

慕容沣嘴角微沉："我慕容沣若以此妇人裙带进阶，岂不为天下人耻笑。"

他语气已经极重，何叙安并无丝毫迟疑："此为权宜之计，大丈夫识时务为俊杰，六少素来不是迂腐之辈，今日何出此言？"

慕容沣沉默片刻，冷笑一声："权宜之计？你这不过是欲盖弥彰。"

何叙安道："成大事者不拘小节。"

只听"咚"的一声，却是慕容沣一脚将茶几踹得移出好几寸远："这怎么是小节，婚姻是人生大事，要我拿来做此等交易，万万不能。"

何叙安到底年轻，何况素来与慕容沣公私都极其相与，虽然见他大发雷霆，仍旧硬着头皮道："六少说这是交易，不错，此为天字一号的交易。所易者，天下也。如今局势，我们虽有把握赢得颖军这一仗，可是北方对俄战争已是胶着，李重年的昌邺政府又是国际上合法承认的。即使解决了北线的战事，宋太祖曾道：'卧榻之侧，岂容他人酣睡。'难道六少真的甘心与昌邺划江而治？如若再对昌邺用兵，一来没有适当的借口机遇，不免落外国诸友邦口实，说不定反生变故。二来此一战之后，数年内我军无实力与昌邺对垒，数年之后，焉知又是何等局面？三来兵者不吉，如今国内国外都在呼吁和平，避免战争，六少素来爱兵如子，忍见这数十万子弟兵再去赴汤蹈火，陷于沙场？"

他一口气说了这么多，顿了顿又道，"程允之精明过人，必然能领悟六少的苦心，六少与程家各取所需，何愁程氏不允？不费一兵一卒便能平定江南，不起战端，天下苍生何幸？"

慕容沣默然不语，何叙安见他不作声，觉得把握又大了几分，于是道："程小姐出身世家，想必亦是通情达理，而尹小姐那里，所失不过是个名分，六少以后就算对她偏爱些，程小姐必然也可以体谅。"

慕容沣只觉得太阳穴处青筋暴起，突突乱跳，只是头痛欲裂，说："我要想一想。"

何叙安起身道："那叙安先告退。"

屋子里虽然开着数盏电灯，青青的一点光照着偌大的屋子，沙发是紫绒的，铺了厚厚的锦垫，那锦垫也是紫色平金绣花，苍白的灯光下看去，紫色便如涸了的血一样，连平金这样热闹的绣花样子，也像是蒙着一层细灰。

慕容沣本来心烦意乱，只将那银质的烟盒"啪"一声弹开，然后关上，再过一会儿，又"啪"一声弹开来。朱举纶适才一直没有说话，此时仍旧慢条斯理地抽着烟枪，慕容沣终究耐不住，将烟盒往茶几上一扔，在屋子里负手踱起步子来。朱举纶这才慢吞吞地将烟锅磕了两下，说道："天下已经唾手可得，六少怎么反倒犹豫起来了？"

慕容沣脸上的神色复杂莫测，停住脚站在那里，过了许久，只是叹了一口气。

静琬素来贪睡，这两天因为精神倦怠，所以不过十点钟就上床休息了。本来睡得极沉，迷迷糊糊觉得温暖的唇印在自己嘴角，呼吸喷在颈中极是酥痒，不由得身子一缩："别闹。"他却不罢不休缠绵地吻下去，她只得惺忪地睁开眼："今天晚上怎么回来得这样早？"

慕容沣"嗯"了一声，温声道："我明天没有事情，陪你去看红叶好不好？听说月还山的红叶都已经红透了。"

静琬笑道："无事献殷勤。"

他哈哈大笑，隔着被子将她揽入怀中："那么我肯定是想着头一样。"她睡得极暖，双颊上微微烘出晕红，虽然是瞪了他一眼，可是眼波一闪，如水光潋滟，他忘情地吻下去，唇齿间只有她的甘芳，她的呼吸渐渐紊乱，只得伸手抓住他的衣襟。他终于放开她，他已经换了睡衣，头发也微微凌乱，他甚少有这种温和平静，叫她生了一种奇异的安逸。他撑起身子专注地端详着她，倒仿佛好几日没有见过她，又仿佛想要仔细地瞧出她与往日有什么不同来一样。

丝绵被子太暖，她微微有些发热，嗔道："怎么这样子看人，好像要吃人一样。难得这么早回来，还不早点睡。"

慕容沣笑起来："我不习惯这么早睡。"

静琬将他一推："我反正不理你，我要睡了。"

慕容沣道："那我也睡了。"

静琬虽然攥着被子，禁不住被他扯开来，她"哎"了一声："你睡你的那床被子……"后面的声音都湮没在他灼热的吻里。他紧紧地箍着她，仿佛想要将她揉进自己体内去一样。她有些透不过气来，他啃啮着她细腻的肌肤，情欲里似一种无可抑制的爆发，他弄痛了她，她含糊地低呼了一声，他却恍若未闻，只是以一种前所未有的癫狂，将她整个吞噬。

夜静到了极点，远处墙外岗哨的脚步声隐约都能听见，遥遥人家有一两声犬吠。近在咫尺轻微的嘀嗒声熟悉而亲切，他醒来时恍惚了一下，才听出原来是自己的那块怀表。后来那怀表给了她，如今也一直是她带在身上，她习惯将那块怀表放在枕下，他想拿出来看看时间，触手却是冰冷的金属，原来是自己的手枪。他将枪推回枕下，这么一伸手，不意间触到她的长发，光滑而细密，有淡淡的茉莉清香，是巴黎洗发水的香气。

她睡得极沉，如无知无识的婴儿一样，只是酣然睡着，呼吸平稳而匀和。他支起身子看她，锦被微退下去，露出她光洁的肩，温腻如玉。他慢慢地吻上她的肩颈之间，他下巴上已经微生了胡茬，刺得她微微一动，她这样怕痒，所以最怕他拿胡子扎她。极远传来一声鸡啼，天已经要亮了。

他这天没有办公，所以睡到很晚才起来，和静琬吃过了午饭，就去月亮山看红叶。本来早上天气就是阴沉沉的，到了近午时分天色依旧晦暗得如同黄昏。上山只有一条碎石路，汽车开到半山，他们才下了车。山上风大，吹得静琬獭皮大衣领子的风毛拂在脸上，痒痒地惹她用手去拨。岗哨早就布置了出去，蜿蜒在山路两侧背枪的近侍，远的那些已经看不清了，都是一个一个模糊的黑点。

满山的红叶早已经红透了，四处都像是要燃起来一般火红的明艳，枫树与槭树的叶子落了一地，路上都是厚厚的积叶，踏上去绵软无声。他牵着她的手，两个人默默往前走，侍卫们自然十分识趣，只是远远跟着。山路之侧有一株极大的银杏树，黄绢样的小扇子落得满地皆是，她弯腰去拾了几片，又仰起头来看那参天的树冠。

他说："倒没瞧见白果。"

她说："这是雄树啊，当然没有白果。"环顾四周，皆是艳艳的满树红叶，唯有这一株银杏树，不禁怅然道，"这么一棵雄树孤零零地在这里，真是可怜。"

慕容沨本来不觉得有什么，忽然听到她说这么一句话，只觉得心中一恸，转过脸去望向山上："那里是不是一座庙？"

静琬见一角粉黄色的墙隐约从山上树木间露出来，说："看样子是一座庙，咱们去瞧瞧。"

她虽然穿了一双平底的鞋子，但只走了一会儿，就觉得迈不动步子了，一步懒似一步，只觉得双腿似有千斤重。

他看着她走得吃力，说："我背你吧。"

她嗔道："那像什么话。"

他笑道："猪八戒还不是背媳妇。"

她笑逐颜开："你既然乐意当猪八戒，我可不能拦着你。"

他也忍俊不禁："你这坏东西，一句话不留神，就叫你抓住了。"他已经蹲下来，"来吧"。她迟疑了一下，前面的侍卫已经赶到庙里去了，后面的侍卫还在山路下面，林中只闻鸟啼婉转，远处隐约闪过岗哨的身影，她本来就贪玩，笑着就伏到他背上去，搂住了他的脖子。

他背着她拾级而上，青石板的山石阶弯弯曲曲地从林间一路向上，她紧紧地搂在他颈中，头顶上是一树一树火红的叶子，像是无数的火炬在半空中燃着，又像是春天的花，明媚鲜艳地红着。

天色晦暗阴沉，仿佛要下雨了，铅色的云低得似要压下来。他一步步上着台阶，每上一步，都微微地晃动，但他的背宽广平实，可以让她就这样依靠。她问："你从前背过谁没有？"

他说："没有啊，今天可是头一次。"

她将他搂得更紧些："那你要背我一辈子。"

她从后面看不到他的表情，他一步步上着石阶，大约因为有些吃力，所以声音有一丝异样："好，我背你一辈子。"

山上是一座观音庙，并没有出家人住持，只是山中人家逢节前来烧香罢了。侍卫们查过庙里庙外，就远远退开去了，他牵了她的手进庙里，居中宝相庄严，虽然金漆剥落，可是菩萨的慈眉善目依旧。她随手折了树枝为香，插到那石香炉中去，虔诚地拜了三拜。他道："你居然还信这个？"

她脸上忽然微微一红："我原本不信，现在突然有点儿想信了。"

他问："那你许了什么愿，到时候我好来陪你还愿。"

她脸上又是一红，说："我不告诉你。"

他"嗯"了一声，说："那我知道了，你肯定是求菩萨保佑咱们两个。"

她晕潮满面，无限娇嗔地睨了他一眼："那你也应该拜一拜。"

他说："我不信这个，拜了做什么？"

她轻轻扯一扯他的衣袖："见佛一拜，也是应当的。"

他今天实在不忍拂她的意，见她这样说，于是就在那尘埃里跪下去，方俯首一叩，只听她也一同俯首下拜，祝语声音虽低，可是清清楚楚地传到耳中来，"愿菩萨保佑，我与沛林永不分离。"

地上的灰尘呛起来，他咳嗽了一声，伸手去握住她的手，她的手温软绵柔，她问："你怎么了，手这样冷？叫你穿大衣又不肯，扔在车上。"

他说："我不冷。"蹲身下去，替她掸尽旗袍下摆上的灰尘，方才直起身子说，"走吧。"

庙后是青石砌的平台，几间石砌的僧房早已经东倒西歪，破烂不堪，台阶下石缝里一株野菊花，开了小小几朵金黄，在风中苒弱摇曳，令人见而生怜。因为风大，她拥紧了大衣，他紧紧搂着她的腰，只听松风隆隆，寒意侵骨。她情不自禁向他偎去，他将她抱在怀中，她的发香幽幽，氤氲在他衣袖间。他低声说："静琬，有件事情我要和你商量。"

她仰起脸来看他："什么事？"忽觉一点冰凉落在脸上，零零星

177

星的雪霰子正落下来。她"啊"了一声："下雪了。"

稀稀落落的雪粒被风卷着打在身上，他在她鬓发上吻了一吻，山间风大，他的唇也是冰冷的。他说："时局不好，打完了颖军，我打算对昌郏宣战。"她轻轻地"啊"了一声，他说："你不要担心，虽然没有把握，可是我很有信心，只要北线稳固下来，昌郏只是迟早的问题。"她明知他的抱负，虽然担心不已，可是并不出言相劝，只转过脸去，看那雪无声地落在树叶间。

他说："对昌郏这一战……静琬……我希望暂时送你出国去，等局势平定一些，再接你回来。"

她不假思索地答："我不去，我要和你在一块儿。"

他的手冰冷，几乎没有什么温度："静琬，我知道你的意思，可是我放心不下你。你陪着我固然好，但我希望你让我安心。"

雪霰子细密有声，越来越密地敲打在枝叶间，打在人脸上微微生疼，他突然紧紧地搂住她："静琬，你答应我，给我一点时间，等局势一稳定下来，我马上接你回来。"

她心中万分不舍，明知今后他要面临的艰险，可是也许正如他所说，自己在军中总让他记挂，而自己平安了，或者可以让他放心。更何况……她的脸又微微一红，说："好吧，那我回家去。"

他才明白过来她说的"家"是指承州自己家中，见她一双澄若秋水般的眼眸望着自己，目光里的真切热烈却如一把刀，将他一刀一刀剐开凌迟着。他几乎是本能般要逃开这目光了："静琬，你回承州不太方便……到底没有正式过门，家里的情形你也知道，我不愿意委屈你。我叫人送你到扶桑去，等局势稍定，我马上就接你回来。"

她知道慕容府里是旧式人家，规矩多，是非也多，自己并未正式过门，前去承州到底不便。如果另行居住，是非更多，或者避往国外

178

反倒好些。左思右想，见他无限爱怜地凝望着自己，那样子几乎是贪恋得像要将她用目光刻下来一样，她纵有柔情万千，再舍不得让他为难，说："好吧，可是你要先答应我一桩事情。"

他心中一紧，脱口问："什么事情？"

她微笑道："今天你得唱首歌给我听。"

他嘴角微微上扬，那样子像是要微笑，可是眼里却只有一种凄惶的神色："我不会唱啊。"

她心中最柔软处划过一丝痛楚。他那样要强的一个人，竟掩不住别离在即的无望，此后万种艰险，自己所能做的，也不过是让他放心。她强颜欢笑，轻轻摇动他的手臂："我不管，你今天就得唱首歌我听。"

他听那雪声簌簌，直如敲在心上一样。只见她一双黑白分明的眸子，冽然倒映着自己的影子，微笑里唯有动人。让他想起很久很久以前，是暮春天气，满院都是飞絮，就像下雪一样。母亲已经病得十分厉害了，他去看她，那天她精神还好。南窗下无数杨花飞过，日影无声，一球球一团团，偶尔飘进窗内来。

屋子里唯有药香，只听见母亲不时地咳嗽两声，那时她已经很瘦了，连手指都瘦得纤长，温和地问他一些话。他从侍卫们那里学了一支小曲，唱给她听。她半靠在大枕上，含笑听他唱完，谁晓得，那是母亲第一回听他唱歌，也是最后一回。

过了这么多年，他再也没有为旁人唱过歌，他说："我是真不会唱。"

她却不依不饶："我都要走了，连这样小小一桩事情，你都不肯答应我？"

他见她虽然笑着，可是眼里终归是一种无助的惶恐，心下一软，终于笑道："你要我唱，我就唱吧。"

其时雪愈下愈大，如撒盐，如飞絮，风挟着雪花往两人身上扑来。他紧紧搂着她，仿佛想以自己的体温来替她抵御寒风。在她耳畔低声唱："沂山出来小马街，桃树对着柳树栽。郎栽桃树妹栽柳，小妹子，桃树不开柳树开。"寒风呼啸，直往人口中灌去，他的声音散在风里，"大河涨水浸石岩，石岩头上搭高台。站在高台望一望，小妹子，小妹子为哪样你不来……"

风声里，无数的雪花落着，天地间像是织成一道雪帘，他的声音渐渐低下去，只是紧紧地搂着她，静琬眼中泪光盈然，说道："你一定要早些派人去接我……到时候我……"一句话在嘴边打了个转，终究不忍临别前让他更生牵挂，只是说，"我等着你去接我"。

第三篇

冷月无声

【二十三】

静婉因为走时匆忙，只带了一些随身的行李，不过衣物之类。饶是如此，依旧由何叙安亲自率人护送，从阜顺挂了专列直赴轻车港，然后从轻车港乘了小火轮南下前去惠港换乘海轮。那海轮是外国公司的豪华邮轮，往返于惠港与扶桑之间，静婉一行人订了数间特别包间，随行的除了侍卫之外，还有慕容沣拍电报给承州家中，由四太太遣来的两名女佣。其中一个就是兰琴，她本来在承州时就曾侍候过静婉，人又机灵，自然诸事都十分妥当。

何叙安亲自去查看了房间，又安排了行李，最后才来见静婉。静婉因路上劳顿，略有倦意，坐在沙发上，看舷窗之外码头上熙熙攘攘，皆是来送亲友的人。她近来微微发福，略显珠圆玉润，此时穿了件暗菱花的黑青云霞缎旗袍，那黑色的缎子，越发衬出肤如凝脂，白皙如玉的脸庞上，一双眸子黑白分明，清冽照人。

何叙安素来镇定，此次不知为何，踌躇片刻，终于还是告诉了她："夫人，今天早上接到的电报，乾平已经克复了。"

静婉慢慢地"哦"了一声，像是渐渐地回过神来，也瞧不出是喜是忧，只是一种怅然的神色。

何叙安道："夫人请放心，六少一定有安排，不会委屈了夫人的家人。"

静婉心底苦涩，过了好一会子，才说："家严上了年纪，对于……对于我的任性……"她只说了半句，就再说不下去。

何叙安见她眼中隐约有泪光闪动，忙道："六少素来尊敬尹老先生，如今更不会薄待老先生。何况军纪严明，从来不会骚扰地方，夫人府上，更会给予特别的保护。"

静婉想到父亲脾气倔强，只怕他一年半载之内，绝不会原谅自己，而慕容沣既然攻克了乾平，自己的家人他肯定会命人特别关照，只怕父母不肯见情，反倒会闹僵。幸得自己就要出国去，不然自己随军与慕容沣同入乾平，更加令父亲难堪。只愿自己在国外住上数月，待父亲气消，再行相见。她这么一想，心事纷乱，只是愁肠百结。

何叙安道："夫人若有什么事情，请尽管吩咐叙安。叙安回去之后，必会一一转告六少。"

静婉摇一摇头："我也并没有什么事情，你只叫他不要担心我就是了。"

何叙安见她无甚吩咐，退出来之后，又将侍卫中领班的孙敬仪叫至一旁，密密地叮嘱了一番，直到邮轮开船前数分钟，方才向静婉告辞下船去。

因为天气晴好，邮轮走了两天，已经到了公海上。静婉因为有些晕船，而且近来身体不是很好，所以一多半的时间是在船舱的房间里休息。更因为慕容沣身居政要，身份显赫，所以静婉不爱抛头露面，怕在船上招惹麻烦。唯有到了黄昏时分，才由兰琴陪着，偶尔上甲板去散步。

到了第三天一早，大家刚吃过早饭，孙敬仪每天这个时候，都要来静琬房间中请示，看这一天有无特别的事情交代。刚刚说了两句话，忽听到船上广播，原来船上的蒸汽机出了故障，目前只能勉强行驶，要立刻返航。

孙敬仪听了这句话，不晓得为什么脸色就微微一变。静琬只觉得耽搁行程，见孙敬仪像是很焦急的样子，不由得笑道："这也是无可奈何的事，不要紧，如果不行，等回到惠港，我们搭美国那艘杰希卡号走是一样的。"

她并不知道孙敬仪的心事，只以为是担心安全或是其他。她此次出来，慕容沣给了她二十万元的旅费，又另外给了她十万元零花，以此之数，不论在国内还是在扶桑，已经可以置下相当豪富的产业了，因而作废数百元的船票，实在是不值一提。何况像这种情形，一般船务公司会给予赔偿，所以她丝毫未放在心上。

船自然减速慢了下来，在海上又走了四天，才返回惠港。船入码头立刻被拖去船坞进行检修，船上的客人由船务公司安排到旅馆住宿。像静琬这样头等舱特别包间的贵宾，特意安排到外国人开的惠港饭店。孙敬仪到了如今地步，只得硬着头皮，先随侍静琬到饭店里安置下来，立刻派人去向慕容沣发电报。

静琬在船上一个礼拜，差不多什么东西都没吃下去，精神已经是极差，在饭店里洗了一个热水澡，又安稳睡了一觉，第二天起来，真有一种神清气爽的感觉。吃过了午饭之后，就叫兰琴："饭店怎么没有送报纸来？咱们在海上漂了七天，真的像世外桃源似的，一点儿时事都不晓得了。"

兰琴听见她问报纸，心里不由得打了一个突，面上堆笑："我去问问西崽，是不是送漏了。"她借故走出来，马上就去找孙敬仪，谁知孙敬仪好容易要通了往乌池的长途电话，正讲电话去了，兰琴只得在他房间里等了一会儿。

静琬见兰琴去了十余分钟仍未回来，就对另一名使女小娟说："你去看看兰琴，若是今天的报纸没有就算了，叫她回来。"

小娟答应着去了，静琬一个人在屋子里，因为汽水管子烧得极暖，总让她觉得有点儿透不过气来，从窗子里望了望天色，拿了大衣穿了，走下去到花园里散步。

天气很冷，天空阴暗晦涩，乌沉沉的云压在半天里，低得仿佛随时要塌下来。北风虽然不大，可是又尖又利，往人身上卷过来，令人觉得寒意侵骨，她虽然穿了大衣，仍旧不由得打了个寒噤。

刚转过假山，看到小池畔有一张露椅，因为假山挡住了北风，这里很幽静，又很暖和。静琬见露椅上有一份报纸摊开铺在那里，于是随手拿起报纸，向露椅上拂拭了灰尘，正待要坐下去，忽见那报纸上所登头条，套着红色的标题印刷，格外醒目，那一行字清清楚楚地映入眼帘中来："慕容沣启事。"

她不由自主地看下去："中外诸友对于沛林家事，多有质询者，因未及遍复，特奉告如下：侍妾尹氏，随军之际权宜所纳，本无婚约，现已与沛林脱离关系。今沛林并无妻室，唯传闻失真，易生混惑，专此布告。"

她只觉得报纸上的字一个个都似浮动起来，耳中唯有尖锐的啸音，像是无数的声音冲撞进来，又像是成千上万只的黑鸟扇动着双翼向她直直地冲过来，四面都只剩了气流喤喤的回音。报纸从指尖滑落了下去，她的腿也像是突然失了知觉，只晓得木头一样地钉在那里，她紧紧攥着一样东西，那东西深深地硌到手心里，手心里这一丝疼痛终于唤醒她。

她仿佛噩梦醒来一样心悸，心像是被抽紧一样，只是一缩一缩，胸口处一阵阵往上涌着腥甜，她弯下腰去，体内最深处抽搐着剧痛，她的手无力地垂下去。这竟然不是噩梦，而是真的，她竟然没有半分力气挪动双腿，这一切竟是真的。身后粗粝的山石抵着她的背心，她恍惚地扶着那山石，才有气力站稳，摊开手心来，方知道自己紧紧攥着的是慕容洋留给自己的那块怀表，兀自嘀嗒嘀嗒地走着。

兰琴远远就看到她站在这里，三步两步赶上来："夫人，您怎么了？"

她紧紧抿着嘴，目光如同面前小池里的水面一样，浮着一层薄冰，散发出森冷的寒意："孙敬仪呢？叫他来见我。"

兰琴一眼瞥见地上扔的报纸，心不由得一紧，赔笑道："这里风大，夫人还是回房去叫孙侍卫来说话吧。"

静琬不言不语，任由她搀扶着自己回房间去，孙敬仪听到这个消息，真如五雷轰顶一样，只得硬着头皮来见她。

静琬并不责备他，语声极是轻微："如今你们六少在哪里？"

孙敬仪见事情败露，只得道："听说六少现在在乌池。"

乌池为永江以南最有名的大都会，乃是国内最繁华的城市，素有"天上琼楼，地上乌池"的美称。

静琬眼皮微微一跳："好，那我们也去乌池。"

孙敬仪说："夫人，六少乃是不得已。六少待夫人如何，夫人难道没有体会？"

静琬将脸微微一扬："他不得已，那么是谁逼着他？他登出这样的启事来，是为了什么？"

孙敬仪道："求夫人体恤六少，如今局势凶险，六少让夫人避居海外，也是怕夫人受烦扰。"

静琬嘴角微微上扬，竟似露出一丝微笑："那么你老实告诉我，他要娶谁？"她虽然像是笑着，那眼底隐约闪过的唯有一丝凄楚，更有一种绝望般的寒意。孙敬仪嗫嚅不语，静琬道："你不用替他再打掩护，他既登报申明与我脱离关系，颠倒黑白，视我们的婚姻为无物，如此撇清自己，难道不是为了另娶他人？"

孙敬仪支吾了半晌，才说："请夫人顾全大局。"

静琬冷笑一声，霍然起立，回手推开窗子："孙敬仪，事已至此，我尹静琬死也要死个明白，你若不让我去向慕容沣问个一清二楚，我告诉你，你防得了一时，防不了一世，我假若此时纵身一跃，你家六少未必不迁怒于你。"

孙敬仪方寸大乱，素知她性子耿烈，说到做到，而如果自己执意不让她去乌池，她激愤之下真的寻了短见，自己在慕容沣面前如何交代？这样一个棘手难题，左右为难，只得搓着手道："请夫人千万别起这样的念头，容敬仪去请示。"

静琬亦知没有慕容沣的命令，他断不敢让自己去见他，所以淡然道："那就去给你家六少挂电话，就说如今我只要见他一面，当面问个清楚明白，此后必然再不纠缠于他。"

慕容沣接到孙敬仪的电话，心里先是一沉，竟然有几分惊惧。可是转念一想，静琬既然已经知情，如果自己当面向她剖析利害，或者还有法子转圜，如果避而不见，她的性情刚烈，说不定真的会宁为玉碎，不为瓦全。他大为光火，急怒之下大骂孙敬仪无用，孙敬仪听着他的训斥，也只是垂头丧气。慕容沣虽然发了一顿脾气，最后还是说："既然她想要见我，你好生护送她回承州，我此间事一了结，马上赶回承州。"

他挂上电话之后，一腔怒火无处发作，随手抓起电话旁的烟灰缸，就往地上一掼。侍卫们见他大发雷霆，皆是屏息静气。

沈家平硬着头皮道："六少息怒，和程家约的时间已经差不多了，六少还是先换衣服吧。"

慕容沣怒道："换什么衣服，穿长衫难道见不了人吗？"

沈家平知道他的脾气，只得满脸堆笑道："今天有好几位女客，六少素来雅达……"慕容沣不耐烦再听他啰唆，起身去换西装。

程家在乌池置有产业，就在乌池的爱达路，前后都有大片的花园，以程氏先人的字命名为"稚园"，因为乌池冬季温暖，所以每至深秋初冬，程家便至乌池的稚园避寒。花园掩映着数幢西式的房子，其中有一幢精巧的西班牙式建筑，就是程家两位小姐日常在乌池所居。

程家最小的一位小姐程惜之才十五岁，正是贪玩的年纪。她蹑手蹑脚走到姐姐谨之的房间里，见谨之坐在法式的沙发榻上听外国广播，几本英文杂志抛在一旁，于是问："阿姊怎么还不换衣服啊？"

谨之没提防，被她吓了一跳："你这小东西，走路和猫儿似的。"

惜之笑嘻嘻地道："因为你在出神，才被我吓了一跳，难道你是在想着……"

谨之不容她说下去，就伸手去捏她的脸颊："你回国不过半个月，就将国人的恶习学到了。"

惜之道："我都没说完，是你自己对号入座。"

谨之微微一笑："我也没说什么恶习，你难道不是自己对号入座？"

惜之扮了个鬼脸，正欲说话，只听用人说："大少奶奶来了。"

程家虽然是新式的家庭，所有的少爷小姐全是在国外长大，可因为程氏主母去世得早，这位长嫂主持家务，所以几位弟妹都十分尊敬她。谨之与惜之皆站了起来，见大少奶奶进来，都笑着叫了声："大姐。"

原来程允之娶的是世交穆家的大小姐穆伊漾，因为两家有通家之谊，皆是从小一块儿长大，所以这位穆伊漾过门之后，程家的几个弟妹都没改过口来，仍旧叫她姐姐，反而亲切。

此时穆伊漾笑盈盈地道："守时是国王的美德，谨之怎么还没换衣服？"

谨之自幼在国外长大，本来就落落大方："我就穿这个不行吗？"她素来爱西式的洋装，此时穿了一件银色闪缎小福字的织锦旗袍，楚楚有致。

穆伊漾端详道："就这样也极好，我们谨之穿什么都好看。"

惜之陪着谨之，穆伊漾就先下楼去。程允之本来坐在楼下客厅里吸烟，他是西洋派的绅士，见着太太下楼，马上就将烟熄掉了，问："谨之准备好了吗？"

穆伊漾说："她就下来。"又道，"你这么热心，真叫人看不过去"。

程允之苦笑一声："太太，如今连你也这么说？外面的人都说我用妹妹去巴结慕容沣，我真是哭笑不得。"

穆伊漾道："我看你是从心里都快笑出来了，要不然慕容沣一来提亲，你就忙不迭地答应？"

程允之说道："我哪里有你形容的这样，我不过对他说，我们是新式的家庭，婚姻大事，还得看谨之自己的意思，是谨之自己点头同意，这件事情才算是确定下来啊。"

穆伊漾道："那还不是因为你劝谨之。"顿了顿轻声道，"反正这桩婚事，我持保留意见。"

程允之笑了一声："谨之又不傻，像这种如意郎君，天下哪儿找得出第二个来。除了家世差了一点儿，才干相貌年纪，样样都叫人无可挑剔……"

穆伊漾道：“得了，我知道你的意思，如今他平定了江北十六省，今后前途更是无可限量，他来向谨之求婚，你当然千肯万肯。我是替谨之着想，听说这个人颇多内宠，我怕到时委屈了谨之。”

程允之笑道：“你这是杞人忧天，谨之虽然不卑不亢，唯独要他做了一件事，这件事就够显出谨之的手段来了。”

穆伊漾道：“不就是让他登报与那位姓尹的夫人脱离关系吗？就是因为他答应谨之，肯发这样的启事，我才觉得寒心。姑且不论那位尹小姐是何身份，这位尹小姐就算不是糟糠之妻，只是随军之妾，但她随在军中，到底算是与他共患难，而且我听说这位尹小姐为了他离家去国，连后路都绝了，他这样薄幸，真令人齿寒。这样的男子，怎么能令人放心？”

程允之一时无法辩驳，只得道：“成大事焉能有妇人之仁，你这是妇人之见。”

穆伊漾道：“我们这样有情有义的妇人之见，比起你们无情无义成大事，自然是大有不同。”

程允之素来对自己的夫人颇有几分敬畏，听她如此说，怕惹她生气，笑道：“现在是民主的新社会，只要谨之自己觉得好，我们做兄长的，还能有什么说的呢？”

穆伊漾道：“谨之素来有大志，我倒不担心她会吃亏。唉，只是谨之年轻，此时想要的，未必就是她以后想要的。”

吃过晚餐之后，慕容沣与程氏兄妹们一块儿去国际饭店跳舞。谨之自中学时代就是女校的校花，像这样时髦的玩意自然十分精通，慕容沣也十分擅长，两个人自然吸引了舞池里许多人的目光。惜之坐在一旁喝果子露，对程信之说：“四哥你瞧，阿姊和慕容六少多么相配。”

程信之见着一对璧人翩翩如蝶，也不禁面露微笑。那一曲舞曲完了之后，慕容沣与程谨之并没有回座位上来，只见慕容沣引了程谨之走到露台上去了。他往国际饭店来，早有大队的侍卫穿了便衣随侍左右，此时那些便衣的侍卫，就有四个人跟随过去。两个人把住了往露台的门，另两个人则在走廊里踱来踱去，隔上片刻，就向露台上不住张望。

惜之见到这样的情形，忽然"扑哧"一笑，对穆伊漾说："大嫂，他们两个谈恋爱，后面偏偏总跟着人，只怕一句私房话都讲不成，阿姊一定觉得怪难为情的。"

程允之道："这有什么难为情的，真是小孩子不懂事。"

那西式的露台上，四面都是玻璃窗，因为时值初冬，窗子都关上了，汽水管子的暖气正上来，露台上的玫瑰一簇簇馥郁地绽放着。

谨之在沙发上坐下来，慕容沣随手折了一枝玫瑰，将它簪到她的发间去，她微笑着望着他："你今天晚上怎么有点心不在焉？"

他说："北线还没有停战，陆陆续续的战报过来，军情时好时坏，所以我想订婚仪式一结束，就立刻回承州去。"

谨之道："你有正事要忙，那也是应当。"她本来平常并不与他特别亲密，今天却像是寻常小女子一样，与他商量订婚时的各种细节。酒宴、衣服、宾客、礼物……种种不一而足。

慕容沣只得耐着性子听着。她因为在国外住了很多年，常常一时想不出中文词汇，脱口而出的英文说得反而更流利。她的国语微带南方口音，夹杂着英语娓娓道来，那声音甚是妩媚。因为她衣襟上用白金别针簪着一朵意大利兰，他一时突然恍惚，仿佛有茉莉的幽香袭人而来，可是明明是冬天里。

他回过神来，笑着对她说："只要你高兴，怎么样都行。"

谨之仍旧是微笑着："你这个人，不像是这样千依百顺的性格，两个人的订婚礼，你为什么说只要我高兴，你难道不高兴？"

慕容沣说："我自然高兴，难道我顺着你，你也不乐意？"

谨之不知为何，隐隐觉得有一丝失望，下意识转过脸去。露台之下就是最繁华的街道，靠着饭店这侧的路旁，停着一溜黑色的小汽车，一直排到街口去，皆是慕容沣带来的侍从车辆。饭店这附近的道路两侧，更是三步一岗，五步一哨，除了慕容沣带来的卫戍近侍，还有乌池市政警察局派出的大批警力。路上的闲人与寻常的车辆，早在街道那端就被拦阻在外，她见了这样无以复加的浩荡排场，不由自主就微笑起来："我当然乐意。"

虽然订婚礼双方从简，并没有大宴宾客，只是宴请了最密切的一些亲朋。但因为这联姻着实轰动，所以全国大小报纸，无一不以头版头条刊出消息，言道是"南北联姻"。

慕容沣乘了专机回承州，承州机场刚刚建起来不久，一切都是簇新的。他本来就不习惯坐飞机，下了飞机后脸色十分不好。何叙安来机场接他，先简明扼要地报告了北线的最新战局，慕容沣问过了一些军政大事，最后方问："夫人呢？"

何叙安怔了一下，才反应过来他是指静琬，于是道："夫人由孙敬仪护送，前天已经上了火车，明天下午就应该到承州。我已经叫人安排下住处，就在双井饭店。"

慕容沣道："不用另外安排什么住处，等她一到，就接她回家。"

他说的家，自然就是指大帅府。何叙安微微一惊，说："六少，只怕程家那方面知道了，不太好吧……"

慕容沣道："程家要我发的启事我也发了，可她到底是我的人，我总不能抛下她不管。"

何叙安道："六少，事情已到了如今地步，何苦功亏一篑？"

192

慕容沣本来脾气就不好，又旅途劳累，更兼一想到静琬，就有一种难以言喻的复杂感情，脸色一沉，陪他同机回来的朱举纶见机不对，叫了声："六少！"

慕容沣素来肯给这位半师半友三分薄面，强捺下性子："这是我的家事，诸位不必操心。"

朱举纶道："六少的家事，我们的确不宜干涉。可是事关与程氏的联姻，六少自然能明白轻重缓急。话说回来，程家要求启事中外，简直就是给六少下马威，咱们还点儿颜色给他们瞧瞧，倒也不妨。"顿了一顿，说道，"至于如何安置尹小姐，还请六少三思。"

【二十四】

静琬只迷迷糊糊蒙眬睡着了片刻，旋即又醒来。背心里有涔涔的冷汗，火车还在隆隆地行进，单调的铁轨发出咔嚓咔嚓的声音，她的手按在胸口上。车窗上垂着窗帘，她坐起来摸索着掀开窗帘，外面只是漆黑一片，什么都看不到。

兰琴就在她床对面的沙发上打盹，听到声音轻轻叫了声："夫人。"这个称呼异常刺耳，她慢慢地垂下手去，兰琴没有听到回应，以为她睡着了，便不再出声。她重新躺下去，在黑暗中睁大着双眼，那块怀表还放在枕畔，嘀嗒嘀嗒，每一声都像是重重地敲在她心上。这火车像是永远也走不出这沉沉的夜。

她蜷着身子，虽然有厚厚的被褥，仍旧觉到侵骨的寒意。夜色这样凝重，像是永远也等不到天明，火车沉闷的轰隆声就像从头上碾过去一样，皮肤一分一地发紧，紧得像绷着的一支箭，她不能去想那篇启事，一个字都不能去想。

侍妾尹氏……权宜所纳……他将她钉在这样的耻辱架上，他这样逼着她，几乎将她逼上绝路去。她从来没有这样恨过一个人，这恨如同万千虫蚁，在她心间啮噬，令她无法去思考任何问题。只有一个执意若狂的念头，她只要他亲口说一句话。

火车在黄昏时分抵达承州，天零零星星飘着小雪。雪寂寂无声地落在站台上，触地即融，水门汀湿漉漉的，一切都是湿漉漉的。几部汽车停在站台上，车上极薄的一层积雪，正不停地融成水淌下来。所有的旅客都暂时未被允许下车，他们这包厢的门提前打开，兰琴怕她滑倒，小心翼翼地伸手欲搀扶她，她推开兰琴的手，火车的铁扶梯冰而冷，森森的铁锈气，近乎血腥的气味。

数日来，她的嗓子里只有这种甜腻令人作呕的味道，似乎随时随地会反胃吐出来。何叙安亲自率人来接她，见她下车立即上前数步，神色依旧恭敬："夫人路上辛苦了，六少昨天才乘专机赶回来，此时正在下处等着您。"

她淡然答："不用口口声声地称呼我夫人，你们六少在各大报纸所刊启事，你难道不知道吗？"

何叙安碰了这样不软不硬一个钉子，仍旧微笑应了个"是"，亲自扶了车门，让静琬上车。汽车风驰电掣，进了城之后驶到一条僻静的斜街，转向一座极大的宅院，他们的汽车只按了一下喇叭，号房里就出来人开了大铁门，让他们将车一直驶进去。

那花园极大，汽车拐了好几个弯，才停在一幢洋楼前。何叙安下车替静琬开了车门。虽然是冬天，花园里高大的松柏苍翠欲滴，进口的草皮也仍旧绿茵茵如绒毯。她哪有心思看风景，何叙安含笑道："尹小姐看看这里可还合意？这是六少专门为尹小姐安排的住处，虽然时间仓促，可是花了不少心思。"

静琬只问："慕容沣呢？"

何叙安说："六少在楼上。"遂引着她走进楼中。一楼大客厅里四处都是金碧辉煌的装饰，落地窗全部垂着华丽的天鹅绒窗帘，用金色的流苏一一束起，法式古董家具，历经岁月的樱桃木泛着红润如玉的光泽，那沙发上都是堆金锦绣，地上厚厚的地毯直让人陷到脚踝，布置竟不比大帅府逊色多少。

何叙安有意道："六少说尹小姐喜欢法国家具，这样仓促的时间，我们很费了一点儿工夫才弄到。"静琬连眼角也不曾将那些富丽堂皇瞥上一眼，不待指引，直接上楼去。何叙安紧随在左后，轻声道："尹小姐有话好说，六少是情非得已。"

静琬回过头来，冷冷地瞥了他一眼。他本来还想再铺垫上几句话，此时觉得她目光一扫，竟似严霜玄冰一样令人不寒而栗，微微一凛，直觉此事不易善罢甘休，此时已经到了主卧室之外，他不便再跟随，止住了步子。

慕容沣心情烦躁，负手在那里踱着步子，只听外面的沈家平叫了声"六少"，静琬已经径直走进来，她数日未眠，一双大眼睛深深地陷进去，脸颊上泛着异样的潮红。她的身子在微微发抖，身上那件黑丝绒绣梅花旗袍的下摆如水波般轻漾。他嘴角微微一动，想说什么，可是什么话都说不出来。

静琬上前两步，将手中紧紧攥着的一纸文书往他脸上一摔，声音像是从齿缝间挤出："慕容沣！"

他伸手抓住那张纸，一瞥之下才知道是自己与她的婚书。他本能般伸手紧紧抓住她的右腕："静琬，你听我说。"

她并不挣扎，只是冷冷瞧着他。他睥睨天下，二十余年来都是予取予求，可是这么一刹那，他竟被她这目光刺痛了。他竟似有一种近

195

乎害怕的感觉，这前所未有的害怕，令他几乎要乱了方寸，她不哭也不闹，只是那样决绝地看着他，他早就想好的一篇话就在唇边，可是竟然说得那样艰难："静琬……你要体谅我。这件事是我对不住你，但我是爱你的，只是眼下不得已要顾全大局。我送你去扶桑，就是不想让你伤心。"

她唇边浮起一个凄厉的微笑："'侍妾尹氏，权宜所纳。'慕容沣，原来你就是这样爱我？"

他烦乱而不安："静琬，你不能不讲道理。我对你怎么样，你心里难道不清楚？你给我三五年时间，现在和程家联姻，乃是权宜之计，等我稳定了局面，我马上给你应有的名分。静琬，我说过，要将这天下送到你面前来。"

她全身都在发抖："你这样的天下我不稀罕，我只问你一句话，我们的婚约你如今矢口否认，是不是？"

他紧紧攥着那纸婚书，并不答话，她的手腕就在他的掌心，荏弱得似轻轻一捏就会碎掉："静琬，我只要你给我三五年时间，到时我一定离婚娶你。"

她将手抽回去，一分一分抽回去。唇边的笑意渐渐四散开来，那笑容渐次在脸上缓缓绽放开来，眼底掩不住那种凄厉的森冷："既然如此，六少，我祝你与程小姐白头偕老。"

她眼中的疏离令他从心底生出寒意来，他用力想将她搂入怀中："静琬。"她扬手就给了他一记耳光。他微微一动，终究是不避不躲，只听"啪"清脆一声，他的脸颊上缓缓浮起指痕。她这一掌几乎用尽了全身的力气，踉跄着向前扑去。

他紧紧扶住她的脸："静琬。"他的唇狂乱而热烈，劈头盖脸地落下来，她只有一种厌恶到极点的恶心，拼命地躲闪。他的力气大得惊人，她挣不开，情急之下用力在他唇上一咬，他吃痛之下终于抬起脸，她趁机向他颈中抓去，他只用一只手就压制住了她的双臂。她敌不过他的力气，他的呼吸喷在她脸上，她厌憎到了极点，只有一种翻江倒海似的反胃。屈膝用力向上一撞，他闷哼了一声，向旁边一闪。她的手触到了冰冷的东西，是他腰际皮带上的佩枪，她用尽全身的力气往外一抽，"咔嚓"一声打开了保险，对准了他。

他的身体僵在那里，她大口大口喘着气，胸口剧烈地起伏着。他反而镇定下来，慢慢地说："你今天就一枪打死我得了。静琬，我对不起你，可是我没法子放了你。"

她的眼泪哗哗地涌出来，模糊的泪光里他的脸遥远而陌生，从前的一切轰然倒塌，那样多的事情，那样多的从前，到了今天，千辛万苦，却原来都是枉然。他说过要爱她一生一世，一生一世那样久，竟然到了现在就止步不前。

他伸出手来，扶着她的枪口，一分一分往自己胸口移去，她的手指在发抖，他的手指按在她的手指上："你开枪，我们一了百了。"

汹涌的眼泪涌出来，她从来没有这样软弱过，她的嘴角在发抖，喉咙里像是有小刀在割，他的瞳仁里只有她的脸庞，依稀眷恋地看着她，索性将枪口又用力往前一扯："开枪！"

冰冷的眼泪淌下来，她哽咽："你这个混蛋，我有了你的孩子。"

他的身子一震，就像是一个晴天霹雳，近在耳畔，轰然击下。他的手一下子滑落，脸上迷惘得像是没有听懂，那眼里起初只有惊诧，渐渐浮起欣喜、爱怜、关切、哀伤、懊恼、迟疑……复杂得连他自己都不知道，自己这一刹那到底在想什么。他伸手握住那管枪，她的手上再没有半分力气，任由他将枪拿开去。他默默地看着她，她的眼泪不停地涌出来，她胡乱用手去拭，他试图替她去擦，她身子往后一缩：

"走开。"

他嘴角微动，终于还是默然往后退了一步，她只能听到自己细微的啜泣声，他迟疑地伸出手去，落在她剧烈颤抖的肩膀上。她的脸深深地埋在双臂间，仿佛唯有这种方式可以保护自己。

他心乱如麻，她的姿势仍旧是抗拒的，他强迫地将她揽入怀中。她挣扎着仰起满是泪痕的脸，目光里几乎是哀求了。她素来好强，从来没有这样瞧着他，他的心一软，那种细密的抽痛一波波袭来，如同蚕丝成茧，千丝万缕，一根根缠上来，缠得他透不过气来。

他从来没有这样的体会，他的骨肉血脉——她所孕育的他的孩子。这才是世上最要紧的，甚至比江山万里更要紧……他嘴角微微一动，几乎就要脱口答应她。他与她的孩子，他们共同血脉的延续，他的心里汩汩流淌的仿佛不是血，而是一把火，从此后她才是他的，完完全全都是他的。他们的一部分融在一起，此生此世都会在一起。

他的目光落在墙上的地图上，那用红色勾勒出的大片疆域，就是永江以南二十一省的无尽河山。就这么迟疑的一刹那，她已经尽看在眼里，她打了个寒噤，最后一丝希望便如风中残烛，微芒一闪，却兀自燃成了灰烬。她的整个人都似成了灰烬，室内的汽水管子烧得这样暖，她的全身也是冰冷的，再无一丝暖意。

她突然反应过来，起身就向门外奔去，刚刚奔出三四步，他已经追上来紧紧箍住她："静琬，你听我说，我不会委屈你和孩子。程谨之不过有个虚名，你先住在这里，等时机一到，我就接你回家去。"

她的身体发僵，几乎是费了全部的力气才转过脸来，舌头也像是发麻，她说得极慢，可是一字一句，极是清晰："慕容沣，假若你妄想金屋藏娇，那我现在就可以清楚地告诉你，如果我不是你堂堂正正的妻子，这个孩子我绝不会生下来。"

他额上的青筋一根根暴起老高，他的眼睛也像要噬人一样："你若是敢动我的孩子，我就叫你后悔一辈子。"

她的眼里恍惚闪过迷离的笑意，她的声音轻轻的，低微的，像是梦呓一样："一辈子……"窗外有轻微的风声，零星的雪花扑在玻璃上，瞬间融成小小的水珠。仿佛那日在山间，大片的落叶从头顶跌落下来，乱红如雨，无数的红叶纷纷扬扬地跌落下来，像是无数绞碎的红色绫罗。"宫叶满阶红不扫"，当时她念头只是一闪，忘了这句诗的出处。她紧紧地搂着他的颈子。他一步步上着台阶，每上一步就微微一晃，可是他宽广的肩背像是可以背负她直到永远，他说："我背着你一辈子。"

她想起那整首的长歌来，"在天愿作比翼鸟，在地愿为连理枝"，她忘了，最后一句原来是"天长地久有时尽，此恨绵绵无绝期"。她竟然忘了，忘了最后是这样一句。

脸上的泪还是冷的，她的心也是冷的，死灰一样的冷。"西宫南苑多秋草，宫叶满阶红不扫"，那样信誓旦旦的誓言，哪里抵得过时过境迁的满目疮痍？她的一颗心已经彻底地冷了，死了，"宛转蛾眉马前死"，她亦是死了，对他的一颗心，死了。

她鄙夷地看着他："你所谓的一辈子有多久，慕容六少？"

外面的雪变成了霰子，噼噼啪啪打在玻璃上，急而乱地迸开去，更多的雪霰子敲在窗上。她扑过去打开插销，森冷透骨的寒风呼一声扑在身上，直割得人脸上火辣辣地作痛。风挟着无数的雪粒子打在她身上，密急得令人窒息，四周都是迸开的雪，下面是深不可测的黑暗，无限诱惑着她。她未来得及向那无尽的黑暗投去，他已经扑上来抓住了她，将她从窗前拖开。她狂乱地咬在他手上，更重的血腥气涌入口中，他全身绷得紧紧的，可是无论如何就是不放手。温热的血顺着齿

199

间渗入，她再也无法忍受，别过脸去剧烈地呕吐着。

她本来就没吃什么东西，搜肠刮肚地呕吐，几乎连胆汁都要吐出来了。他的手垂着，血一滴滴落在地毯上，溅开一朵朵红色的小花。

她几乎将全身最后的力气都吐光了，喘息而无力地半伏半撑着身体，他用力将她的脸扳起，她的眼里只有绝望的恨意，他呼吸微微急促："尹静琬，你要是敢再做这样的事，我就叫你的全家人给你陪葬！"

她撑着身子的手在发抖，她的身体也在瑟瑟发抖，她紧紧咬着唇，几乎就要将自己的嘴唇咬破了。他大声地叫人，沈家平一早避得远远的，过了好一阵子才听见，赶忙过来。慕容沣向窗子一指："叫人将窗子全部钉死。"目光冷冷地扫过她，"给我看好她，她若少一根头发，我就唯你是问。"

沈家平见到这种情形，已经明白了几分，连声应"是"。慕容沣又转过脸来，冷冷地瞥了她一眼，掉头摔门而去，沈家平为难而迟疑地叫了声："夫人。"

静琬伏在那里，她的嘴角还有他的血，她伸出手来拭去，又一阵恶心翻上来，摸索着扶着床柱子，软弱得几乎站不起来。沈家平见状，觉得十分不便，便叫兰琴来将她扶起。她脸上还涸着不健康的潮红，可心里那种不闻不问的狂热已经隐退，她渐渐清醒过来。她做了傻事，她竟然将自己弄到如此不堪的地步。

兰琴打来水给她洗脸，她任由兰琴用滚烫的毛巾按在她额上。毛巾的热给她一点温暖，她用发抖的手接过毛巾去，慢慢地拭净脸上的泪痕。兰琴拿了粉盒与法国香膏来，说："还是扑一点粉吧，您的脸色这样不好。"

她无意识地看着镜子里自己的脸，眼睛已经深深地陷了下去，像是孤零零的鬼魂一样，更像是失了灵魂的空壳。她将那毛巾又重重地按在脸上，连最后一点热气都没有了，微凉的，湿重的。不，她绝不会就这样。

侍卫们已经拿了锤钉之类的东西进来，砰砰地钉着窗子。外面夜色深重，只听见北风如吼，雪嘶嘶地下着。

【二十五】

因为屋子里太暖，窗子玻璃上霜花融了水，一道道无声地淌下去。静琬睡在那里，身子都是僵的，她知道天是亮了，窗帘没有拉上，玻璃上都是水汽，朦朦胧胧看不清楚外面。

她模糊记得进来的路，房子前面都是花园，第二天才知道房子后面也是花园，西洋式修剪齐整的草坪，碎石小径两旁皆是整齐的行道树，雪在夜里就停了，天阴阴沉沉，风声湿而重。兰琴看她凝望窗外，连忙将窗帘放下来，说："小姐当心受凉，这窗缝里有风进来。"又赔笑说："这样枯坐着怪闷的，我开话匣子给小姐听好不好？"

静琬并不理睬，她自从被软禁于此后，总是懒怠说话，兰琴见她形容懒懒的，也是司空见惯，于是走过去开了无线电。

本来外国的音乐台，就是很热闹的一种气氛，可是因为这屋子里太安静，无线电里又正在播放歌剧，只叫人觉得嘈杂不堪。静琬一句也没听进去，沙发上放着沈家平特意找来给她解闷的几本英文杂志，她随手翻开一本。封底是洋酒的广告，一个洁白羽翼的安琪儿正浮在酒瓶上方，暗蓝的底色上，清晰地显出稚气无邪的脸庞。静琬看了这幅广告，不知为何心中一恸，眼泪又要涌出来。兰琴怕她生气，也不敢说话，恰好这个时候号房通报进来说："四太太来瞧小姐了。"

兰琴听了，真如遇上救星。四太太倒不是一个人来的，还有丫

201

头在后面捧着些东西，一进来就笑道："外面可真是冷，你这里倒暖和。"一边说，一边脱下藏獭皮大衣，兰琴忙上前帮忙接过大衣去。四太太里面不过穿了件烟蓝色织锦缎旗袍，越发显得那腰身不盈一握。

她笑盈盈地说："昨天才听说你回来了，所以我赶紧过来瞧瞧，若是少了什么，我叫人从家里拿来。"见静琬坐在那里，只是沉静不语，于是抚着她的头发说，"好孩子，我知道你是受了委屈，六少在气头上，所以行事不甚周全。你也得体谅他，他在外头有他的难处。"

静琬将脸一扭，并不理睬她，四太太笑道，"瞧你，又耍小孩子脾气了不是？"叫过兰琴来，问起静琬的饮食起居，又絮絮地说了许多话，才告辞而去。

四太太因为静琬这样冷淡的态度，无从劝起，所以又过了几天，就和慕容三小姐一道来。这几日来，静琬情绪像是渐渐稳定了一些。而且当时在陶府里颇住了一段日子，三小姐从来待她很客气，所以看到三小姐来，还是出于礼貌站起来，不卑不亢称呼了一句"陶太太"。

三小姐"哎哟"了一声，笑道："怎么这样见外？还是和原先一样，叫我一声三姐吧。"执着她的手说，"早想着来看你，听说你一直病着，又怕你不耐烦，近来可好了些？"

静琬勉强含糊了一声，三小姐说："说你总不爱吃饭，这怎么行？有身子的人，饮食最要紧了。我记得你最爱吃我们厨子做的清蒸鲥鱼，所以今天特意带了他来，早早已经到厨房去做蒸鲥鱼了。"

四太太问："冰天雪地的，上哪儿弄的鲥鱼？"

三小姐笑道："这就是有人痴心了，一听见我说静琬爱吃蒸鲥鱼，马上派了专机空运回来。"

四太太啧啧了两声，说："那这条鱼何止千金，简直要价值万金了。"正说着话，外面已经收拾了餐桌，厨房送上数样精致的菜肴，其中果然有热气腾腾的蒸鲥鱼。

三小姐不由分说，牵了静琬的手，硬是让她在餐桌前坐下来。那鲥鱼上本盖着鳞，早就用线细细地穿好了的。一见她们坐定，侍立一侧的下手厨子迅速地将线一拎，将鱼鳞全部揭去了。

四太太说："你们闻闻，真是香，连我都觉得饿了。"

静琬淡淡笑了一声："来是鲥鱼去是鲞，这个时节的鲥鱼，还有什么吃头。"

四太太笑道："现在吃鲥鱼自然不是时节，可是这鱼来得不易，有人巴巴地动了专机，多少给他点面子，尝上一筷子吧。"一面说，一面拿了象牙箸，夹了一块放到静琬碗中。

就算不视她为长辈，她到底也年长，静琬不便给她脸色瞧，只得勉强将鱼肉吃下去。兰琴早盛了一碗米饭来，四太太与三小姐陪着说些闲话，静琬不知不觉，就将一碗饭吃完了。喝过茶又讲了一会儿话，三小姐就说："就咱们也怪闷的，不如来打牌吧。"

四太太笑道："可真正是三缺一，就打电话叫六少来吧，咱们三个人做顶轿子抬他，赢个东道也好。"

静琬将脸色一沉，说："我累了，要休息了。"

四太太笑道："床头吵架床尾和，你真正气他一辈子不成？再过几个月，他也是当父亲的人了，你也给他点面子嘛。"

静琬淡淡地说："他若来了，我是绝不会坐在这里的。"

三小姐哧地一笑，说："你呀，净说这样的气话。"

她们两个人尽管这样说，可是不敢勉强她，四太太就说："不如叫姝凝来吧。"见静琬并不作声，于是打电话叫赵姝凝来。

静琬虽然淡淡的，可是一个人在屋子里，时光最难打发，和她们打了四圈牌，很快就到吃晚饭的时候了。四太太最会察言观色，见静

203

婉虽然略有倦色，并无厌憎之意，才略放下心来。她们一起吃了晚饭，因为换了厨子，又有几样地道的南方菜，静婉也有了一点胃口。静婉本来与姝凝就谈得来，吃过饭后，又坐了好一会儿，她们才走。

就这样隔不了几天，她们总是过来陪着静婉，有时是四太太来，有时是三小姐来，有时是赵姝凝来，有时两人一块儿，有时三人都来，打上几圈牌，说些家常闲话。静婉神色间仍是淡淡的，但较之以前的不理不睬已经要好上许多。

一转眼就到了腊月里，这天下着大雪，四太太忙于年下琐事，只有姝凝独个儿来看静婉。静婉因见姝凝穿着一件玄狐皮大衣，问："又下雪了吗？"

姝凝说："刚开始下，瞧这样子，只怕几天都不会停。"

静婉说："昨天风刮了一夜，我听着呜呜咽咽的，总也睡不着。"

姝凝说："我瞧你一天也只睡六七个钟头，这么下去怎么好？"

静婉恍惚地一笑，说："还能怎么样呢，最坏不过是个死罢了。"

姝凝说："怎么又说这样的话，叫六哥听到，又要难受半晌。"她一提到慕容沣，静婉就不再答话，姝凝自悔失言，于是岔开话："姨娘叫我来问，这几天想吃什么，想要什么，只管说了，姨娘打发人去安排。"

静婉轻轻地摇一摇头，问："你失眠的毛病，是怎么治的？"

姝凝道："我是吃西药，大夫给开的一种安神助眠的丸子。"

静婉说："我这几天实在睡不好，你给我一颗试试好不好？"

姝凝迟疑了一下，说："你现在不能乱吃药吧。"

静婉说："那你替我问问大夫，看我能吃什么药。"又说，"别告诉六少，省得他兴师动众，生出许多事来。"

姝凝听了这句话，不晓得为什么，抬起眼来凝望着她。静婉眼里只有一种坦然，仿佛了然于胸，又仿佛淡定自若，眼眸晶莹而分明，瞳仁里唯有她的倒影。

姝凝回去之后，辗转不安了好几天，几次见到慕容沣，想要告诉他，最后不知为何，终究将话咽了下去。她打电话问过医生，最后去看静琬时，还是只给了她半颗药，说："医生说虽然没有什么危害，但最好不要吃，就算吃，也只用一半的剂量。"

静琬"嗯"了一声，随手将那裹着半颗药的纸包收在妆台抽屉里，说："如果实在睡不着，我再吃它。"

姝凝虽然问过大夫，因为隐约猜到一两分，心里害怕，一直惴惴不安。陪她坐了一会儿，慕容沣就来了。静琬见到他向来没有好脸色，脸色一沉，就说："我要睡了。"

姝凝忙道："那我改天再来看你吧。"

她走了之后，静琬径直就回房间去，随手就关门，慕容沣抢上一步，差点儿卡住了手，到底还是将门推开了，笑着问："怎么今天这么早睡觉？"

静琬见没能将他关在外头，于是不理不睬，自顾自上床躺下，慕容沣坐在床边，说："生气对孩子不好，难道你不知道吗？"静琬哼了一声，转过身去。慕容沣说："你看你瘦的，这背上都能见着骨头了。"他伸出手去，便欲摸她的肩。

她早有防备，身子向里一缩，冷冷地道："走开。"

慕容沣见她声气像是又动了怒，笑道："好，好，我走，你别生气，好好休息要紧。"

他话虽然这样说，人却并没有动弹。静琬许久听不到动静，以为他已经走了，翻身回头一看，他正凝视着自己。她的眼中浮起薄冰样的寒意。

他说："我知道你恼我，事已至此，就算是我不对，你总不能恼我一辈子。"

静琬一直不肯搭理他，回过头去，继续拿脊背对着他。她最近消瘦许多，窄窄的肩头，更叫人怜意顿生。

他说："你想不想见见家里人，我叫人去接你母亲来陪你，好不好？"

她恍若未闻，一动不动地躺在那里，眼泪顺着眼角滑下去，枕头是月白缎子，并不吸水，眼泪冰冷地贴在脸颊上。母亲……她哪里还有半分颜面见母亲，小孩子的时候，在外面稍稍受了一点委屈，就可以扑回母亲怀中放声大哭。如今她哪里有脸去见母亲？几乎用尽了全身的力气，才忍住不哭出声来。她的肩头微微颤抖，他的手终于落下来："静琬？"

她的身子在发抖，极力不让自己哭出声来，只用力甩脱他的手，他胆子大了一些："静琬……"

她举手一扬，想要格开他的手臂，终究敌不过他的力气，她的胸口剧烈地起伏着，脸上犹有泪痕，眼里却只有决然的恨意。他的眼里有一丝恍惚，情不自禁地以手指抚上她的唇。她推攘不动，急促地呼吸着，他用力揽她入怀，她情急之下又张口欲往他手臂上咬去。他牢牢扶住了她的脸，不让她咬到自己，哈哈大笑："你如今怎么像小狗一样，动辄就咬人？"

她挣扎着拳打脚踢，他也并不闪避，她重重一拳击在他下巴上，反将自己的手撞得生疼，他捉住她的双手，说："好了好了，出气了就算了，当心伤着咱们的孩子。"

静琬怒目相向："谁跟你生孩子！"

慕容沣笑逐颜开："当然是你啊。"

静琬精疲力竭，只是狠狠地瞪着他："不要脸！"

慕容沣收敛了笑容，慢慢地说："静琬，我对不住你。无论你怎么样骂我，恼我，我都认了。"

静琬本来眉头蹙在一起，满脸都是狼藉的泪痕，她胡乱用手去拭了一下，他要替她去拭，她不许。他执意扶牢了她的脸，她用尽力气一根根掰开他的手指，刚掰开一根，另一根又重新牢牢地握住。怎么样都是徒劳，她真的要哭出来了。

他说："静琬，你就看在孩子的面子上，原谅我这一回，好不好？"

她咬着，踢着，打着，所有的方式并不能令他放开她，唇齿间他的气息，熟悉又陌生到了顶点。她曾经唯一拥有，而后永远失去的一切……这样浓烈灼热，初次的相遇，他就是这样吻着她。直到最后她呼吸窘迫，双颊都泛起潮红，他终于放开她。

他们两个人呼吸都是紊乱的，她的眼睛因为泪光而晶莹，她本来是抗拒地抵着他的胸口，现在只是紧紧揪着他衣襟。他竟然不敢动弹，只怕自己最细微的动作，也会令她突然放手。他竟然害怕起来，台灯的纱罩是粉红色的，电灯的光映出来就是淡淡的粉色，她脸色本来是苍白的，在这样的灯光下，仿佛有了一点血色……她像是突然打了个寒噤，一下子撒开手去。

他心中一搐，最深处有一种绝望般的害怕，他竟然不敢去握她的手。她像一只受伤的小兽，蜷在床最里面的角落里，声音低而微："你走。"他欲语又止，她疲倦地合上眼睛，"我累了，我要睡了。"

四下里都很安静，静得连窗外的风声都听得到，她自己的一颗心也在那里跳着，又快又急，每一次收缩，都是一阵刺痛，仿佛那里堵着什么东西一样难过。每一次心跳，就能牵起隐隐的痛。

外面有拘谨的敲门声，沈家平的声音传了进来："六少。"

他问："什么事？"

沈家平隔着门说："外面雪下大了，路上又开始在结冰，六少若是不回大帅府，就在这边休息的话，我就先叫司机将车停到车库去。"

他下意识转过脸去看静琬，她已经闭上眼睛，浓而密的睫毛像是蝴蝶的一双翅，在灯下投下微影。几缕乱发垂在脸畔，那脸颊上的泪痕仍清晰可见。他心中百味杂陈，一时也说不出是怜是爱，还是一种歉疚与隐忧。最后只是长长叹了口气，走过去开了门，对沈家平说："走吧。"

【二十六】

自从这天后，他每天必然都要过来看静琬。

转眼到了二十三过小年。这天一直飘着零零星星的小雪，家家户户过年的爆竹声远远传来。大帅府中自然有团圆家宴，待得酒宴散时，已经是晚上十点钟了。沈家平原本预备慕容沣不再出去了，没想到慕容沣仍旧叫他安排汽车。路上已经结了一层薄冰，极是难走，短短一点路程，汽车走了差不多半个钟头才到。

静琬这里静悄悄的，楼下连一个人也没有。慕容沣上楼之后，进了起居室才看到兰琴坐在壁炉前织围巾。

兰琴见着他十分意外："六少？"

慕容沣问："静琬呢？"

兰琴说："小姐一个人吃了饭，孤零零地坐了一会儿，我怕她又伤心，早早就劝她去睡了。"

慕容沣听说静琬睡了，放轻脚步走进卧室里，一眼就见到床上并没有人。转脸才看见静琬抱膝坐在窗台上，怔怔望着窗外出神。

他心中一酸，说："怎么坐在那里？当心着凉。"静琬听到他的声音，不易觉察地微微一震，却坐在那里并没有动弹。

慕容沣看到窗台上搁着一只水晶酒杯，里面还有小半杯酒，静琬的脸颊带着一种不健康的绯红。

他说："真是胡闹，谁给你的酒？你现在怎么能喝洋酒！"

她眼底有迷蒙的水汽，嘴角却微向上扬："我自己在隔壁找到的。"

隔壁是间小的会客室，里面陈列了许多洋酒。他看酒瓶里只浅了一点下去，才微微放下心来。

她的声音低而微："你听，外面还在放爆竹。"

稀稀落落的鞭炮声早就安静了下去，夜色寂静得只听到呼呼的风声。他说："你喝醉了。"

她"嗯"了一声，抬起头来，鬓发微松，许多纷扬的短发都垂了下来，她也懒得伸手掠起来。

他问："你晚上吃的什么？"

她笑起来："今天是小年夜，应该吃团圆饭，我一个人吃的团圆饭。"她这样的笑容，却比哭更叫人看了难过。

他说："都是我不好，我应该早点过来陪你。"

她淡淡地道："六少这么说，我怎么敢当。"

他说："静琬……"她将脸一扭，重新望着窗外，窗外透出的一点光，照着纷纷落下的雪花，更远处就是深渊一样的黑暗。

他温言问："我叫厨房弄点儿点心来，我陪你吃好不好？"

她将下巴搁在手臂上，并不作声，他于是按铃叫人进来，吩咐厨房去准备宵夜。

厨房很快就弄好了送来，慕容沣素喜面食，静琬这一阵子胃口又弱，所以厨房准备了清汤细面，蒸了一盘热气腾腾的象眼馒头，还配了四样小菜，一碟冬笋炒火腿丝，一碟雪里蕻，一碟鸡脯丝拌黄瓜，

209

一碟卤汁豆腐干。

慕容沣晚上吃的家宴，自然是罗列山珍海味，那些鲍翅之类都是很浓腻的，看到这几样清爽的小菜，笑着说："我也饿了，我给你盛面条好不好？"说着拿起筷子，为她挑了一碗面条在碗里，又将鸡汤浇上些，说，"仔细烫"。

他这样殷勤，静婉倒似是若有所动，终于接过面去，默不作声挑了几根，慢慢吃着。慕容沣见她脸色渐渐平和，心中欢喜，说："雪夜吃这样热气腾腾的东西，方觉得好。"又说，"这样的时候，应该温一点黄酒来喝"。

餐桌旁搁着静婉没喝完的半杯洋酒，她伸手将杯子轻轻一推："你要是不嫌弃，凑合着喝这个得了。"

他听她语气平静，倒是连日来极难得的温和，于是接过杯子去，说："我当然不嫌弃。"

一口气就将那杯洋酒喝完了，静婉见他喝得极快，瞥了他一眼："不是在家里喝了酒来的，还这样？"

他笑着说："你给的酒，就算是毒药，我也要一口吞了啊。"

他本来就是薄醺，这杯酒又喝得急了，心突突地跳着，只见她微垂着头，露出雪白的后颈，真如凝脂一样白腻，情不自禁伸手去摸了一摸，静婉将他的手拨开："吃饭就吃饭，动手动脚的做什么？"

他心里高兴，也不多说，拿过酒瓶，替自己又斟了一杯。静婉呷着面汤，看他喝完之后又去斟酒，忍不住放下面碗说："你回头要是喝醉了，不许借酒装疯。"

他突然将酒杯往桌上一撂，不由分说将她打横抱起，不待她惊呼出声，已经低头吻住她。他的气息喷在她的脸上，浓烈的酒香，夹着烟草的甘洌，唇齿间的缠绵令她有一刹那的恍惚，紧接着就是令人窒

210

息的强取豪夺。

她的背已经抵在柔软的床褥上，他急促的呼吸令她有一丝慌乱，他的脸是滚烫的，贴在她的颈子间，肋下的扣子已经让他解开了好几颗，她用力去推他："当心孩子……"他停下了动作，却将身子往下一滑，将脸贴在她的小腹上。她素性怕痒，忍不住推他："做什么，不许胡闹。"

他说："我在听孩子说话。"

她怔了一下，才在他肩上捶了一下："胡说八道。"

他正色道："是真的，连孩子都在说，妈，别生爸爸的气了。"静琬哼了一声，并不接口，他的脸上只有温和的宁静："你说，我们的孩子，会长得像我还是像你？"

静琬心中如被狠狠地剜了一刀，只差要落下泪来。

只听他说："如果是个儿子，长大了我要将他放在军队里，好好地磨炼，将来必成大器。"

静琬再也忍不住，只是紧紧攥着身下的床单，硬生生将眼泪咽下去。他的声音低低的，因为贴在她的身躯上，嗡嗡的听不真切："如果是个女孩子，最好长得像你一样，那样才好。五姐比我只大三个月，我四五岁的时候，有次在院子里瞧见爹将她驮在肩上摘石榴花，羡慕得不得了，就不懂得，为什么爹老打我，却对姐姐那样好。现在想想才觉得，女儿有多叫人心疼，等到后年端午节，我们的女儿已经满了周岁，我也能驮着她摘花了……"

她的声音根本不像是自己的："后年端午节……"

他哧地笑了一声，并没有抬起头来，声音仍旧很低："有点傻气吧，我自己也觉得傻气，可是自从知道你怀孕，我老在想咱们的孩子会是什么样子。"停了一停，声音更加低下去，如同梦呓一样："静

211

琬，我对不住你。我从来没有求过人，可是这回我求你，你恼我恨我，我都认了，我只求你，别恼这孩子。"

她的身体剧烈地颤抖着，像是再也无力承受这一切，她说不出话来，只拼命地咬着自己的唇，仿佛只有借由肉体上的痛楚，才能压制心里的痛楚。

他的脸隔着衣衫，温柔地贴在她的小腹上，过了好久好久，才抬起头来。她从来没有见过他如此温柔的凝睇，她心中凄楚难言，只是不愿再面对他这目光，本能般闭上眼睛。

他的吻，轻柔而迟疑，落在她的嘴角，耳畔似有山间的风声。他背着她拾级而上，青石板的山石阶弯弯曲曲从林间一路向上，她紧紧地搂在他颈中，头顶上是一树一树火红的叶子，像是无数的火炬在半空中燃着，又像是春天的花，明媚鲜艳地红着。天色晦暗阴沉，仿佛要下雨了，铅色的云低得似要压下来。他一步步上着台阶，每上一步，都微微地晃动，但他的背宽广平实，可以让她就这样依靠。

她问："你从前背过谁没有？"

他说："没有啊，今天可是头一次。"

她将他搂得更紧些："那你要背我一辈子。"

有蝶翅一样温柔的轻触，每一次碰触，像是燃起明媚的花瓣，一朵朵绽放开来……往事盛开在记忆里，一幕幕地闪回。那些依稀的往事，飘零缤纷，无声地凋谢。唯有他的脸庞，是火热滚烫的，贴在她的心口，紧紧的，从里面迸发出心跳的声音。"扑通扑通扑通"，一声比一声更急促。她的长发纠缠在他的指间，他的唇纠缠在她脸颈之间，无数的雪花在窗外无声坠落。

她往无尽的虚空里坠去，紧紧抓着他的肩，四面只有轻微的风声从耳畔掠过，她如同雪花一样，无穷无尽地只是向下落着，没有尽头，没有方向。他是火热的焰，每一处都是软化的，又都是坚硬的。他既在掠夺，又在给予，她粉身碎骨地融化了，又被他硬生生重新塑捏出来，可是烙上最深最重他的印记，永不能磨灭。雪越下越大，风扑在窗上，簌簌作响。

到了凌晨两三点钟的光景，雪下得越发紧密了，窗帘并没有拉上，外面皑皑的白光映入室内，如同月色清辉。

睡着之后，他的手臂渐渐发沉，静琬慢慢地将他的手臂移开，然后缓缓侧过身子向着他，他睡得正沉，呼吸均匀，额头的碎发垂着，如同孩子一样。

她轻轻叫了一声："沛林。"见他没有醒来，她又轻轻叫了他两声，最后大着胆子凑在他耳畔叫了一声："六少。"他仍旧沉沉睡着，一动未动。她蓦然有些害怕，她曾在英文杂志上看到说镇静剂不能与酒同服，可是研在酒里半颗药应该是不要紧的吧，她迟疑地伸出手去，按在他胸口上。他的心跳缓慢而有力，她慢慢地收回手去。

她听得到自己的呼吸，轻而浅，揭开被子，赤足踏在地板上，冰冷的感觉令她本能地微微一缩，她穿好睡衣，随手拿了绣花的丝绵晨衣披在外面。他的外套胡乱搭在椅背上，她回头看了一眼慕容沣，他仍旧睡得极沉，她伸手去衣袋里摸索，并没有找到她要的东西，她又搜了另一侧的衣袋，也没有。

衬衣扔在地板上，她轻手轻脚走过去拎起来，那衬衣口袋有一沓软绵绵的东西。她掏出来，借着雪光一看，原来是花花绿绿厚厚的一沓现钞。她将钱攥在手里，突然想起他的外套里面有暗袋，于是拿起那衣服来，仔细地摸了摸，果然从暗袋里搜出一个精巧的玳瑁盒子，打开来一看，里面是那枚小小的田黄石印章。

213

她走到梳妆台前，从暗格里抽出一张事先写好的短笺，她原来曾仿过他的字，潦草写来，几可乱真："兹有刘府女眷一名，特批准通行，各关卡一律予以放行。"她向着那枚印章轻轻呵了口气，钤在那笺上，然后仍旧将印章放回他衣袋里，蹑手蹑脚走过去打开衣柜，她已经有三个多月的身孕，腰身渐变，一件织锦旗袍竟然穿不得了。她不敢耽搁太久，只好胡乱寻了件衣服换上，然后穿上大衣，将钱与特别通行证都放到大衣口袋里。

她慢慢转动门锁，因为慕容沣今晚睡在这里，外面的岗哨临时撤掉了，走廊尽头是侍卫们的值班室，因为避嫌所以将门关着。有灯光从门缝中漏出来，她屏息静气地侧耳倾听，寂静一片，无声无息，只听得到她自己的心跳，又快又急。

她迟疑地回过头去，借着雪光模糊看见他一动不动地睡在床上，他总爱伏着睡，胳膊犹虚虚地拢在那里，仿佛要拢住什么十分要紧的东西，走廊里的光疏疏地漏进几缕，而她隐在深深的黑暗里。

他的脸庞是遥远的、模糊不清的，陷在枕间，看不真切。她终于回过头去，蹑手蹑脚走出去，然后轻轻地阖上门。走廊里铺的都是厚地毯，她一双软缎鞋，悄无声息就下得楼去。客厅里空旷旷的，值班的侍卫都在西侧走廊的小房间里，可那是出去的必经之地。她心里犹如揣着一面小鼓，砰砰响个不停，侍卫们说话的声音嗡嗡的，她放轻了脚步，大着胆子迈出一步。

两名侍卫背对着她，还有一名正低头拨着火盆里的炭，她三步并作两步，几步就跨过去，重新隐入黑暗中。她的一颗心跳得像要从胸腔里蹦出来，隔着一重门，外面的风声尖利，近得就像在耳畔一样，她竟然就这样闯过来了。

她从口袋里取出那管唇膏，涂抹了一些在门轴上，油脂润滑，门无声无息就被她打开窄窄一条缝隙，她闪身出去。寒风夹着雪花扑在身上，她打了一个激灵，无数的雪花撞在她脸上，她勉强分辨着方向，顺着积满雪的冬青树篱，一直往前走。

缎子鞋已经被雪浸透了，每走一步，脚底都像被刀割一样。这痛楚令她麻木地加快步子，越走越快，越走越快，最后只是向前奔去。无数雪花从天落下，漫漫无穷无尽，每一步落下，积雪"嚓"一声轻响，而她只是跌跌撞撞向前奔去，留下身后一列歪歪扭扭的足迹，清晰得令人心惊肉跳。她的整个身体都已经冻得麻木而僵硬，最深重的寒冷从体内一直透出来，前方亦是无穷无尽的皑皑白雪，仿佛永远也不能走到尽头。

那堵灰色的高墙终于出现在面前，墙头插的碎玻璃在清冷的雪光下反射出锐利的光芒，她极力睁大了眼睛，虽然是后门，这里也设了一间号房，有灯光从窗间透出来，照着门上挂着的一把大大的铜制西洋锁。

她从头上取下发针，插进锁眼里，十指早就冻得僵了，她从来没有做过这样的事，左扭右扭，那把锁仍旧纹丝不动。她的心跳得越来越快，指上一使劲，只听"咔嚓"一声，发针已经折断了，一下子戳在她指上，吃痛之下她本能地将手一甩，不想打在那门上，"咚"的一响。

号房里有人在说话，接着有人在开门，她连忙退开几步，情急之下身子一缩，慌忙无措，只好躲到冬青树后去，有人提着马灯走出来了，她从冬青的枝丫间看着那人走到门边，提灯仔细照了照锁，忽然又放低了灯，照着地面。她的心一下一下像撞在胸腔上，那人看了看地面，提着马灯慢慢走向冬青树。

她极力地屏住呼吸，可是耳中只有自己的心跳声，扑通扑通扑通，一下比一下大声，一下比一下更急促，无限扩大开去，像是天地间唯有她的一颗心在那里狂乱地跳着。马灯越来越近，越来越近，那人终于一步跨过树篱，马灯蓦然燃在她面前。

她再也支持不住，无力地坐倒在雪地里，四周都是彻骨的寒冷，地狱一样的寒冷。那人看着她，眼底只有惊骇，马灯的那圈光晕里，无数的雪花正飞落下来，绵绵的雪隔在她与他之间，无声无息地坠落。

她像是只瑟瑟发抖的小兽，茫然而无助。一朵茸茸的雪花落在她的睫毛上，盈盈地颤抖着。她绝望地看着他，嘴唇微微地哆嗦，那声音轻微得几乎连她自己都听不清："严大哥。"

他的身子也不由得微微发抖，风挟着雪花，往他身上扑去，清冷的雪光里，清晰瞧见她一双眸子。他忽然想起那日在山道上，日落西山，余晖如金，照得她一双明眸如同水晶一样，比那绚丽的晚霞更要熠熠生辉。就如同在昨日一般，可如今这眼里只有无穷无尽的哀愁与绝望。

风割在脸上，如刀子一样，他的心里狠狠一搐，突然咬了咬牙，将她一把拽起来，他的眼里闪烁着奇异的光彩，她不知道他要拿自己怎么样，只是惊恐万分地盯着他。

号房里有人在大声嚷："严队长，有什么动静没有？没有就快回来，这风跟刀子似的，不怕冻破你的皮。"

他回头答应："我撒泡尿就回来。"一边说一边去衣下摸索，静琬正待要逃开，忽见他抽出的竟是钥匙。

屋子里的人高声说："仔细尿到一半就冻成冰凌子，回头撅你一跟头。"

屋里另一个人哈哈大笑起来，严世昌轻手轻脚地开锁，一边高声骂道："你们两个再胡说八道，看我进来不拿那火炭塞住你们的嘴。"

他将门推开，往外左右一望，外面是黑沉沉的夜，寂静得如同古墓。静琬早就呆在了那里，他将她用力往外一推，她回过头来，他用力一挥手，示意她快走。她眼里含着泪，他已经迅速将门关上。

外面黑沉沉的一片，雪如搓棉扯絮一样，绵绵不绝地落着，她跌跌撞撞向前走去，四面只是呼啸的风声，她不知道自己要往哪里去，只知道要尽快逃离，脚下每一步都是虚的，积雪的声音令她崩溃，发针取下后长发纷乱地垂在肩上，她跌跌撞撞发足往前奔去，长发在风里纠缠着，无数的寒冷夹杂着雪花裹上来。

北风灌到口中，麻木的钝痛顺着气管延伸下去，这寒冷一直呛到胸口去。她听得到自己的呼吸声，越来越吃力，小腹传来隐约的抽痛，她冷得连知觉都快要丧失了，她挣扎着，只是要逃去，去到他力不能及的地方。

【二十七】

朱举纶接到电话，已经是早上七八点钟的样子。当值的私人秘书汪子京十分焦虑："尹小姐昨天夜里走掉了，六少现在大发雷霆，开销了当值的全部侍卫，连沈队长都吃了挂落，到现在还在追查是谁放了人，只怕要出事。"

朱举纶连忙道："我马上过来。"

大雪下了一夜，到天明时分方才停了，路上都是一尺来厚的积雪，汽车辗上去咯吱作响，速度走不快。等朱举纶赶到时，远远就看到洋楼前停着三四部小汽车，像是黑色的甲虫卧在雪中。那洋楼西侧正北风口子上，分两排站着二十余个卫戍近侍。雪虽停了，朔风正寒，他们又在风口上站着，许多人已经冻得脸色铁青，身子摇摇欲坠，兀自

217

咬牙强忍着保持僵直的站姿。朱举纶瞧在眼里，不由得眉头微微一蹙。

他走到客厅里，只见几位私人秘书垂手站在那里，慕容沣坐在沙发上，虽然看不出什么怒容来，朱举纶却知道已经发过一顿脾气了。

汪子京欠身向前，正在向慕容沣低声说什么，只听慕容沣高声道："冻死他们才好，全都是无用的饭桶！"

汪子京碰了这样一个钉子，一抬头看到朱举纶进来，忙满脸堆笑，说："朱先生来了。"

慕容沣见到朱举纶，面无表情欠了欠身，算是打过招呼。朱举纶倒是拱了拱手："六少好。"他坐了下来，慢条斯理地说，"程家的专列明天就该到了，帅府里虽然已经准备得差不多了，但许多事我等不敢做主，还要请六少示下。"

慕容沣本来就不耐烦，说："婚礼的事你们安排就好了，难不成还要我去操心？"

朱举纶道："婚姻乃人生大事，六少的婚事，更是非同小可，恕朱某不便专擅。"顿了一顿，说："当日大帅一病，立刻就不能说话，连一句后事都未曾交代，朱某在床前侍疾，大帅只狠命地盯着我，用尽了最后的力气才举手伸出拇指与小指。所以在大帅灵前，朱某就曾对六少说，某虽不才，但绝不敢辜负大帅临终所托。大帅一生的抱负，六少是最清楚不过的。六少自主事以来，决断有为，想必大帅泉下有知，亦感宽慰。今日如何反而为了一介女子，危及大事？"

慕容沣默不作声，朱举纶又说："尹小姐怀有身孕，所以六少才如此情急，此乃人之常情，我等自然可以体谅。但不知六少是否想过，如果程家知道六少为了尹小姐大动干戈，会作何反应？程小姐既然要求六少登报声明与尹小姐脱离干系，摆明了并无容人的雅量。所以朱某觉得，六少不必声张，一切由朱某去安排，保管能够将尹小姐寻回来。可是有一条，望六少能答应我——尹小姐回来之后，请六少送她去罗阳暂住一段日子，等孩子出生之后，再接她回来。"

慕容沣心中突突乱跳，说："她性子刚烈，我只怕她想不开……"他自从怒火渐息，便忧虑如狂，此刻脱口说了出来，那朱举纶到底是外人，所以他话说到一半，又咽了回去。

朱举纶是何样的人才，立刻接口道："凭她如何刚烈，也不过是个女人，六少的骨肉，也是她的骨肉，母子自有天性，六少请放心，她绝不忍心做出伤天害理的事情来。"

朱举纶便以婚期临近，保证婚礼期间承州治安为理由，将承州驻防的治安官陆次云叫了来，命令他封锁水陆交通，彻查城中的大小饭店、旅馆。

陆次云本是慕容宸的亲信出身，与朱举纶是老相与了。听了朱举纶的一番叮嘱，迟疑着说道："封锁搜查都不难办，可是眼下城门已经开了几个小时了，火车也有好几列发了车，只怕来不及了。"

朱举纶道："大隐隐于朝，尹小姐素来是个聪明人，未必此时就急着出城。我已经叫人给诸省的治安长官拍发密电，你这里先安排下去，以免有失。"

陆次云连声答应，立刻就去办理。

朱举纶返身回来时，因为沈家平被停职，副队长舒东绪正向慕容沣报告："严世昌承认是他开后门放尹小姐走的，说都是他一时糊涂，请六少饶过其他人。"

慕容沣冷冷地说："一个都不饶，全打发去松北驻防。"松北在最北端的边境线上，最是寒苦。

舒东绪问："那严世昌呢？"

慕容沣怒道："这种目无军法胆大包天的东西，还留着做什么？"

朱举纶在旁边听着，就说："这大年下，又正办喜事，六少饶他一命吧。"

慕容沣心情烦乱："那就关到扈子口去。"

朱举纶还有公事先回大帅府去，在车上已见沿途开始设立关卡，街市之间加派了警察与巡逻，好在战时气氛紧张，城中居民司空见惯，丝毫不以为奇。只是治安队素来不比承军的嫡系，在地方上横行霸道惯了，难免滋扰得鸡飞狗跳。一直到了腊月二十七，已经是婚礼的吉期，因为要维持地方治安，连同卫戍近侍也全部派了出来。

程允之与程信之送了妹妹乘专列北上，两天前就到了承州，包下了整个圣堡饭店。所以到了婚礼这天，从新人住的圣堡饭店，一路岗哨放到大帅府去，名副其实的三步一岗，五步一哨。正街上早就肃清了行人，看热闹的人，都被赶到斜街窄巷去，个个引颈张望。

陆次云一早忙出了满头大汗，安排各处的保安事宜，吉时是早晨九点，慕容沣亲自将程谨之迎进帅府，鞭炮声四面轰响，比雷声都要惊天动地，连门口军乐队的奏乐都全压了下去。门口的汽车，一溜停到了三条街之外。那一种繁华热闹，不仅街旁的老百姓瞠目结舌，连承军中的将领，也觉得富贵到了极致。

等到下午三四点钟的光景，陆次云连声音都说得嘶哑了，恨不得生出三头六臂，忽然一名副官过来报告："陆司令，有人报告说，治安队在城南一间小旅馆里查获一个人，形迹十分可疑，冒充是刘府家眷。"

陆次云正忙得没有办法，兼之听说只是冒充刘府家眷，不以为意："你去处理，统统先关押起来，等过两天再审。"

那副官答应一声，转头就去告诉手下："将那女人先关起来。"

陆次云忽然又叫住他："慢着，那女人多大年纪，长什么样子？"

那副官道："听说大概有二十来岁。"

陆次云正待说话，那边又有人报告说最近的街口处看热闹的人太多，拥挤得岗哨难以维持。他着急怕出事，要立刻出去查看，百忙中回头对那副官说："先关起来再说。"

静琬昏昏沉沉的，像是小时候发着高热，睡在床上，母亲叫人去煎药了，四周都是柔软的黑，独独剩了她一个，帐顶是黑洞洞的，那些绣花挨挨挤挤，一直挤到眼前，簇拥得叫人透不过气来。

没有人在，惶然得想要大哭。她定一定神，天花板是拿旧报纸糊的，一大摊一大摊漏雨的黄色污渍。身上冷一阵热一阵，她本能地缩成一团蜷在那里。板结的被子搭在身上，一点温度也没有。

几日来她一直投宿在小旅馆里，除了火炕，屋子里只生着一只炉子，炉上的大铜壶里水烧开了，哧哧地腾起淡白的蒸汽，她挣扎着起来，给自己倒了一杯开水想暖一暖手，外面一阵接一阵的鞭炮声，噼噼啪啪地此起彼伏，比大年夜还要热闹。

茶房替她端着煎好的药进来，本来是个快嘴的伙计，刚去瞧了热闹，更是憋不住话："哎呀，你没眼福，今天六少结婚，满街的人和车，那跟着花车护送的，足足有几十部汽车，看不到头也望不见尾。我在这承州城里，从来没见过这么齐整的车队，走了半天也没看到走完，真是好大的排场。"

她的手止不住地发颤，大颗的冷汗沁出来，出走那晚风雪交加，受了风寒之后，她一直发着高烧，最后还是茶房替她请了位中医郎中来。几服药吃下去，烧并没有退，每天身上总是滚烫的，嘴上因为发热而起了皮，皮肤煎灼一样地痛，似要一寸一寸地龟裂开来。

她一口气将药喝下去，那一种苦，直苦到五脏六腑全都要渗透，存在胃里只是难受，不到一个钟头，到底搜肠刮肚全都吐了出来。正在难过的时候，只听前面一阵喧哗，紧接着听见茶房嚷："查房了，查房了。"

她心中一紧，四五个治安队的士兵已经一拥而入，闯到天井里来了。她平常所见的承军中人，大都是些高级将领，除了偶露出些霸气，在她面前，总是以礼相待，除此之外所见皆是卫戍近侍。而这几个人，虽穿着治安队的制服，却是一脸的匪气，挎着枪斜睨着眼睛，只在众房客中瞄来瞄去。

她心里知道不好，于是先将一把零钱握在手里，待得一名士兵走过来，便塞到他手里去，堆出一脸的笑："大哥，麻烦多关照些。"

那人接了钱在手里，轻轻一掂，倒没有说什么。旁边一个老兵侉子，却眉开眼笑："大姑娘嘴头真甜，跟抹了蜜似的，再叫一声哥哥我听听。"一边说，一边就凑上前来。

静琬心中慌乱，只见他满口的牙叫大烟熏得漆黑，那腥臭的口气直扑到脸上，心中一阵恶心，忍不住就要作呕。可是她一整天工夫只吃了半碗面条，刚才又全吐了出来，弯着腰只呕出些清水。

那人伸手就来拉扯："大姑娘怎么啦？难不成病了？哥哥我给你瞧一瞧，包管你的病就好了。"

静琬病中无力，哪里挣得脱去，她何曾受过这样的折辱，只觉得气怒交加，又羞又忿，直欲要晕过去。另几个人见同袍毛手毛脚占她便宜，只是笑嘻嘻在旁边起哄："大姑娘笑一个，别绷着脸啊。"

静琬又气又急，见他一只手竟向自己胸口摸来，情急之下未及多想，本能将手一扬挡过去，不想那老兵侉子一步正凑上来，未曾提防，只听"啪"一声，竟被她扇了重重一记耳光。承军军纪虽严，可是那些老兵侉子作威作福惯了，哪料到这样一个弱女子竟敢出手反抗。那三四个人都是一怔，被她打的那人更是恼羞成怒，一脚就踹过来："他妈的找死。"

静琬躲闪不及，被他一脚正踹在小腹上，"啊"了一声，只觉得剧痛难耐，如万箭相攒，整个人一下子往后跌去，紧紧抓着门扇方未倒下，剧痛一波波袭来，两眼望去只是白花花一片。那几个人笑着逼近前来，她额上只有涔涔的冷汗，咬一咬牙："我是刘师长的亲戚。"

那老兵侉子怔了一怔，嗤笑一声："扯你娘的蛋！你是刘师长的亲戚，我还是刘师长他亲大爷呢！"另几个只是哈哈大笑。

静琬痛得几乎连话都说不出来，一手按在小腹上，另一只手紧紧抓着门扇。她明知如果拿出特别通行证来，只怕自己的行踪就会被人知道。可是眼下情势紧迫，只得挣扎着喘了一口气，取出那张短笺，拿发抖的手指递过去。

那人并不识字，随手递给同伴："老李，你念念。"

那老李接在手里念道："兹有刘府女眷一名，特批准通行，各关卡一律予以放行……"目光所及，已经扫见后面钤着朱红一枚小章，正是"沛林"两个篆字。那老李因为粗通文墨，原本曾在营部当差，军中凡是秘密的文书往来，慕容沣总在其后钤私印，所以他识得这印章，吓得一大跳，本能"啪"一声立正，举手行了个礼。

静琬痛得满头大汗，只觉得一波波地天旋地转，靠在那里，微微喘着气，可是每一次呼吸，几乎都要牵出腹中的阵痛。那几个人面面相觑，互相看了两眼，不晓得该如何收场。她几乎要哭出来："给我滚。"

那几个人如蒙大赦，逃也般退出去了。旅馆里的其他客人，都像瞧着怪物一样瞧着她，还是茶房胆子大，上来搀了她一把。她走回屋子里去，牙齿已经将嘴唇深深咬了一个印子，她全身的重量几乎都要压在那茶房的手臂上，那茶房见她身体不住发抖，只怕出事，心里也十分害怕。她抽了一张钞票给那茶房，说："这钱是房钱，劳驾你给我找一部洋车来，余下的你收着。"

那茶房本来见她孤身一个弱女，又一直病着，十分可怜，接了钱在手里，答应着就去帮她叫车，车还没有叫来，那几个治安队的士兵忽然又去而复返，一见了她就厉声命令："将通行证交出来。"

她情知不好，腹中如刀剜一样，疼得她连说话的力气都没有。那老李已经一把夺了通行证，说："这定然是假的无疑，刘师长的家眷，怎么会住在这种地方？我看你定然是混进城来的奸细。"

静琬死死用手按住小腹，那冷汗顺着鬓角一滴滴滑落，只觉得他说话的声音，一会儿远，一会儿近，连他们的脸也看不清楚了。

那几个人已经如狼似虎一般欺上来，不由分说，将她推攘了出去。她虚弱已极，只得任由他们将自己带到治安公所去，方踏进公所大门，再也支持不住，晕了过去。

先前被她打了一掌的那人骂骂咧咧踢了她一脚："臭娘儿们真会装死！"这一脚正踢在她肋下，她轻轻哼了一声，痛醒过来。

只听旁边有人说："陆司令说了，先关起来再说。"然后脑后一阵剧痛，被人扯着头发拎了起来。另外一个人在她背心里用力一推，她踉跄着向前走去，那人将她攮进监房，"咣当"一声锁上了门。

【二十八】

大帅府中因为办喜事，连各处树木都挂满了彩旗，装点得十分漂亮。礼堂之后本来有一座戏台，因为地方不够大，所以干脆搭起临时的彩棚，然后牵了暖气管子进来，彩棚四周围了数百盆怒放的牡丹花，那棚中暖气正起，春意融融，花香夹着衣香鬓影，在戏台上的丝竹悠扬声里，名副其实的花团锦簇。

慕容三小姐瞧见慕容沣的私人秘书王道义在外面一晃，于是向他招一招手，王道义满脸堆笑，问："三小姐有什么吩咐？"

慕容三小姐说："今天卢玉双也来了，你得给我一个面子，将她的戏往后压一压。"

王道义"啊呀"了一声，道："三小姐只管叫她唱就是了，怎么还特意地这样说。"

三小姐笑道："你是戏提调嘛，我当然要跟你说一声，好叫你心里有数。"

王道义笑道："三小姐这样说，可真要折死我了。三小姐既然开了口，就将卢老板的戏排到倒数第二去，成不成？"

只听戏台之上的梅妃正唱道："展鸾笺不由得寸心如剪，想前时陪欢宴何等缠绵。论深情似不应藕丝轻断，难道说未秋风团扇先捐……"

三小姐忍不住笑道："这是哪个外行点的戏？"

王道义赔笑道："前头的戏，都是拣各人拿手。听说纪老板最拿手的就是这《梅妃》，刘司令点了这出，他是大老粗，只图这青衣唱得好，哪里懂得什么。"

三小姐听他这样说，笑了一声，禁不住回头遥遥望了慕容沣一眼。

慕容沣人虽然坐在那里，却连一句戏也没听进去，只是觉得心神不宁，勉强耐着性子坐了一会儿，起身就去换衣服。他一出来，舒东绪自然也跟着出来了。慕容沣换了衣服出来，并没有接着去听戏，而是径直往后走去。

后面有一幢小楼，是他平常办公的地方，现在这里静悄悄的。他在小会客厅的沙发上坐下来，摸了摸口袋，舒东绪连忙将烟盒子打开递给他一支，又替他点上。

他拿着那香烟，却一口都没有吸，看那烟燃着，沉默了好一会子，才问："还没有消息来？"

舒东绪摇了摇头，说："没听说什么，说不定尹小姐早就出城走了。"

慕容沣并没有再说话，坐了一会儿，又起身踱了两步，最后立住脚说："我这会子心神不定的，总觉得要出事。你去告诉陆次云，这件事他务必要尽心尽力，绝不能有半点差池。"遥遥听见前面戏台上锵锵的锣鼓声，他心情烦躁，随手将烟拧熄了："昨天闹了大半夜，今天又得唱到半夜去，真是烦人。"

到了晚上十点钟以后，戏码一出更比一出精彩，等到最后的《大登殿》，魏霜河的薛平贵、卢玉双的代战公主、纪玉眉的王宝钏，三大名角聚于一台。魏霜河只亮了一个相，方未开腔，台下已经是掌声如雷，喝起门帘彩来。

程允之本来在国外多年，平日连电影都是看外文的，坐了这么大半天工夫，只觉得枯燥无味。可是看台下满满的客人，都是津津有味的样子，便用法文轻声向程信之道："他们家真是守旧的作风，但愿露易莎可以适应。"

露易莎乃是程谨之的西文名字，他们说西语的时候，总是这样称呼。

程信之亦用法文作答："露易莎一定会尝试改变这种作风，她向来是有主见的，并且不吝于冒险。"他们两个说的虽然是法语，仍旧将声音放到很低，所以周围的客人并没有留意。

正在这个时候，一名侍卫走过来对程信之说："程先生，外面有人找您。"程信之以为是自己的司机，起身就去了。

过不一会儿，他就去而复返，低声依旧用法文对程允之道："大

226

哥，我出去一趟。"

程允之说："戏已经要结束了，再坐一会儿我跟你一块儿走。"

程信之道："一个朋友出了点事，我得去看看。"

程允之微觉诧异："你在承州有什么朋友？"

程信之微微一笑，说："是朋友的朋友，所以大哥你不知道。"

程允之抬起手腕看了看表，说："已经快三点钟了，什么朋友值得你三更半夜地去奔走？"

程信之道："是露易莎的一个朋友，原来是赶来参加婚礼的，谁知突然得了急病，今天这样大喜的日子，不方便叫露易莎知道，我先替她去照看一下。"

程允之听他这样说，只得由他去了。程信之走出来，他的汽车停在大帅府西面的街上，他上车之后，吩咐司机："去治安公所，快！"

他素来脾气平和，司机听他语气虽然从容镇定，可是竟然破天荒地说了个"快"字，不由得觉得定是十万火急的大事，将油门一踩，加快了车速，直向治安公所驶去。只一会儿工夫，就将他送到了公所大门前。

程信之见公所门前亦有背枪的岗哨，另外有个穿制服的精瘦汉子，却在那墙下黑影里等着，一见到他下车，连忙迎上来，问："是程四爷吗？"

程信之很少被人这样称呼，只点了点头。那人上上下下将他打量了一番，见他气度过人，一见便知是位华贵公子，终于松了口气，低声道："四爷——条子是我托人捎去的，四爷想必已经看了，麻烦四爷将条子还给我。"

程信之就将那三指来宽的纸条还给了他。他接过去之后，三下两下就扯得粉碎，笑容可掬地说："咱是粗人，丑话说在前头，虽然那位小姐给了我不少钱，可这事儿泄出去，那我是要掉饭碗的。反正我也不认识您，您就当这是趟买卖。"程信之点了点头，那人道，"四爷请随我来。"

那公所之内的走廊又窄又长，一股潮气霉气扑鼻而来。两旁的监室里，黑洞洞的，只隐约看见关满了人。不时听到呻吟之声，走廊尽头突然传来一声惨叫，紧接着就听到有人骂骂咧咧。

程信之只觉得毛骨悚然，脸上却不动声色："你们这种买卖真不错，不愁没生意上门。"

那人一笑，说道："四爷真会说笑话，今天抓进来十几人，个个都没有沾他们半分油水。我瞧着那位小姐可怜，才问了她一声。她病得哼哼唧唧的，半天才说可以找您程四爷。我派人去饭店里也没寻见您的人，最后才打听到您去吃酒席了。得，我好人做到底，帮她这一回。"

拐过弯去是间小小的屋子，里面点着一盏很小的电灯，光线晦暗。屋子里一个人本坐在桌边喝酒，看他们进来才不声不响地站起来。

那精瘦汉子转脸问："四爷，钱都带来了吗？"

程信之从身上掏出一沓钞票，说："五百块，你点一点。"又抽了一张钞票放在上面，"这五十块钱，两位拿去喝杯酒"。

那精瘦汉子"哟嗬"了一声，笑嘻嘻地说："那谢过四爷。"将嘴角一努，那人就从墙上取了一串钥匙出去了。过了一会儿，搀着一个瘦弱的女子进来。电灯下照着那女子苍白的一张脸，程信之迟疑了一下，那女子已轻轻叫了一声："程先生……"话音未落，人已经摇摇欲坠地往前扑去。

程信之未及多想，抢上一步搀住她，只觉得一个温软无比的身子伏过来，他心中怦怦直跳。那精瘦汉子说："准是吓着了，我来。"伸手狠命地在她人中穴上掐了一记，她果然慢慢醒转，眼皮微微一跳，吃力地睁开来。

程信之觉得此地实在不便久留，于是轻轻扶住她的胳膊："我们先出去再说。"

她连说话的力气都没有，任由他搀了自己往外走，那精瘦汉子送到走廊外面，拱了拱手："恕我不送了，凭谁来问我，我没见过二位，二位也从来没见过我。咱们后会无期。"

等上了汽车之后，程信之才叫了一声："尹小姐。"

静琬的眼泪唰地全涌出来，可是面前这个人，几乎是陌生人，举起手来忙忙地去拭泪。

程信之取出自己的手帕，伸手递给她。她迟疑着接过去，手帕很干净，一滴眼泪滚落在上头，瞬间就不见了，更大一滴眼泪落下来，接着又是一滴……路灯在车窗外跳过，一颗颗像溢彩的流星划过。

他的脸隐在黑暗里，她虚弱得奄奄一息，他问："尹小姐？"

腹中隐约的抽痛再次传来，她从来没有这样害怕过。颤抖着回过头去，空阔无人的街道，只有他们的汽车驶着。她哆嗦着低声说："谢谢你，可我实在没有法子，才想到了你。就在前面放我下车，如果……如果到时被他知道……"

程信之的声音低沉，传到耳中有一种说不出的熨帖之感："不会有人说出去的，司机是我从壅南连车一块儿带过来的，十分可靠。治安公所的人一定不知道你的身份，否则绝不会这样轻易放了你出来。即使以后他们知道了，也绝不敢说出来——若是被六少知道本来关住了你，又放了你走，只怕他们个个会掉脑袋，所以他们一定不会说。哪怕上头的治安长官略知一二，同样害怕六少追究责任，一样会瞒下去。"

他三言两句就清晰明了地道出利害关系，静琬不由自主生出了一种希望，轻轻地咬一咬牙："请你帮助我——为了程小姐，请你

229

帮助我。"

黑暗里她的眼睛如星子般璀璨，幽幽散发着骇人的光芒，仿佛是绝望，可更像是一种无可理喻的执狂。他竟一时说不出话来，过了片刻，方才道："尹小姐，我会尽我所能来帮助你。"

他性格虽然温和，行事却极利落。首先回饭店去，给相熟的友人挂了个电话，只说有位远亲远道而来参加婚礼，得了急病需要静养，马上就借了一处宅子，立刻送了静琬过去。

那房子是二进二出的小宅院，只有一对老夫妻在那里看房子，因为日常洒扫，一切家具又都是现成的，所以取了铺盖出来，立刻就安排好了。程信之见那卧室虽小，但窗子都关得紧紧的，并不漏风。墙上用白纸糊得很干净，天花板上也并无蛛网之类的灰吊子。虽然屋子里只摆了一个白漆木床，但铺盖都是簇新的。那看房子的老妈子提了炉子进来，一会儿工夫屋子里就十分暖和了。

静琬到现在一口气才似松懈下来，只觉得腹中剧痛难耐，整个人都没了支撑似的，扶着那床架子，慢慢地坐了下去。

程信之见她的脸在灯光下半分血色也无，不由得道："尹小姐是不是哪里不舒服，要不要请个大夫来看看？"

静琬慢慢地摇头："我就是累了。"

程信之说："这里简陋了一些，可是很安全，尹小姐先休息，万一我明天来不了，也一定会派人来。我对他们说你姓林，是我母亲那边的表亲。"

她一双眸子在灯光下依旧盈盈若秋水，轻声说："程先生，谢谢你。"

程信之微觉歉疚，道："我并非古道热肠的君子。"

静琬嘴角却微微上扬，露出一丝凄然的笑容："你肯这么老实地说出来，已经是君子了。"她转过脸去，只听窗外北风呼啸，似乎一直要刮得人心底都生出无望的寒意来。

程信之走后，程允之一个人坐在那里听戏，更是无聊，戏台上的一段西皮唱完，许多人站起来拍着巴掌拼命叫好。他一转过脸去，正巧瞧见一名侍卫匆匆过来，对舒东绪耳语了好一阵工夫，舒东绪立刻弯下腰去，凑在慕容沣耳畔低声说了两句什么。只见慕容沣脸色微变，霍然起立，转身就往外走。

他这么一走，侍卫们自然前呼后拥地尾随而去，宾客们不由得纷纷侧目。何叙安抢上几步，低声相询，慕容沣连脚步都未放慢，还是舒东绪对何叙安匆匆说了一句什么，就几步追上去，紧紧跟着慕容沣走出去了。

何叙安含笑回过头来，说："大家不用担心，只是友邦派了一位重要的代表来祝贺，专列这个时候才赶到，六少亲自去迎接了，请大家继续听戏。"

宾客们不由得嗡嗡地议论，有人说是俄国派来的特使，有人说是扶桑来的特使，因为戏台上正唱到紧要处，过一会儿，所有人的注意力又差不多回到了戏文上。

慕容沣一直出了穿厅，才对舒东绪说："拿来我瞧。"

舒东绪递上那张短笺，他接过去，那字迹仿得有七八分像，乍然一看，竟十分类似他的亲笔。再一看后头的印章，不由得紧紧捏着那张纸："一定是她，这印是真的，定是她趁我不备偷盖的，她仿过我的字，除了她，再没旁人。"

舒东绪道："陆司令说虽然是个年轻女子，可是模样并不十分像尹小姐。"

慕容沣十分干脆地说："叫他们将车开出来，我去治安公所。"

舒东绪并不作声，慕容沣怒道，"聋了不成？快去要车！"

舒东绪道："不如先叫人去看看，如果真是，再安排车去接也不迟。"慕容沣嘴角一沉，转身就往大门外走。舒东绪着了急，几步追上去，说："已经三点钟了，六少，这样晚了，今天是您大喜，洞房花烛夜……"

慕容沣回过头来，狠狠地道："你他妈给我闭嘴。"

舒东绪见他大发雷霆，只好立刻派人去要车，一边派人去告诉何叙安。

何叙安知道了之后，"咳"了一声，叫过一名女仆，细细地叮嘱她一番，叫她先到后面去告诉程谨之。

程谨之听到前面堂会散了，宾客渐去，喧哗的声音渐渐地静下去，而画堂之上一对红烛，也已经燃去了大半。正在隐约疑惑时，一名女仆走来，满脸堆笑地说："前面的何秘书叫我来告诉夫人，六少临时有紧急的军务要处理，所以会晚一点进来。"

谨之"哦"了一声，因为看桌上的合卺酒，伸手摸了摸壶身，已经是触手冰冷，于是说："那将这酒再拿去温一温吧。"自有人答应着去了，她重新坐下来，但见艳艳红烛，焰光跳跃，那玫瑰紫色的窗帘之上，映出自己的影子，却是孤孤单单的一个。

因为有路灯，车窗玻璃上映出影子，慕容沣心绪烦乱，只望着车窗外出神。承州取消了宵禁，可是这样三更半夜，路上什么行人都没有，唯有他们的汽车呼啸而过。不一会儿工夫就已经到了治安公所，陆次云早就赶了过来，慕容沣一见他就问："人呢？"

陆次云道："在这边办公室里。"引着慕容沣走过短短一个过道，推开了门。

慕容沨眼见一个女子面向里垂首而坐，穿着一件松香色棉旗袍，瘦削的双肩孱弱得似不堪一击，他的心骤然一紧，脱口叫了声："静琬。"

那女子闻声回过头来，却是全然陌生的一张脸，他一颗心直直地落下去，只是失望到了顶点，窗外北风呜咽，那寒意一直渗到心底最深处去。

【二十九】

本来客人散时，已经是三点钟光景，冬天夜长，到七点钟时天还是灰蒙蒙的。程谨之虽然受的是西式教育，可是天底下没有新娘子睡懒觉的道理，何况慕容沨一直到现在还没有回来，她和衣睡了两三个钟头，就起床了。

侍候她的木莲是她从壅南带来的，见她起来，忙替她放好洗脸水，预备好牙膏。她洗漱之后，照例要花两个钟头梳头化妆。因为今天是过门头一天，特意穿了一件霞影色织锦旗袍，梳了中式的发髻，发髻之中横绾一支如意钗。她的更衣室里，四面都镶满了镜子，方在那两面镜子之间，看前影后影，忽然听到外面说："六少回来了。"

木莲手里还拿着一面小镜子，替她照着后面的发型，她仔细地端详了一番，确实上上下下一丝不苟处处妥帖了，方才走出去。

慕容沨已经换过了衣裳，本来昨天穿的是大礼服，后来换的长衫也极华丽，今天穿了戎装，别有一种英挺的俊朗。她见他神色倦怠，有一种说不出的憔悴之色，不由得问："出了什么事吗？"

慕容沨勉强笑了笑，道："没什么事，就是昨天酒喝多了，直闹到快六点钟，我想还是不要进来吵醒你了，所以才在外面打了个盹。"程谨之微笑不语，慕容沨就说，"怎么这么早就起来呢？其实还可以

233

睡一会儿。"

程谨之说："再过一会儿客人就要来了。"

慕容沨虽然和她讲着话，但总有点心神不属的样子。恰好这个时候门外人影一晃，紧接着似是舒东绪在外头咳嗽了一声。因为他不方便进来，程谨之知道定然是有事，果然慕容沨对她说："我在楼下等你吃早饭。"匆匆忙忙就走出去了。

程谨之心里疑惑，过了一会儿，很多客人都到了，虽然有四太太帮着招呼，但她是正经的女主人，自然得要出面。程允之看她周旋在宾客间，众人如同众星拱月一般，而谨之言笑晏晏，仪态稳重，他心里着实得意这门亲事。

谨之应酬了旁人片刻，走过来叫了大哥，又问："四哥呢？"

程允之道："他临时有点儿事情，过一会儿就来。"

原来程信之一早就去看静琬了，甫一进门就听老妈子讲："昨天夜里林小姐好像不舒服，我看她像是折腾了半宿都没有睡。"

程信之闻言，心中不由得一紧，走到卧室门前犹豫了一下，却听见静琬低低呻吟了一声，虽然声音很低，但听上去极痛苦。他心中担心，隔着帘子叫了声："林小姐。"

过了好一会儿，才听她低声说："是程先生？麻烦在外面坐一坐，我就出来。"紧接着听到一阵窸窸窣窣，又过了一会儿，静琬才掀起帘子，慢慢走了出来。

程信之见她衣饰整洁，可是神色苍白憔悴，唇上连半分血色也无，不由得问："林小姐是不舒服吗？还是请个大夫来看看吧。"

静琬走出来几乎已经耗尽了全身的力气，那身子微微发颤，不由自主伸出手去扶着桌子，说："我就是……就是……受了些风寒……"一语未完，只觉得天旋地转，再也支持不住，倒了下去。

程信之吃了一惊，连忙叫了那老妈子进来，帮忙将静琬搀扶回房间里去，方将静琬搀到床上躺下，忽听那老妈子失声道："哎哟，血。"

　　程信之低头一看，只见静琬那紫绒旗袍的下摆上，那血迹一直蜿蜒到脚踝上去。他虽然未曾结婚，可是常年居于国外，起码的医学常识都约略知道，只觉得脑中"嗡"的一声，一瞬间脑海里竟是一片空白。

　　过了好一会子，他才对那老妈子说："你守在这里，我去请医生。"他一走出来，上了自己的汽车，就对司机说，"去圣慈医院"。

　　司机听他语气急迫，连声答应，连忙发动了车子向圣慈医院疾驰而去，心里只在纳闷，自家这位少爷向来从容，这两天行事竟然这样火急火燎，实在叫人罕异。

　　那圣慈医院的院长斯蒂芬大夫原在乌池一间教会医院任职，从前一直与程家人来往密切。所以他一到医院找到斯蒂芬大夫，即刻就请他亲自出诊，连同护士一起，就坐了他的汽车，匆匆忙忙赶回去。

　　谁知老远就看到那老妈子站在大门外，向着大路上焦急张望，程信之一下车就问："你怎么在这里，不在里面照料病人？"

　　那老妈子哭丧着脸说："程先生，林小姐走了。"

　　程信之脱口道："什么？"

　　那老妈子怕担干系，连忙说："您走了不大一会儿，林小姐就醒了，醒过来之后马上就说要走，我怎么拦都拦不住她。我劝她等您回来再走，她像是横了心了，拿起衣裳就走了，我一直追出来怎么叫都叫不住……"

　　程信之忧心如焚，道："她现在……她现在病成那个样子，怎么能走掉？"可那老妈子毕竟不是自家下人，而且静琬这样倔强，却也是他未曾料到的。他素来就不会迁怒他人，何况这件事情，也怪自己一时忙乱，没有考虑周到。他站在那里，心绪烦乱，也说不上来担心还是旁的什么念头，只觉得心中百味杂陈，站在那里良久，最后只是轻轻叹了口气。

这么一耽搁，等程信之到大帅府时，已经差不多要开席了。今天招待的都是承军中的一些将领，那些人都是些领兵的武夫，逢到这样的场合，自然是无法无天地肆意闹酒，席间热闹非凡。程信之留意慕容沣，但见他虽然在这里陪客言笑，可是眼中隐有焦虑，舒东绪侍立在他身后，那神色似有些不自然。

等到酒宴散后，有的客人去听戏，有的去听大鼓书，还有的人到后面去看电影。程信之看谨之换了衣服出来，招呼了一圈宾客，又到里面去招待几位亲友。他一心想要和谨之谈一谈，可是等到最后谨之出来，花厅里只有程家几位亲人，他满腹的话，又不知道该从何说起，踌躇了一下，终于问："露易莎，结婚快乐吗？"

他们是开明家庭，兄妹间说话一向随意，大少奶奶笑道："信之，哪有这样问一位新娘子的？"

程允之在旁边，忍不住就"哧"地笑出声来。

谨之本来落落大方，此时只是微笑，她今天一身浓艳的中式衣裳，喜气洋洋的直衬得脸颊上微有晕红，略显娇羞。

程信之看到她这种样子，终究只是说："谨之，你可就是大人了，不能再像从前一样，事事由着自己的性格。夫妻二人相处，要时时关切对方才好。"

大少奶奶道："咦，信之虽然没有结婚，可是讲起理论来，倒是头头是道。"旁人都笑起来，话题就又扯开了。

今天慕容沣的三姐夫陶司令送了几部电影来，在后面礼堂里放映。程信之哪有心思看电影，只是在那里枯坐罢了，倒是坐在他旁边的惜之，咕咕唧唧不住跟他议论电影的情节，他只是随口答应着。

忽然听人低低叫了声："四少爷。"他回头一瞧，正是程允之的听差。他没有作声，起身跟着那听差走出去，穿过月洞门，后面是一幢西式的洋房，这里本来是专门给谨之招待女客用的，因为现在客人都在前面听戏看电影听书，所以这里反倒静悄悄的。这花厅也布置得十分漂亮，落地长窗全都垂着罗马式的窗帘，窗下摆满了温室培养出来的牡丹，娇嫩鲜艳。但见谨之立在那里，看着那牡丹，似乎正在出神，而程允之坐在沙发上，捧着一杯茶，低头正轻轻吹着杯中热气。

那听差唤了声："大少爷，四少爷来了。"

程允之抬起头来，程信之叫了声："大哥。"

那听差已经退出去，程允之问："你这两天到底在忙什么？"信之默不作声，程允之道，"你刚才对谨之说的那些话，是什么意思？"

信之知道不宜再隐瞒，于是将事情详详尽尽如实说了。

程允之听了，连连跺脚："老四，你胆子也太大了。怎么能擅自做出这样的事来？万一叫慕容沛林知道了，你将置谨之于何地？瓜田李下，他岂不疑心是我们程家从中做了什么手脚？"

谨之一直未曾开口，此时方道："大哥，你别怪四哥。"她脸上神色平静，语气也平缓如常，"再说，本来那孩子就留不得。"

程允之道："自然留不得，可也别在这节骨眼儿上，叫人知道多有不便。"

程信之沉默片刻，说："不管从西方还是东方的观念，这都是有害天良的事情，再说事情既然已经如此，我们能置身事外最好。"

程允之道："怎么能够置身事外？慕容沣真是瞒得紧，咱们倒一丁点儿风声都没听到——看来他一早打算将这孩子留下来了？就算以后将这孩子交给谨之抚养，总归是绝大隐患。"又道："这种旧式的家庭，就是这点不好，三妻四妾只当平常。如果只是在外面玩玩，反正眼不见心不烦，现在我们谨之怎么可以受这样的委屈。如果这孩子当真没了，倒还好了，可万一生下来，又是儿子的话，那就是长子了，此事非同小可，要从长计议。"

见信之默不作声，素知这位四弟貌似性格温和，其实极有主见，执念的事情素来都不可动摇，于是话锋一转，说，"这件事情说到底，还是由谨之自己拿主意吧。"

谨之出来之后，见到舒东绪，便问他："司令呢？"

舒东绪说："六少昨天一夜没睡，才刚到书房里休息去了。"

谨之于是走到楼上去，谁知小书房里并没有人，她转身出来，又往后面的楼中去，那里的书房其实是好几间屋子相通的套间，他日常都在这边办公。她看到在走廊那头站着两名侍卫，知道慕容沣定然是在这里，于是推门进去。

外面是一间极大的会客室，地上铺着厚厚的地毯，所以人踏上去悄无声息。里间的门半掩着，只听慕容沣的声音，似乎在对谁讲电话，语气似是恼怒至极："当然不能封锁车站，难道这点事情就要闹得中外皆知不成？你们给我动点脑筋，她一个孤身女子，能够跑出多远？我告诉你，若是这件事情办不好，我就亲自过去……"

谨之在门外伫立了一会儿，终于听他"咔嗒"一声挂上电话。她等了许久，屋子里寂静无声，再无动静。她轻轻推开门，视线所及，只见慕容沣已经仰面半躺在沙发上，眼睛虽然闭着，眉头却皱得紧紧的。

她的手无意识地扶在胡桃木的门上，木质温润微凉，这屋里本来光线就十分晦暗，他的脸隐在阴影里，浑然看不真切。她想起那日他替她簪的玫瑰来，幽香甜美，仿佛依旧盛开在鬓侧。其实是屋子里放着一瓶折枝晚香玉，暗香袭人。她一转念就改了主意，转身又无声无息地走了开去。

慕容沣睡着了不过一两个钟头，迷迷糊糊就听到有人低声叫："六少，六少……"

他本来脾气就不好，没有睡醒更是烦躁，将手一挥："滚开！"

那人稍稍迟疑了一下："六少，是我。"

他这才听出是舒东绪，坐起来揉了揉眉头，问："怎么了？"

舒东绪道："有尹小姐的消息了。"

慕容沣本来满脸倦色，听到这句话，一下子挺直了身子，问："在哪里找到的？"

舒东绪硬着头皮道："刚才圣慈医院的斯蒂芬大夫派人来说，他今天早上接待了一位女病人，要求做手术堕胎。斯蒂芬医生原来曾看过报纸上登的照片，认出是尹小姐，当场就拒绝了。尹小姐见他不肯，马上就走了。我已经派人四处去找了，包括车站、码头……"

他听着慕容沣呼吸粗重，胸口剧烈起伏，似乎已经愤怒到了极点，正在惴惴不安间，慕容沣已经操起茶几上的那只成化窑花瓶，"哐当"一声掼个粉碎，犹不解气，伸手横扫，将那沙发上堆的锦垫全扫到地上去了。那锦垫里充填海绵，分量极轻，落在地上四散跌开，他一脚将一只垫子踢出老远，怒不可遏："给我搜！哪怕上天入地，也得将她给我找出来。"他额上青筋暴起，本来眼中尽是血丝，现在更如要噬人一样，"我非杀了她不可，她要是敢……她要是敢……我一枪崩了她！"

【三十】

扈子口监狱原本是羁押军事重犯的地方，严世昌被关进来数日，不吃不喝，整个人几乎已经要垮了下去。他躺在硬木板的床上，只要一阖上眼睛，似乎马上就回到那个寒冷彻骨的冬夜：无数的雪花从天而降，一朵朵轻盈地落下，而她惨白的一张脸，没有半分血色。他觉得寒风呼呼地往口鼻里灌，那风刀子一样，割得人喘不过气来。

他大口大口喘气，立时就醒了，冬日惨淡的阳光从高高的小方窗里照进来，薄薄的日光映在地上，淡得几乎看不见。走道那头传来沉重的脚步声，狱卒手里拿着大串的钥匙，走起路来哐啷哐啷地响。那狱卒开门进来，见粗瓷碗里的糙米饭依旧纹丝未动，不由得摇了摇头，说："严队长，你这又是何苦。"又说，"有人来看你了"。

严世昌有气无力地站起来，随着狱卒出去。有一间屋子，是专给犯人会亲属用的，里头虽然生了火盆，依旧冷得人直呵手。严世昌一走进去，看到两个熟悉的身影，不由得苦笑："拾翠，你们怎么来了？"

拾翠见他形容憔悴，鼻子一酸，说："家祉原来在德国人的医院里上班，现在威尔逊大夫到永新开医院，一直很缺人手，发电报叫家祉来。我想着正好来见见你，谁知道来了一打听，才晓得大哥你出了事。"

严世昌见她眼圈都红了，说："哭啥，我又没事。"他们兄妹自幼丧父，严世昌十四岁便去当兵吃粮，攒下军饷来，供得拾翠在外国人开的看护学校里念到毕业，兄妹手足之情甚笃。

拾翠背过身去，拭了拭眼泪，又问："到底是为什么事？舒大哥说得含含糊糊的，只说是办砸了差事，大哥，这么多年，六少交代的事情，哪一桩你没替他办好？怎么就将你下在大狱里？"

严世昌叹了口气，说："妹子，这事不怨旁人，是我自己不好。"

拾翠道："这回我倒有机缘，见着了六少一面——果然是不讲半分道理。"

严世昌不爱听人道慕容沨的不是，轻叱道："胡说，你如何能见着六少？再说，六少只是脾气不好，待人上头倒是不薄，你别听旁人胡说八道。"

拾翠争辩道："是我亲眼瞧见的。"便将自己从火车上被迫下来，至永新行辕的事情原原本本讲了一遍。严世昌听到一半，脸上已然变色，待听得那女子姓尹，脸上神色变幻莫测，紧紧抿着嘴，他本来几天水米未进，脸色焦黄得可怕，现在两颊的肌肉不停地颤抖，那样子更是骇人。拾翠见了，又急又怕，连声问："哥，你怎么啦？怎么啦？"

严世昌过了好久，才问："威尔逊医生在永新？……早先还是我将他从烽火线上带下来，后来还曾经给四太太看过病……"拾翠不防他问出句不相干的话来，怔了一下。严世昌低头想了一会儿，再抬起头来，像是下了什么决心："拾翠，你得帮大哥一个忙。"

拾翠看他神色那样郑重，不知为何害怕起来，但想着他要做的事情，自己无论如何要帮他做到，轻声道："大哥，你说吧。"

天色暗下来，屋子里只开了一盏灯，罩着绿色的琉璃罩子，那光也是幽幽的。舒东绪十分担心，不由自主地从门口悄悄地张望了一下。他这几天来动辄得咎，战战兢兢，如履薄冰，直到今天听说在火车上截到了静琬，才稍稍松了口气。谁知这一颗心还没放下去，又重新悬了起来。瞧着静琬那样子奄奄一息，只在发愁，她如果有个三长两短，自己这份差事，可真不用交代了。

慕容沣亲自将静琬抱到楼上去之后，旋即大夫就赶来了。那位威尔逊大夫很客气地请他暂时回避，他就下楼来坐在那里，一直坐了这大半个钟头，像是根本没有动弹过。他指间本来夹着一支烟，并没有吸，而是垂着手。那支烟已经快要燃尽，两截淡白的烟灰落在地毯上，烟头上垂着长长一截烟灰，眼看着又要坠下来。他抬头看到舒东绪，

241

问：“医生怎么说？”

舒东绪答：“大夫还没有出来。”

他的手震动了一下，烟头已经烧到他的手指，那烟灰直坠下去，无声地落在地上。他说：“医生若是出来了，叫他马上来见我。”

舒东绪答应了一声去了，这行辕是一套很华丽的西式大宅，楼上的主卧室被临时改作病房用。舒东绪走过去之后，正巧威尔逊医生走出来，舒东绪连忙问：“怎么样？”

那医生摇了摇头，问：“六少呢？”

舒东绪瞧他的脸色，就知道不是什么好消息，尾随着大夫下楼来见慕容沣。慕容沣向来对医生很客气，见着大夫进来欠了欠身子。那威尔逊大夫皱着眉说：“情况很不好，夫人一直在出血，依我看，这是先兆流产。如果不是精神上受过极大的刺激，就是曾经跌倒受过外伤。瞧这个样子，出血的情况已经持续了三四天了，为什么没有早一点治疗？”

慕容沣蓦然抬起头，有些吃力地问：“你是说孩子……孩子还在？”

威尔逊医生摘下眼镜，有些无可奈何：“夫人已经怀孕四个月左右，如果早一点发现，进行治疗，胎儿应该是可以保住的。可是现在已经出血有三四天了，她的身体又很虚弱，目前看来，恐怕情况很不乐观。”

慕容沣正欲再问，看护忽然神色惊惶地进来，气喘吁吁地对威尔逊医生说：“病人突然大出血。”

威尔逊医生来不及说什么，匆匆忙忙就往楼上奔去。慕容沣站在那里，面上一丝表情也没有。舒东绪心里担心，叫了一声：“六少。”他恍若未闻，舒东绪不敢再作声，只得走来走去，楼上楼下地等候着消息。

威尔逊医生这一去，却过了许久都没有出来。舒东绪看慕容沣负手在那里踱着步子，低着头瞧不见是什么表情，只是看他一步慢似一步踱着，那脚步倒似有千钧重一样，过了很久，才从屋子这头，踱到了屋子那头，而墙角里的落地钟，已经咣当咣当地敲了九下了，他这才抬起头来，看了一眼那钟。终于听见楼梯上传来细碎的脚步声，舒东绪的心不知为何一紧，医生已经走了进来。慕容沣见到医生，嘴角微微一动，像是想说话，可是到最后只是紧紧抿着嘴，瞧着医生。

威尔逊医生一脸的疲倦，放低了声音说："延误得太久了，原谅我们实在无能为力。"稍稍停顿了一下，话里满是惋惜，"真可惜，是个已经成形的男婴"。

慕容沣还是面无表情，威尔逊医生又说："夫人身体很虚弱，这次失血过多，我们很困难才止住出血。而且她受了极重的风寒，又没有得到很好的照顾，这次流产之后创伤太重，她今后怀孕的几率很低很低，只怕再也不能够生育了。"

威尔逊医生待了许久，却没有听到他的任何回应，只见他眼中一片茫然，像是并没有听懂自己的话，那目光又像是已经穿透了他的身体，落在某个虚空未明的地方。因为楼上的病人还需要照料，所以威尔逊医生向他说明之后，就又上楼去了。舒东绪每听医生说一句话，心就往下沉一分，等医生走了之后，见慕容沣仍旧是面无表情地站在那里，全身绷得紧紧的，唯有鼻翼微微地翕动着。他试探着说："六少先吃晚饭吧，尹小姐那里……"

慕容沣却骤然发作，勃然大怒："滚出去！"

舒东绪不敢发一言，慌忙退出去，虚虚地掩上门。只听屋中砰砰啪啪几声响，不知道慕容沣摔了什么东西。舒东绪放心不下，悄悄从

243

门缝里瞥去，只见地上一片狼藉，桌上的台灯、电话、茶杯、笔墨之类的东西，都被他扫到地上去了。

慕容沣伏在桌面上，身体却在剧烈地颤抖着，舒东绪看不到他的表情，十分担心。慕容沣缓缓地抬起头来，方抬起离开桌面数寸来高，却突然"咚"一声，又将额头重重地磕在桌面上。舒东绪跟随他数年，从未曾见他如此失态过。他伏在那里，一动不动，唯有肩头轻微地抽动。

因为屋里暖气烧得极暖，所以漏窗开着，风吹起窗帘，微微鼓起。他手臂渐渐泛起麻痹，就像是几只蚂蚁在那里爬着，一种异样的酥痒。

车窗摇下了一半，风吹进来，她的发丝拂在他脸上，更是一种微痒，仿佛一直痒到人心里去。她在梦里犹自蹙着眉，嘴角微微下沉，那唇上用了一点蜜丝陀佛，在车窗透进来隐约的光线里，泛着蜜一样的润泽。

陶府的墙上爬满了青青的藤，他认了许久，才辨出原来是凌霄花，已经有几枝开得早的，艳丽的黄色，凝蜡样的一盏，像是他书案上的那只冻石杯，隐隐剔透。风吹过，花枝摇曳，四下里寂无人声，唯有她靠在肩头，而他宁愿一辈子这样坐下去。

仿佛依稀还是昨天，却原来，已经过了这么久了。

久得已经成了前世的奢望。

冰冷的东西蠕动在桌面与脸之间，他以为他这一辈子再不会流泪了，从母亲死去的那天，他以为一辈子都不会了。那样多的东西，他都已经拥有，万众景仰的人生，唾手可得的天下，他曾于千军万马的护卫中意气风发，那样多，曾经以为那样多——今天才知道原来竟是老天可怜他，他所最要紧的东西，竟没有一样留得住。

他连去看她一眼的勇气都没有，他这样懦弱，只有自己才知道，自己有多懦弱。他这样在意这个孩子，而她永远不会知道，他其实更在意的是她。因为是她的孩子，他才这样发狂一样在意。可是现在全都完了，今生今世，他再也留不住她了。

她以如此惨烈而决绝的方式，中止了与他的一切。

从此之后，他再也不能奢望幸福。

天亮了，静琬迷迷糊糊地转过头，枕上冰冷的泪痕贴上脸颊，虽然已经过了这么久，那种撕心裂肺的痛苦，似乎已经由肉体上转为深刻于心底。每一次呼吸，都隐隐作痛得令人窒息，她慢慢睁开眼睛，有一刹那神思恍惚，那样痛，痛得锥心刺骨，以为濒临死境。她也差一点死掉，因为失血过多，身体里所有的温度都随着鲜血汩汩地流失，她只觉得冷，四处都冷得像地狱一样，人唯有绝望。好似四处皆是茫茫的海，黑得无穷无尽，唯有她一个人，陷在那无边无际的寒冷与黑暗中，再也没有光明，再也没有尽头。她拼尽了全身的力气，也是挣脱不了，直到最后精疲力竭地昏迷。

看护听到动静，过来替她掖好被角，轻声问："尹小姐，你还记得我吗？"她迷迷糊糊，根本看不清楚那张面庞，只听到看护的声音忽远忽近，"尹小姐，我是拾翠，严拾翠，还记得我吗？"

拾翠……严拾翠是谁……她昏昏沉沉地再次睡去。

医生与看护偶然来看她，屋子里永远暗沉沉的，太阳从西边的窗子里照进来，才让人知道一天已经过去。她清醒过几次，医生的目光说明了一切。那样惨痛的失去之后，这一生再也不会与他有着纠葛了，从她体内剥离的，不仅仅是一个生命，而是与他全部的过往，她再也没有力气支持下去。最最撕心裂肺的那一刹那，她的眼泪哗哗地涌出来，呜咽着："妈妈……"只是在枕上辗转反侧，"妈妈……妈妈……"

在软榻上打盹的英国看护听到动静，惊醒过来，替她量了量体温，又替她掖好被角，正走过去拿血压计，忽然踩到地毯里小小的硬物，移开脚一看，原来是块金表。看护弯腰拾了起来，表盖上本有极细碎的钻石，流光溢彩，那英国看护不由得"呵"了一声，说："真漂亮。啊，是 Patek Philippe 呢。"

那些往事，如同一列火车，轰轰烈烈地向着她冲过来。火车上他唇际的烟草芳香……大雨滂沱的站台他眼睁睁看着自己离开……乾山上的冷风落日……衣襟上的茉莉花……大片大片的红叶从头顶落下，他说："我要背着你一辈子……"

终于是完了，她与他的一辈子。命运这样干脆，以如此痛苦的方式来斩断她的迟疑，她曾经有过一丝动摇想留下这个孩子。并不是因为还恋着他，而是总归是依附于自己的一个生命，所以她迟疑了。哪知到了最后，还是这样的结果。恨到了尽头，再没有力气恨了。英国看护说："不晓得是谁落在这里的，这样名贵的怀表。"

她出走之前，曾将这块怀表放在他的枕下。就这么几日的工夫，世事已经邈远得一如前世。金表躺在英国看护白皙柔软的掌心里，熠熠如新。她昨晚整夜一直在毫无知觉的昏睡中，看护问："小姐，这是你的吗？"

她精疲力竭地闭上双眼："不是。"

她几乎已经没有力气再活下去。任凭看护与医生走来走去，屋子里沉寂得没有任何分别。太阳每天早晨会照在她床头，冬天的阳光，淡得若有若无，到了下午，渐渐移向西窗。一天接着一天，她渐渐地复原，每天清醒的时间逐渐增多，而她茫然活着，柔软得像茧中的蛹，无声无息地感知时光荏苒。而光阴如同流水，从指缝间无声淌去，唯有她躺在那里，静静注视日光的潜移。

有细碎的脚步声传来，她以为是来打针的看护，直到听到陌生的声音："尹小姐？"

她睁开眼睛，她曾经见过报纸上刊登的大幅订婚照片，比自己还要年轻的女子，端庄秀丽的面孔，有一种从容不迫的优雅。身后的使女端过椅子，她缓缓落座，目光仍旧凝望在静琬脸上："很抱歉前来打扰尹小姐，很早就想和尹小姐好好谈谈，可惜一直没有机会。"

静琬问："慕容沨近几日都不在？"

程谨之微一颔首："他去阡陌了，三四天之内回不来。关于未来的打算，尹小姐想必早就已经拿定了主意，我十分乐意助尹小姐一臂之力。"

静琬道："不论你是想叫我消失，还是想放我一条生路，你亲自前来已属不智。慕容沨若知你来过，头一个就会疑心你。"

程谨之微笑道："即使我不来，他头一个疑心的依然是我，我何必怕担那个虚名。"说完将脸微微一扬，她身后的使女默不作声上前一步，将手袋里的东西一样样取出来，"通行派司、护照、签证、船票……"程谨之的声音略带南方口音，格外温婉动人，"我听说当时沛林给你三十万，所以我依旧给你预备了三十万。"

静琬问："什么时候可以走？"

程谨之道："明天会有人来接你。我的四哥正好回美国，我托他顺路照顾你。"她娉娉婷婷起立，"尹小姐，一路顺风"。

程谨之本来已经走至门边，忽又转过脸来说："我知道，连你也认为我是多此一举——可老实讲，我实在不放心，尹小姐，哪怕如今你和他已经到了这样的地步，我仍旧不放心。所以，你非走不可，请你放心，我没有任何想要伤害你的企图，我只是想做出对大家都有好处的安排。"

静琬有些厌倦地转过脸去："我知道你不会伤害我，假若我死了，慕容沨这辈子都会永远爱我，所以你断不会让我死。"

程谨之嫣然一笑："和尹小姐这样的聪明人打交道，真是痛快。"

静琬淡然一笑："夫人比静琬更聪明，但愿夫人心想事成。"

程谨之笑道："谢谢你的吉言。"

静琬"嗯"了一声，说："请夫人放心。"

她虽然一直病得十分虚弱，但到了第二天，到底打起精神来，由人搀扶着，顺利地上了汽车。车子直赴轻车港码头，由那里转往惠港。她本来是病虚的人，最后挣扎上了邮轮，几乎已经虚弱到昏迷。在船舱房间里休息了一天一夜，才渐渐恢复过来。她仍旧晕船，人虽然醒来了，吃什么依旧吐什么，负责在船上照顾她的中国看护十分尽心，拧了热毛巾给她擦脸，轻声问："尹小姐，你还记得我吗？"

她恍惚地看着那张秀气的脸庞，觉得有几分眼熟，那看护轻声道："我是拾翠，严拾翠，你想起来了吗？"她虚弱地望着她，这个名字她不甚记得，那看护又低声说，"严世昌是我哥哥。"

静琬吃力地问："严大哥他……"

拾翠含着泪笑道："大哥很好，知道我可以陪着尹小姐，他很放心。"

静琬十分虚弱，"嗯"了一声，昏昏沉沉又阖上眼睛。

船上虽然有医生相随，程信之也过来看望过几次，只是前几次她都在昏迷中。这次来时，她的人也是迷迷糊糊的，医生给她量血压，她昏昏沉沉地叫了声："妈妈……"转过头又睡着了。程信之只觉得她脸色苍白，像是个纸做的娃娃，她的一只手垂在床侧，白皙的皮肤下，清晰可见细小的血管，脆弱得像是一根小指就能捅碎。

他正要吩咐那看护替她将手放回被子去，忽然听见她模模糊糊呻吟了一声，眉头微蹙，几乎微不可闻："沛林……"眼角似沁出微湿的泪，"我疼……"

他心中无限感慨，也不知是什么一种感想，只觉得无限怜悯与同情，更夹杂着一种复杂难以言喻的感叹。只见名叫拾翠的看护若有所思地望着自己，不由得转过脸去。这个时候正是早晨，冬季的阳光从东侧舷窗里照进来，淡浅若无的金色，令人无限向往那一缕温暖，可是到底中间隔着一层玻璃。

他有些出神地望着舷窗外，已经到公海上了，极目望去，只是茫茫的海，唯有一只鸥鸟，不经意掠过视线，展开洁白的羽，如同天使竖起的翼。这样渺广的大洋中，宏伟的巨轮也只是孤零零的一叶，四周皆是无边无际的海，仿佛永远都只是海。

可是终究有一日，能够抵达彼岸的。

第四篇

两三烟树

【三十一】

八年后，乌池稚园。

还是晚春天气，下午下过一阵小雨，到了黄昏时分，西方渗开半天的晚霞，斜阳的余晖照在窗前大株的芭蕉上，舒展开来嫩绿欲滴的新叶子，那一种柔软的碧色，仿佛连窗纱都要映成绿色了。阶下草坪里，不知是什么新虫，唧唧叫着。

程允之手里的一只康熙窑青花茶碗，只觉得滚烫得难以拿捏，碗中绿莹莹的雨前龙井，喝在嘴里，也只觉得又苦又涩。大少奶奶见他默不作声，自己总归要打个圆场，于是款款道："这婚也结了，事情已经成了定局，你这个当大哥的，也就别再做出恶声恶气的样子来。"

程允之从来脾气好，尤其对着夫人，总是一副笑容可掬的样子，这个时候却将茶碗往桌上重重一撂："他此次行事，实在是过分，叫我们全家的脸面往哪里搁？"

程信之却说："结婚是我私人的事情，大哥若是不肯祝福我们，我也不会勉强大哥。"

程允之气得几乎发昏："她是什么人？她是什么人你难道不清楚？你就算不为你自己着想，难道你不肯为谨之想想？你竟然瞒着家里结婚七年了，到今天才来告诉我。"

程信之不卑不亢地道："大哥，谨之并不会反对我的。"

程允之气得连话都说不出来，嘴角只是哆嗦，只拿手指住信之："你……你……"

大少奶奶见状，忙道："有话好生说。"

程允之怒道："我跟他没什么好说的，你和尹静琬结婚，就是不打算要这个家了，就是不打算姓程了，还有什么话好说？"

程信之依旧是不愠不火："大哥虽然出生在雍南，可是七岁即随父亲母亲赴美数十年，也是在国外的时间比在国内多，我以为大哥已经接受了西方民主的观点，不再被一些旧思想束缚。大哥既然如此拘泥于封建礼法，不肯给我的婚姻以祝福，我和静琬明天就动身回美国去。"

程允之大怒，说："走，你现在就给我走好了！我拘泥？我食古不化？我是在替你打算，如今的慕容沛林远非昨日——自从定都乌池以来，他行事日渐暴戾，向来不问情由，有时连谨之都拿他不住，他能容得下你？"

大少奶奶缓缓道："信之，你不在家，有许多事情不知道。年前谨之和总司令大闹过一场，两个人差一点儿要离婚，这件事情说起来，还是谨之太草率了些。"

程允之道："那件事情怎么能怪谨之？当时谨之正怀着孩子，慕容沛林还那样气她。"

大少奶奶道："生气归生气，也不能下那样的狠手，我听人说，那女人最后死时，眼睛都没有闭上。总司令知道之后，提了枪就去寻谨之，若不是身边的人拦着，还不晓得要出什么样的事情呢！"

程允之不耐地道："太太，事情过去很久了，如今还说了做什么。

现在他们两个人，不还是好好的吗？夫妻两个，哪有不吵几句嘴的？沛林是行伍出身，一言不合就动刀舞枪。"又转过脸来对信之道："老四，大哥不是要干涉你，只是你多少替家里想一想。如今的局势不比当年，慕容沣处处掣肘程氏，妄想过河拆桥。虽然议院仍可以受我们的影响，但他近年来性情大变，如何肯将就一二分？事情虽然已经过了这么久，可是你娶了尹静琬，原先的旧事一旦重提，不仅是慕容沛林与尹小姐难堪，你将置我们程家于何地？"

程信之道："结婚是我和静琬两个人的事情。大哥，如果你不能够理解，我们回美国之后，再不回来就是了。"

程允之气得顿足道："你……你……你简直无可理喻！"

程信之沉默不语，程允之咻咻地生着气，忽听听差来报告："大少爷，总司令来了。"

程允之没来由地悚然一惊，问道："怎么事先没有电话？平常不都是要先戒严的吗？"

那听差说道："据侍从室的人说，总司令认为虽然明天才是正寿，大张旗鼓地来上寿，似乎对寿星公不敬，所以特意提前一天过来。"

程允之问："总司令人呢？"

那听差恭敬地答："已经去后面小书房了。"

程允之微松一口气，说："那我马上过去。"又转过脸对程信之道，"我们回头再说，你先去陪静琬在房间里休息一下"。

程信之微微一笑："谢谢大哥。"程允之哼了一声，掉转头就往外走去了。

所谓的小书房，其实是一处幽静的院落，平时只用来接待贵客。慕容沣偶然过来，便先至此处休息。这里的一切布置都是古雅有致的，船厅中庭院落里，疏疏种了几株梨花，此时已经是绿叶成荫子满枝，慕容沣负手慢慢踱过来，忽听前面的侍从官厉声喝问："什么人？"

抬头一瞧，只见船厅的窗子大开着，一个六七岁的半大小子正轻轻巧巧地从窗中翻出，落在地上，见着荷枪实弹的侍从官，顿时收敛了笑容，垂下手对着慕容沣规规矩矩叫了声："父亲。"

慕容沣眉头一皱，问："你怎么在这里，你母亲呢？"

那半大小子正是慕容沣的长子慕容清渝，慕容沣向来教子严厉，侍从官见他这样问，无不捏了把冷汗。慕容清渝犹未回答，忽听窗内有小女孩子稚声稚气的声音："清渝，等等我。"

紧接着红影一闪，只见一个小女孩翻上了窗台，不过六七岁的光景，头上戴着一顶大大的帽子，帽上插了几支五颜六色的羽毛，一张白净甜美的小脸儿，倒被帽子遮去了大半。她将帽子一掀，只见乌溜溜一双眼睛，黑亮纯净如最深美的夜色。

她本来骑在窗台上，就势往下一溜，只听"刺啦"一声，却是她那条艳丽火红的蓬蓬裙被挂破了一个大口子。她站稳了，回手大大方方拿帽子拍了拍裙子上的灰尘，抬起头来向他甜甜一笑，露出左颊上深深一个小酒窝。

慕容沣只觉得心中怦地一跳，四面春光暮色，无限温软的微风中，静得如能听见自己的呼吸。天地间唯余那小小孩子乌黑的一双眸子，清澈得教人不敢逼视。

他不由自主温声问："你叫什么名字？"

小女孩子捏着帽子，神色有几分警惕地看着他。清渝担心她是害怕，在一旁道："父亲，她叫兜兜。"

慕容沣哈哈大笑："怎么叫这么稀奇古怪一个名字？"

兜兜噘起嘴来说："这有什么好奇怪的，我妈妈说，是爹地给我取的名字，爹地说了，我是大姐姐，就叫兜兜，等我有了小弟弟或是

255

小妹妹，就叫锐锐，有了小小弟弟或是小小妹妹，就叫咪咪，这样合起来，就叫兜锐咪，如果再有小小小弟弟或是小小小妹妹，就接着兜锐咪法梭拉西……”她那样娇软的声音，像是嫩黄莺儿一样婉婉转转，听得一班侍从官们都忍俊不禁。

慕容清渝看慕容沣亦在微笑，他自懂事以来，甚少见父亲有如此欣悦的表情。慕容沣“嗯”了一声，问兜兜：“你爹地人呢？”

兜兜小小的眉头皱起来：“他在和大伯说话，大伯很好，给我糖吃。”突然又噘起嘴来，“妈咪不许我吃”。

慕容沣见她缠七缠八讲不清楚，于是问清渝：“这是你小姨家的孩子？”

清渝说：“不是，她是四舅舅的女儿。”

慕容沣怔了一下，忽见兜兜伸出双手，向着他身后扑去：“妈咪……妈咪……”

只听见一个又焦急又担心的声音：“你怎么跑到这里来了，妈妈四处找不到你，可急死了。”

这个声音一传到他耳中去，他觉得如同五雷轰顶一样，脑中嗡地一响，四周的声音再也听不到了。整个人就像傻了一样，连转过头去的力气也没有。只听到自己的心脏怦咚怦咚，一下比一下跳得更急，像是全身的血液都涌到了那里。

仿佛过了半生之久，他才有勇气回头。

那身影映入眼帘，依旧如此清晰，记忆里的一切仿佛突然鲜活。如同谁撕开封印，一切都轰轰烈烈地涌出来。隔了这么多年，隔了这么多年的前尘往事，原来仍旧记得这样清楚。她鬓侧细碎的散发，她下巴柔和的弧线，隔得这样远，依稀有茉莉的香气，恍惚如梦，他做过许多次这样的梦，这一次定然又是梦境，才会如此清晰地看见她。

静琬蹲在那里，只顾着整理女儿的衣裙："瞧你，脸上这都是什么？"无限爱怜地拿手绢替女儿抹去那些细密的汗珠，一抬起头来，脸上的笑意才慢慢地消失殆尽，嘴角微微一动，最后轻轻叫了一声："总司令。"

慕容沣的胸口剧烈地起伏着，连他自己也不知道在这么短短一刹那，自己转过了多少念头。惊讶、悔恨、尴尬、惆怅、愤怒……无数说不清道不明的复杂情感涌入心间，他只能站在那里，手紧紧握成拳，那指甲一直深深掐入掌心，他也浑然未觉。

他的目光流连在她脸上，忽然又转向兜兜，她下意识紧紧搂住女儿，目光中掠过一丝惊惶，很快就镇定下来，唯有一种警惕的戒备。慕容沣却像一尊化石，站在那里一动未动，他的声音几乎要透出恐惧："你的女儿？"

静琬轻轻"嗯"了一声，对孩子说："叫大姑父。"

兜兜依偎在母亲怀中，很听话地叫了一声："大姑父。"

慕容沣却没有答应，只是望着她，静琬平静而无畏地对视着他，他的声音竟有些吃力："这孩子……真像你。几岁了？"

静琬没有答话，兜兜已经抢着说："我今年已经六岁了。"一张小脸上满是得意，"我上个月刚刚过了六岁生日，爹地给我买了好大一只蛋糕。"

静琬只是紧紧搂着女儿，手心里竟出了冷汗，身后传来细碎的脚步声，她转过头去，原来是程允之。程允之一看到这种场面，只觉得头嗡地一响，涨得老大。但慕容沣已经神色如常，若无其事叫他的字："守慎。"

程允之笑道："总司令今天过来，怎么没有事先打个招呼？"又对静琬说，"四婶婶回去吧，伊漾在等你吃下午茶呢。"

静琬抱了孩子，答应着就穿过月洞门走回去。她本来走路就很快，虽然抱着孩子，可是脑中一片空白，走得又急又快。

兜兜紧紧搂着她的脖子，忽然说："妈咪，为什么我从前从没有见过大姑父？"

静琬说："大姑父很忙。"

兜兜做了个鬼脸，说："大姑父凶巴巴的，清渝一看到他，就吓得乖乖的，兜兜不喜欢大姑父。"

静琬恍惚出了一身的汗，一步步走在那青石子铺的小径上，她本来穿着高跟鞋，只是磕磕绊绊："好孩子，以后见着大姑父，不要吵到他。"

"我知道。"兜兜忽然扬手叫，"爹地，爹地！"

静琬抬头一看，果然是信之远远迎上来，她心里不由自主就是一松，仿佛只要能看到熟悉的面庞，就会觉得镇定安稳。

信之远远伸出手来，接过兜兜去，说："你这调皮的小东西，又跑到哪里去了？"

兜兜被他蹭得痒痒，咯咯乱笑："兜兜和清渝玩躲迷藏，后来大姑父来了。"

信之不由得望了静琬一眼，静琬轻声说："我没事。"

信之一手抱着女儿，伸出另一只手来，握住她的手。他的手温和有力，给了她一种奇妙镇定的慰藉，她满心的浮躁都沉淀下来，渐渐恢复成寻常的从容安详。

只听兜兜嚷道："爹地顶高高，顶高高。"

静琬嗔怪道："这么大了，怎么还能顶高高？"

兜兜将嘴一扁："不嘛，我就要顶高高。"

信之笑道："好，爹地顶高高。"他将女儿顶在肩上，小径两侧种了无数的石榴花，碧油油的叶子里夹杂着一朵两朵初绽的花儿，鲜红如炬，兜兜伸出手去摘，总也够不着。

两侧的石榴树都十分高大，密密稠稠的枝叶遮尽天侧的万缕霞光。静琬顺手折了一枝在手中，忽然就想起那一日，自己折了一大片蒲葵叶子遮住日头，她原来的皮鞋换了一双布鞋，那鞋头绣着一双五彩蝴蝶，日光下一晃一晃，栩栩如生得如要飞去。她侧着身子坐在骡背上，微微地颠簸，羊肠小道两旁都是青青的蓬蒿野草，偶然山弯里闪出一畦地，风吹过密密实实的高粱，隔着蒲葵叶子，日光烈烈地晒出一股青青的香气。

走了许久，才望见山弯下稀稀疏疏两三户人家，青龙的一柱炊烟直升到半空中去。那山路绕来绕去，永远也走不完似的。唯有一心想着见着慕容沣的那一日，满心里都漫出一种欢喜，盈满天与地。

暗红的石榴花从头顶闪过，头顶上是一树一树火红的叶子，像是无数的火炬在半空里燃着，又像是春天的花，明媚鲜艳地红着。他一步步上着台阶，每上一步，微微地晃动，但他的背宽广平实，可以让她就这样依靠。她问："你从前背过谁没有？"

他说："没有啊，今天可是头一次。"

她将他搂得更紧些："那你要背我一辈子。"

静琬定了定神，伸手去挽住信之的胳膊，信之将兜兜高高举起，兜兜伸手揪住了一朵石榴花，咯咯笑着回过头来："妈咪，给你戴。"

毛手毛脚地，非要给她簪到发间。静琬只好由着她将花插入发鬓，兜兜拍手笑着，静琬温柔地吻在女儿的脸颊上。漫天的晚霞如泼散的锦缎，兜兜一张小脸红扑扑的，如最美丽的霞光。

【三十二】

乌池的春季本就是雨季，午后又下起雨来，雨虽不大，但淅淅沥沥地落着，微生寒意。静琬从百货公司出来，司机远远打着伞迎上来，她本来买了许多东西，上车之后兀自出神，过了好一阵子突然才察觉："老张，这不是回家的路。"

老张并没有回头，而是从后视镜里望了她一眼。她心中突然明白过来，回头一看，车后果然不紧不慢跟着两部黑色的小汽车。她的心中一紧，向前望去，果然有一部黑色的汽车在前面，虽然驶得不快，可是一直走在他们汽车之前。一直到了渡口，那几部车子才隐成合围之势，紧紧跟在她的汽车左右，一起上了轮渡。

事到如今，静琬倒镇定下来，任由汽车下了轮渡，又驶过大半个城区，一直驶入深阔的院落中，老张才缓缓将车停了下来，前后的三部汽车也都减速停下来，老张替她开了车门，见她神色自若，他满心愧疚，只低声道："太太，对不住。"

静琬轻声道："我不怪你，你有妻有儿，是不得已。"

老张那样子几乎要哭出来，只说："太太……"

那三部汽车上下来七八个人，隐隐将她所乘的汽车围在中心。另有一人执伞趋前几步，神色恭敬地说："小姐受惊了，请小姐这边走。"

静琬不卑不亢地答："我已经嫁了人，请称呼我程太太。"

那人神色依旧恭敬，躬身道："是，是，小姐这请。"

静琬冷笑一声："我哪儿也不去，你去告诉你们总司令，立刻送我回家去。"

那人微笑道："小姐真是冰雪可爱，聪明伶俐。"

静琬急怒交加，霍然抬起头来："你敢！"

那人神色恭敬，道："是，小姐说得是，鄙人不敢。"他见静琬生气，因为受过严诫，不敢逼迫，只是擎伞站在那里。

雨势渐大，只闻雨声唰唰轻响。静琬终于轻轻叹了口气，那人见她身体微微一动，便上前一步来，替她挡住风雨，让她下车。

静琬走至廊下，那些侍卫就不再跟随，她顺着走廊一转，已经见着又是一重院落，一路进来，都是很旧的青砖地，那院子天井里，疏疏种着一树梅花，一树海棠。静琬的步子不知不觉慢了下来，两棵树都不是花期，绿叶成荫，蔽着一角屋舍。走廊之下摆了许多花盆，月洞门的两侧一对半旧的石鼓，上头花纹依稀可见。她像是在梦里一样，恍惚地听着檐下的落雨声。

他本来低头站在滴水檐下，慢慢抬起头来望着她，说："你回来了。"

他们只在清平镇住了月余，大半的时候，总是她一个人。他忙着看驻防、开会、军需……有时等到半夜时分他还未回来，窗外廊下的灯色昏黄，隐约只能听到岗哨走动的声音，菊花幽幽的香气透窗而来。她本能地用手扶在廊柱上，檐外的雨淅淅沥沥地下着，她此时方能够正视他的面容。

隔了八年，他微皱的眉心有了川字，眉峰依稀还有往日的棱角分明，只是那双眼睛，再不是从前。她心里无限的辛酸，这么多年，他也添了风霜之色。他慢慢地说："如今说什么，都是枉然了……可这样的傻事，我这辈子，也只为你做过。"

她转过脸去，看着梦里依稀回到过的地方，那小小的院落，一重一重的天井，就像还是在那小小的镇上，她一心一意地等他回来，他去了前线……他在开会……他去看伤兵了……可是，他一定会回来，再晚都会回来。

261

雨簌簌地打在树木的枝叶上，他惆怅地掉转头去："这株海棠，今年春天开了极好的花……"

她慢慢地说："就算你将整个清平的宅子都搬到乌池来，又有什么意义？"

他"嗯"了一声，说："我知道没有意义，只是……这样的事情，我也只能做点这样的事情了。我一直想忘了你，忘了你该有多好啊……哪怕能够忘记一天，也是好的。起初的那两年，我真的已经忘了，直到遇上苏樱，她有多像你，静琬，你不知道她有多像你。我当时去她们学校，远远看到人群里的她，立刻就下了决心，我得将她弄到手，不管她是什么人，不管谁来拦我，我心里就知道，我是完了，我是再忘不了你了。我什么傻事都做了，将她捧到天上去，下面的人都巴结她，她年轻不懂事，叫我宠坏了，一味在外头胡闹，甚至连军需的事情她都敢插手。我其实都知道，可是一见着她，我一句话都说不出来。静琬，我想，这就是报应。我什么事都听她的，什么事都答应她，哪怕她要天上的月亮，我也叫人去给她摘。我把欠你的，都还给她了，可是连她我都保不住。"

静琬淡淡地道："谨之也不过是个女人，这么多年来，她何曾快乐过？"

慕容沣怒道："她有什么不快活？这么多年来我对她听之任之，事事都不和她计较。"

静琬轻叹了一声："你都不晓得她要什么。"

他突然沉寂下去，过了许久许久，终于说："我晓得她要什么——生老四的时候她大出血，她自己觉得不行了，曾经对我说过一句话——我晓得她要什么，可是我给不了了，静琬，这辈子我给不了旁人了。"

雨声渐渐地稀疏下去，檐头的铁马丁零丁零地响了两声，起了风，

262

她旗袍的下襟在风中微微拂动，隔了这么久，她慢慢地说："都已经过去了。"

他并没有作声，疏落的雨从海棠的叶子上倾下来，有只小小的黄羽雀从叶底蹿出来，唧的一声飞过墙去。墙上种的凌霄花爬满了青藤，一朵朵绽开，如同蜜蜡似的小盏。花开得这样好，原来春天早已经过去了。他说："这一些些年——过得这样快，都八年了。"八年前她明媚鲜艳，而如今她也只添了安详娴静。他忽然说："我知道有一家西餐馆子的榛子浆蛋糕好吃，我带你去吧。"

静琬微含了一点笑意："我已经不爱吃那个了。"

他怅然地重复了一遍："嗯，你已经不爱吃那个了……"

雨声细碎地敲打在树木的枝叶间，轻微的声音，点点滴滴，依稀入耳。他今天穿着西式便服，仿佛八年前的翩翩少年，最后只是说："我送你回去。"他亲自执了伞，送着她出来，侍卫们远远都跟上来，他却对司机说："你下来。"

司机怔了一下，他已经替静琬关好车门，自己却坐到前面，发动了车子。侍从室的当值主任温中熙吓了一跳，趋前几步："总司令……"

他回过头来，淡然道："谁都不许跟来。"

温中熙大惊失色，只来得及叫了声："总司令……"慕容沣早已经将车掉过头，驶出门外。

雨又渐渐地下大起来，车窗上全是模糊的水痕，街景都似隔了毛玻璃，再看不分明。偶然听到汽车喇叭"呜"的一声，原来是有汽车被他们车子超过去。街上不少地方积着水，驶过时扬起哗哗的水浪，他有许多年没有开过汽车了，车子驶得又快，街口的交通灯他也没有留意，直直地闯了过去，交通警察一回头，正看见车影唰地已经闯过去，"嚯嚯"拼命吹起哨子来，他们的车早已经去得远了。

263

一路上他都只是开车，静婉从后面只能看到他乌黑的发线，他曾经开车载着她的那个星光璀璨的夜晚，恍若已经隔世。隔着的不仅仅是八年，而是那些人，那些痛，那些伤，那些恸……冷了心，平了恨，终于是忘了，忘得可以淡淡地从容面对。

　　车子在缓缓减速，码头已经到了，风雨渐大，码头上空无一人，只闻哗哗的雨声，粗白面筋似的雨抽打在地上，他将车驶上轮渡，整个渡船上只有他们这一部汽车，等了好久也不见开船，又过了半个多钟头，方才有个穿着雨衣、管事模样的人过来敲了敲车窗。

　　他将车窗摇下来，疏疏的冷雨落在他的手臂上，寒冷的江风涌入车内，静婉不由得打了个寒战，那人说：“风雨太大，我们停航了。”

　　他并没有答话，随手将钱包取出来，就将百元的钞票抽了一沓出来，放在那人手上。那人半晌说不出话来，过了好一会儿，才嗫嚅道：“风势这样大，只怕会有翻船的危险。”慕容沣又往那钱上加了厚厚一沓，那人见竟然足有数千元之巨，心下又惶恐又惊喜，拿着那钱去轮舱中与人商量了几句。片刻之后回来，已经是笑容满面，说：“我们马上就开船。”

　　小火轮拉响了长长一声汽笛，缓缓离岸。江边繁华的城郭越去越远，四面皆是哗哗的雨声，江流湍急，船行得极慢，驶到江心时分，雨已经越下越大，十余步开外已经什么都瞧不见，只见无数的雨绳从天上而降，四周都是白茫茫的水，连近在咫尺的江面都看不清楚。他突然回过头来，她猝不及防，正正对上他的眼睛。

　　四目相交，她再也避不开他的目光。他突然就那样从座椅间伸出手去，抓住了她的肩。她不由自主地被他紧紧拽向前来，不等她反抗，他已经吻上她的唇。那些遥远而芬芳的记忆，如同洁白的香花，一朵朵绽开在往事里。她身上依稀还有茉莉的幽香。她用尽全身的力气去挣开，他生了一种绝望的蛮力，只是不放手。

她柔软的身躯抵在座椅的间隙里，他的手也卡住了不能动弹，她越挣扎他越用力。那些往昔的光华流转，一幕幕从眼前闪过，他忘了这么多年，他隔了这么多年，几乎以为终其一生，再没有勇气来面对她，可是她偏偏要回来。

他如何能再次放手？

那些温软的过往，那些曾有的缱绻，她是生在心间的伤，一旦碰触，便是无可救药的溃疡。她的玻璃翠耳环贴在他的颈间，一点微微的凉意，这点凉意一直沁到心底深处去，然后从那里翻出绝望。他再不能够承荷这样的痛楚。

她终于安静下来，她的手无力地攀在他的肘上，无论他怎样深切地缠绵，她的唇冰冷无丝毫暖意。他终于放开她。

他只觉得天地之间，只剩了这白茫茫的水汽一样。天上泼倾着大雨，江面上腾起雾气，四面都只是苍茫一片。她的身躯在微微发抖，眼里只剩了茫然的冷漠，他慢慢地松开手，一分一分地松开，唇上还似乎留着她气息的余香，她离他这样近，触手可及。耳中轰隆隆，全是雨声。

他缓缓地说："静婉，我这一生，只求过你一次，可是你并没有答应我。我原以为这辈子再不会求人了，可是今天我最后再求你一次，离开程信之。"

她凝视着他的双眼，他眼中已经平静得看不出任何情绪，她轻轻摇了摇头："我不能答应你，我爱信之，他是我的丈夫。"她声音很轻，但字字句句，说得十分清晰："假若信之有任何意外，我绝不会在这个世上活下去。"

他转过脸去，看车窗外茫茫的雨幕，过了许久，他忽然微微地笑

265

了："你还记不记得，你曾经说过兰花娇弱，只怕在北地养不活。我这些年来试了许多次，终于养活了一株天丽，你想不想看看？"

她淡然答："我到美国之后总是过敏，听了医生的建议，家里早就不养任何花了。"

他"嗯"了一声，只听呜咽一声长长的汽笛，在江面上传出老远，隐约的白色水雾里，已经可以见着灰色的岸影影绰绰。哗哗的江水从船底流过，翻起滔滔的浪花与急旋的水涡。湍急的江流在风雨中如奔腾的怒马，一去不回。风卷着大雨，唰唰打在车窗玻璃上，无数的水痕降下去，又有更多的水痕淌下来。

车身微微一震，他的身子也突然轻轻一震，像是从梦中醒来。

这八年来，这样的梦无时无刻不在做着，可是等不及天明，就会残忍地醒来。

船上的管事走过来，依旧是满脸堆笑："可算是靠了岸，刚才在江心里，船差点打转儿，真叫人捏了一把汗。"

铁质的船板轧轧地降下去，码头上已经有黄包车夫在张望，指挥轮渡车辆的交通警察穿着雨衣，看到轮渡靠岸，连忙拾级而下。那高高的无数级台阶，仿佛一直通到天上去。她说："我自己上去。"

永江这样深、这样急的湍流，隔开了江北江南，隔开了他的人生。

是再也回不去了。

他没有下车，连轮渡什么时候掉头都不知道，去时那样短暂，每分每秒都那样短暂，而返回，仿佛此生再也抵达不了。

船一分一分地靠近了，他静静地望着码头上荷枪实弹的大队卫戍，全是何叙安带来的人，轮渡一靠岸，连船板都还没放下来，何叙安带着近戍的侍从就跳上船来，见他坐在那里，因车窗没有摇上来，身上已经半湿，只叫了一声："总司令。"

266

他充耳未闻一样，太阳穴里像是有极尖极细的一根针，在那里缓缓刺着，总不肯放过，一针一针，狠狠地扎进去。大雨如注，只见那些卫戍的岗哨纹丝不动，站得如钉子一样，他终于跨下车来，卫戍长官一声口令，所有的岗哨立正上枪行礼，那声音轰然如雷，何叙安忙亲自撑过伞来，他举手就推开了，大雨浇在身上寒意彻骨。

何叙安又叫一声："总司令。"

哗哗的大雨就像无数绳索在耳畔抽打，他慢慢地说："叫顾伯轩来。"

尾声　霜瓦流华

静琬回到家中，衣裳已经半湿，老妈子连忙替她拿了衣裳来换，她换了衣裳，身子仍在微微发抖。信之亲自给她倒了杯热茶，她捧着那杯茶，呷了一口，方镇定下来。信之并不询问她，神色间却有一种了然，轻轻地按在她肩上，说："不用怕，一切有我。"她想到慕容沣眼底里的寒光，不由得打了个寒噤。"我已经和大哥说了，搭最快的船回美国去。"

静琬将脸贴在他的手上，信之轻拍着她的背，他的从容似有一种奇异的魔力，让她也慢慢地镇定下来。

因为他们留在国内的时间不多了，所以连日都忙着收拾行装。这天黄昏时分又下起雨来，程信之换了衣服预备出门，又进来亲兜兜："爹地要走了，和爹地拜拜。"

兜兜恋恋不舍："那爹地早些回来陪兜兜玩。"

静琬正要伸手去抱女儿，忽听用人进来说："少奶奶，亲家太太打电话来了。"

静琬听说是母亲有电话，连忙过去接。尹太太说："静琬，今天回家来吃饭吧，雅文表妹来了。"

静琬说："信之晚上有事情，我和兜兜回去吧。"忽又想起，

"啊，兜兜晚上还有美术课。"

兜兜是国画大师李决然的关门弟子，年纪虽小，但李决然执教素来严厉，兼之兜兜即将回美国，余下的这几课，更是尽心尽力。

尹太太也知道兜兜不能缺课，于是笑着说："那你回来陪陪雅文吧。"

她挂上电话之后，信之道："你回家去吧，过会儿我送孩子去上课。"

静琬说："你晚上不是有事？"

信之道："迟一会儿也不打紧的。"

静琬换了出门的衣裳，兜兜抱着洋娃娃歪着头瞧着母亲，静琬忍不住逗她："妈妈好看吗？"

"好看！"兜兜甜甜一笑，"妈妈是世上最好看的妈妈。"

静琬忍俊不禁，吻了吻她的额头："乖孩子，在家里乖乖的，过会儿上课回来，妈妈奖兜兜一个故事。"

兜兜最爱听故事，闻说此言，乌溜溜的大眼睛不由得一亮："那妈妈讲白雪公主的故事。"

静琬满口答应："好，就讲白雪公主的故事。"见她发辫微松，说道："又玩得这样疯。"叫保姆取了梳子来，亲自给女儿梳了头，才拿了手袋出门。

她下楼出门，走出大门后回头一望，程信之抱着女儿站在露台上，兜兜见她回头，甜甜一笑，胖乎乎的小手在嘴上一比，然后往外一扬，飞了个飞吻，静琬的嘴角不禁浮起微笑，也对女儿比了个飞吻。她上了车子，从后车窗玻璃里望去，车子已经缓缓驶动，只见兜兜的笑容越去越远，汽车转了个弯，终于不能看见那一大一小两个身影了。唯见千丝万缕银亮雨线，沙沙地织在天地间。

静琬回到娘家，因为和表妹许久不见，自然很是亲热。吃过饭后坐着又说了一会儿话，这才回家去。因为天已经黑了，又下着雨，司机将车开得极慢。静琬晚上陪着表妹喝了半杯红酒，觉得脸上发烫，将车窗打开来，那风里挟着清凉的水汽，吹在脸上很舒服。刚从斜街里驶出来，忽然岔路口那边过来一部车子，紧紧地跟在他们的车子后面，拼命地按喇叭。静琬回头一看，认出是程家的车子，连忙吩咐司机将车停下。

　　那车上跳下个人来，静琬认得是程允之的私人秘书吴季澜，他神色十分仓皇："四夫人，四少爷和小小姐坐的汽车出了事。"

　　静琬觉得轰然一声，整个世界突然失声。吴季澜的嘴还在一张一阖，她却根本听不到他在讲些什么，天空暗得发红，而脚下的地软得像棉，仿佛未知名处裂开巨大的口子，将她整个人都要生生撕碎。无数的冷雨激在脸上，像是尖锐的钉子，一根根钉到太阳穴里去，硬生生地插入到进开的脑浆里，然后搅动起来。天与地都旋转起来，她全身都颤抖得厉害，整个人都在瑟瑟发抖，身体内没有一丝暖意。

　　她本能地将手按在胸上，可是那里像是突然被剜去了什么最重要的东西一样，像是有汩汩的血涌出来，剧烈的痛楚从中汹涌出来。她冷得直发抖，唯有胸口那里涌起的是温热，可是这温热一分一分地让寒风夺走，再不存余半分。

　　吴季澜怕她晕倒过去，她脸色苍白得可怕，手紧紧攥住车门，因为太用力，纤细的手指关节处泛白，他十分担心地叫了声："四夫人。"

　　她的声音发抖："信之和孩子到底怎么了？"

　　吴季澜不敢说实话，说："受了伤，现在在医院里。"

　　她一路上都没有说话，直到进了医院，下车时一个趔趄，几乎被绊倒，幸得吴季澜扶了她一把。她全身都在发抖，程允之站在门外，脸色灰败，整个人像是一下子老了十岁，见到她，微微张了张口，却一句话都说不出来。她的目光已经越过他，看到后面的病床。

孩子毫无生气地躺在那里，小脸上全是鲜血，她慢慢地走近，拿发抖的手去拭着，血已经慢慢凝固，兜兜嘴角微翘，仿佛是平日睡着了的模样。她的声音很轻，像是唯恐惊醒了女儿："孩子，妈妈回来了。"她将女儿抱起来，紧紧地搂入怀中，"妈妈回来了"。她的目光呆滞，可是声音温柔得像水一样，信之也静静地躺在那里，他的西服让血迹浸得透了，熟悉的眉目那样安详，她死死地箍着女儿冰冷的身躯，"好孩子，爹地也睡着了，你别哭，吵醒了他。"

她伸出手去，想要触摸信之的脸庞，程允之再也忍耐不住，"啪"一声重重掴了她一掌："滚开！"

她整个人都跌开去，仍旧只是紧紧地搂着女儿，程允之全身颤抖，指着她："是你！就是因为你！哈哈，车祸！哈哈！"他笑得比哭还难听，"慕容沣的情报二处，什么样的车祸造不出来，就是因为你！"

静琬半张脸上火辣辣的，但她根本不觉得疼，抱着孩子慢慢站起来，转身就往外走。吴季澜骇异万分地看着她，见她眼底凄寒刻骨，竟不敢拦阻。外面的雨还在淅淅沥沥地下着，她解下斗篷裹住孩子，柔声说："好孩子，下雨了，妈妈不会叫你淋着雨。"

司机见她抱着孩子出来，问："小小姐怎么样？"

她"嗯"了一声，说："小小姐睡着了。"

司机听她这样说，于是又问："那四少爷还好吗？"

静琬又"嗯"了一声，说："你送我们去一个地方。"

路很远，走了许久许久，街上稀疏无人，偶然可见一部车驶过，一盏一盏的路灯从车窗外跳过，瞬息明亮，渐渐暗去。她将女儿紧紧地抱在怀里，就像还是很小的一个婴儿。她仍旧记得女儿的第一声啼哭，她在精疲力竭里看到粉团似的小脸，她以为，那会是她一生永久的幸福。

大门外有岗哨，看到车子停下，立刻示意不得停车。她自顾自推开车门，抱着女儿下车。大门口两盏灯照得亮如白昼，她发上的雨珠莹亮如星。冷冷的风吹起她旗袍的下摆，她凌乱的长发在风中翻飞。她问："慕容沣呢？"

岗哨正待要发作，门内号房当值的侍从官已经认出她来，连忙叫人打电话，自己迎出来："尹小姐。"

她的目光空洞，仿佛没有看到任何人："慕容沣呢？"

侍从官道："总司令病得很厉害，医生说是肺炎。"

她的声音里带着透骨的寒意："慕容沣呢？"

那侍从官无可奈何，只得道："请尹小姐等一等。"温中熙已经接到电话，极快地就走出来，见着她的样子，吓了一跳："尹小姐。"

"慕容沣呢？"

温中熙道："总司令不在这里。"

静琬"哦"了一声，忽然嫣然一笑，她本来如疯如癫，这一笑却明媚鲜艳，说不出的美丽动人。温中熙失神的一刹那，她已经径直往内闯去。温中熙拦阻不及，紧追上两步："尹小姐！尹小姐！"

一路进来，都是很旧的青砖地，那院子天井里，疏疏种着一树梅花，一树海棠。绿叶成荫，蔽着一角屋舍。走廊之下摆了许多花盆，月洞门的两侧一对半旧的石鼓，上头花纹依稀可见……她神色恍惚，跌跌撞撞越走越快。

温中熙焦急万分："尹小姐，你若再往前，恕我无礼了。"

静琬微微一笑："姓温的，你试一试动我一根头发，我管叫你们总司令剥掉你的皮。"

温中熙略一迟疑，她已经闯进了月洞门内："慕容沣！你给我出来！慕容沣……"里院当值的侍从官猝不及防，只得两个人一左一右，将她拉住，她挣扎着扬声高叫，"慕容沣，慕容沣……"

凄厉的声音回荡在院中，慕容沣虽然隔了数重院落，隐约听见，顿时霍然坐起，脱口叫了声："静琬。"

温中熙也顾不得忌惮了，将静琬往外推去："尹小姐，总司令不在这里。"静琬反手就是一掌，击在他下巴上，他哪里敢还手，只是手上使力："尹小姐，我们出去再谈。"

忽听身后有人炸雷般一声断喝："放开她！"所有的侍从官不由得尽皆垂下手去，温中熙见慕容沣已经出来，也只得放了手。

雨声沙沙，她的声音似是梦一样："沛林，沛林，是我，我回来了。"语音宛然，在这样的静夜中，说不出的动人柔美。慕容沣见她笑靥如花，心中抽痛，她慢慢地走近他，小心翼翼掀开怀里的斗篷："你看我带谁来见你。"

廊下灯光照着孩子鲜血斑斑的一张脸，说不出的诡异。他情不自禁往后退了一步，她却猝然伸出手，那手中竟然是一把镶宝钻的小手枪，他本能般大吼一声，她已经回手抵在左胸上，砰一声扣动扳机。

温热的血溅在他脸上，他扑出去，只来得及紧紧地搂住她，她的身子软绵绵的，血迅速浸透他的衣襟，他整个人都像傻了一样，只是紧紧搂住她。

她挣扎着大口喘着气，嘴角剧烈地颤抖着，他急切地低下头，她的声音比雨声还要轻微："慕容沣……孩子今年七岁……她是……她是……"她急促的喘气声像是锋锐的尖刀，剜入他心底深处，他全身都在发抖，她竟然是在微笑着，拼尽了全部的力气，"是你……"那

273

一口气接不上来，头微微一垂，再无声息。

血顺着手腕一点一点地往下滴，他痴了一样。

雨声簌簌，直如敲在心上一样。让他想起很久很久以前，是暮春天气，满院都是飞絮，就像下雪一样。母亲已经病得十分厉害了，他去看她，那天她精神还好。南窗下无数杨花飞过，日影无声，一球球一团团，偶尔飘进窗内来。屋子里唯有药香，只听见母亲不时地咳嗽两声，那时她已经很瘦了，连手指都瘦得纤长，温和地问他一些话。他从侍卫们那里学了一支小曲，唱给她听。她半靠在大枕上，含笑听他唱完，谁晓得，那是母亲第一回听他唱歌，也是最后一回。

过了这么多年，他再也没有为旁人唱过歌，他说："我是真不会唱。"

她却不依不饶："我都要走了，连这样小小一桩事情，你都不肯答应我？"

他见她虽然笑着，可是眼里终归是一种无助的惶恐，心下一软，终于笑道："你要我唱，我就唱吧。"

其时雪愈下愈大，如撒盐，如飞絮，山间风大，挟着雪花往两人身上扑来。他紧紧搂着她，仿佛想以自己的体温来替她抵御寒风。在她耳畔低声唱："沂山出来小马街，桃树对着柳树栽。郎栽桃树妹栽柳，小妹子，桃树不开柳树开。"寒风呼啸，直往人口中灌去，他的声音散在风里，"大河涨水浸石岩，石岩头上搭高台。站在高台望一望，小妹子，小妹子为哪样你不来……"

风声里，无数的雪花落着，天地间像是织成一道雪帘，他的声音渐渐低下去，只是紧紧地搂着她，她眼中泪光盈然："你一定要早些派人去接我……到时候我……"

只是说："我等着你去接我。"

屋子里并没有开灯，门是虚掩的，走廊里一盏吊灯，晕黄的光从门隙间透进来，给高高的沙发椅背镀上一层淡淡的金色。谨之从外面进来，眼睛过了好一阵子才适应屋内的黑暗。窗外的雨早就停了，微凉润泽的水汽依旧袭过窗棂，带着秋夜的寒意。窗隙间透进微白的月光，冷淡如银。

黑暗里，她侧影如剪，过了很久才开口，声音微带暗哑："怎么样？"

何叙安道："总司令还是不肯。"

谨之又沉默了好一会儿，才说："我去见他。"

何叙安道："以叙安拙见，夫人……此时不宜……"

谨之道："哪里有工夫容得他这样胡闹，既然他要闹，我就奉陪。"

她穿着一件黑色的大氅，氅衣领口唯有一枚钻石别针，在微弱的光线中，恍若泪滴一闪。她的眼睛在黑暗中亦是熠熠照人，何叙安知道劝阻不住，只得侧身让路，轻声道："夫人，别与总司令计较，他如今是失了常态。"

谨之并没有作声，侍从官已经替她打开通向内里的双门，幽暗的阔大房间，唯有窗台透入惨白月光，她只朦胧看见慕容沣垂首坐在沙发上，转脸就命令侍从官："开灯！"

侍从官迟疑道："总司令不让开灯。"

谨之听他如此回答，伸手开灯，突如其来的光明令慕容沣蓦地抬起头来，谨之只见到他一双眼睛，尽是血红，便如最绝望的野兽一样，死死地瞪着她。

她的心里骤然一寒，未及反应过来，他手一抬，手中的枪口光芒一闪，只听"砰砰"数声巨响，瞬息灯火俱灭，眼前一暗，哗啦啦尽是水晶碎片从灯圈上跌落的声音。

谨之让四溅的水晶碎片划过手背，手上顿时一阵痛楚。她往前数

275

步，脚下水晶吊灯的碎片被踩得噼噼啪啪微响，而他坐在那里，如同一尊塑像，只是用双臂紧紧地、紧紧地搂着怀中的人，仿佛只要一松手，就会有人夺去她似的。

借着月光，谨之才看清楚静琬在他怀中，如同熟睡的沉酣，脸上竟然还带着一丝笑意，只是惨白月色里，这笑容看着更是说不出的诡异。她不由得打了个寒噤，慕容沣低沉的声音已经响起："滚开。"

她并没有停步，他扬手就是两枪，子弹擦着她的鬓角飞过去，淡淡的硝味与火药的气息，那样近，侍从官吓得面无人色："夫人！"

她依旧没有停步，他背对着窗台而坐，肩头全是冰冷的月光，仿佛一匹银纱从他整个人头顶罩下来，水银般淌了满地，而他只是紧紧搂着怀中的人。

他的胸襟前全是干涸的血迹，黑色的，一大块连着一大块，他的手上也全是血，已经凝固了，像是暗色的花，大朵大朵地绽开，开得满天满地唯有这种暗沉沉的紫。在他的怀里，她的脸上却很干净，宛若熟睡着。他只是珍爱万分地揽着她，坐在那里，窗外的月光慢慢地淌入他的臂怀，他一动也不动，仿佛唯恐惊醒了她。她睡得这样好，这样沉，这样安静地任由他端详，任由他拥抱。

这么多年啊，这么多年，她到底是他的，一直是他的，谁也不能来夺了去。

谨之说道："人已经死了，你还发什么疯？"

她竟然敢这样说，他劈面就是一掌，谨之避闪不及，被重重地打在脸上。火辣辣的疼痛中竟然有眼泪迅速地涌出，她一直以为自己是不会流泪的，她将脸扬一扬，再扬一扬，硬生生将那水汽忍回去，从齿缝间挤出一字一句："慕容沣，这就是报应，你竟然害死信之……你竟然丧心病狂害死信之。活该尹静琬死了，你就算抱着她坐在这里一辈子，她也不会活过来了。"

他胸口剧烈地起伏，突然扬手就将手枪向她砸去，她往旁边一让，那枪哐当一声，落在墙角，她不会再让他伤害到她了。她冷冷地道："慕容沣，你只管混蛋下去。南线告急的电报一封接着一封，我告诉你，你若不想要这天下了，你就只管坐在这里。"

他慢慢地抬起头来，惨白的脸上竟然含着一丝微笑，那微笑慢慢扩散开去，他竟然哧哧地笑起来，饶是谨之胆大，也禁不住心中微微害怕。他仰起脸来，哈哈大笑，那眼泪却唰唰地顺着脸颊淌下来："天下？如今我还要这天下做甚？"他举手一指，"程谨之，这江山万里，这家国天下，我都拱手给你，都给你！"

她拼尽全身的力气，想要给他一记耳光，不想他只手微抬，已经牢牢地挡住她，只略一用力，便将她摔开去一个趔趄。

她气到了极处，反倒镇定下来，扶着那沙发扶手，微微点头："我知道你发什么疯，静琬最后说的话，才叫你这样发疯。那孩子今年六岁，根本和你没有任何关系。她这样骗你，就是想叫你发疯。你害死信之、害死孩子，所以她才说出那样的话来，好叫你痛悔一辈子。她最后还能有这样的心思，将你逼上绝路，连我都不得不佩服她。如今你想要怎么样我都不管，可是有一条，哪怕这世间万事你都不想要了，我绝不会容你，因为清渝才是你的儿子。"

他恍若未闻，任何人说什么，他都不必听见了，只是垂首无限贪恋地瞧着她的脸庞，她的嘴角微微上扬，连最后那一刻亦是微笑着。她说："沛林，我回来了……"

她终于回来了，回到他的怀抱，隔了这么多年，隔了这样多的人和事，烛火滟滟，照着她一身旗袍，亦如霞光映出飞红。温热的血溅在他脸上，他扑出去，只来得及紧紧地搂住她，她的身子软绵绵的，血迅速浸透他的衣襟，他整个人都像傻了一样，只是紧紧搂住她。她挣扎着大口喘着气，嘴角剧烈地颤抖着，她急促的喘气声像是锋锐的尖刀，刺入他心底深处，他全身都在发抖。

她的身躯渐渐冷去，怀中孩子一张小脸上全是鲜血。她死前最后一抹笑容仿佛炫目的昙花，照亮整个夜空；又如烟花璀璨，盛开在最黑暗的天幕，无数的花瓣溅落，火树银花，仿佛流星雨洒向大地。而她慢慢冷去，整个世界都随着她冷去……周围死寂一样的黑暗，这模糊而柔软的黑暗涌上来，使他陷入其中，无边无际的黑暗，永生永世，他亦无法挣脱……

【全文终】

图书在版编目（CIP）数据

来不及说我爱你 / 匪我思存著. --北京：九州出
版社，2023.3

ISBN 978-7-5225-1252-5

Ⅰ．①来… Ⅱ．①匪… Ⅲ．①言情小说－中国－当代
Ⅳ．①I247.5

中国版本图书馆CIP数据核字（2022）第191336号

来不及说我爱你

作　　者	匪我思存　著
责任编辑	杨宝柱　周　春
出版发行	九州出版社
地　　址	北京市西城区阜外大街甲35号（100037）
发行电话	（010）68992190/3/5/6
网　　址	www.jiuzhoupress.com
印　　刷	三河市中晟雅豪印务有限公司
开　　本	880毫米×1230毫米　32开
印　　张	9.25
字　　数	220千字
版　　次	2023年3月第1版
印　　次	2023年5月第1次印刷
书　　号	ISBN 978-7-5225-1252-5
定　　价	42.00元